Des jumeaux pour Molly

*

Les fiancés d'un week-end

SUE MACKAY

Des jumeaux pour Molly

Traduction française de
ANNE DAUTUN

BLANCHE

HARLEQUIN

Collection : Blanche

Titre original :
THE NURSE'S TWIN SURPRISE

HARPERCOLLINS FRANCE
83-85, boulevard Vincent-Auriol, 75646 PARIS CEDEX 13
Service Lectrices — Tél. : 01 45 82 47 47

www.harlequin.fr

ISBN 978-2-2804-3919-0 — ISSN 0223-5056

1.

Fais semblant jusqu'à ce que cela devienne vrai. Ben voyons. Facile. Molly O'Keefe avait l'habitude. *Encore un effort. Rappelle-toi le courrier d'hier.*

L'ultime verrou avait sauté. Elle était libre. De nouveau célibataire. Après deux ans d'attente, le processus légal était terminé. Sa seconde vie commençait enfin, et ce ne serait pas simple. En fait, la lettre de la veille ne fermerait véritablement la porte sur son passé que lorsqu'elle aurait construit une nouvelle version d'elle-même, plus sensée, délivrée de ses incertitudes. Elle avait accompli quelques progrès, et c'était bien, mais l'heure était venue d'avancer à grand pas, tête haute, comme pour proclamer : « Qui me cherche me trouve ! »

Molly O'Keefe afficha un sourire de façade et décocha un regard noir à Nathan Lupton. Les yeux chocolat de Nathan lançaient des éclairs. En avait-il contre elle ?

— Il y a un problème ? Cet appel me concerne ?

— Je viens de consacrer un temps non négligeable, à 5 heures du matin, à mobiliser des spécialistes au sujet d'un patient qu'on dirige en ce moment-même vers un autre service d'urgences, fit Nathan, mettant les mains sur ses hanches.

— Vous parlez de l'homme qui a été trouvé près des rails de chemin de fer ?

Nathan Lupton ne rejetait tout de même pas le blâme *sur elle* ? Leurs relations n'étaient pas très cordiales, mais quand même ! Malgré son cœur battant, Molly se sentit ridicule. Il ne lui reprochait rien, voyons. Mais il était en colère.

Ce n'est pas contre toi. Tu peux gérer ça.

— Je me demande pourquoi l'ambulance a été redirigée vers un autre hôpital alors que le nôtre est plus proche. J'ai l'intention d'en avoir le cœur net. Il n'est pas question que cela se reproduise, dit-il.

Il ne décolérait pas. Pourtant, à qui en voulait-il ? Ils étaient débordés quand l'appel d'urgence leur était parvenu.

— Vous ne devriez pas être auprès d'Archie Banks ? grogna-t-il soudain.

Chose étrange, lors de la première journée de Molly au service des urgences du Sydney General's, quand Nathan lui avait réclamé le défibrillateur en grommelant – équipement qu'elle était en train d'apporter au service de réanimation ! – il ne lui avait pas fait peur. Elle le trouvait antipathique, même si elle ne le connaissait qu'en tant que médecin, mais avec lui elle n'était jamais sur ses gardes et ne se sentait pas menacée par son attitude grincheuse. Ce qui en disait long… Il faudrait qu'elle y réfléchisse à tête reposée. Pour le moment, elle devait lui apporter une réponse réconfortante, car un comportement apaisant faisait le bonheur de tous – sauf de Molly elle-même, peut-être. Mais c'était une vieille habitude dont elle n'avait pas réussi à se défaire.

— J'étais venue vous demander de repasser le voir. Ses douleurs n'ont pas diminué, elles augmentent.

Quarante minutes plus tôt, Nathan avait administré un analgésique à forte dose à ce jeune patient.

Nathan redescendit d'un cran. Il adorait les enfants.

— Rien encore du côté du labo ? demanda-t-il.

— Non, je viens de vérifier, répondit-elle du tac au tac, prenant le regard noir de sa grand-mère, au cas où Nathan aurait voulu la prendre en faute.

Il haussa les sourcils de cette façon si contrariante qui, sans qu'elle comprenne pourquoi, la mettait sur les nerfs. Puis il consentit à sourire.

— Désolé. Si on a emmené ce type ailleurs après tout le mal que je me suis donné pour préparer son arrivée, vous n'y êtes pour rien.

Ce n'étaient pas des excuses en règle mais cela y ressemblait, et c'était inattendu !

— Pas de problème, répondit-elle.

Des problèmes, elle en avait une kyrielle, mais aucun n'était en rapport avec le travail. Qui était son refuge.

— Archie ? fit-elle pour qu'il n'oublie pas.

— J'y vais.

Il s'éloigna, droit et raide, mais elle aurait tout de même juré qu'il était moins tendu.

— Bravo ! tu ne te laisses pas démonter par le bonhomme, dit Vicki en lui décochant un coup de coude.

Ramenée à la réalité, Molly eut un rire crispé.

— Tu trouves ? demanda-t-elle en suivant toujours Nathan du regard.

— Oui.

Mais Vicki aussi avait les yeux braqués sur Nathan alors qu'il pénétrait dans le box d'Archie, et ce fut d'un ton songeur qui perturba Molly qu'elle demanda :

— Tu viens toujours au petit déjeuner ?

— Je ne le manquerais pour rien au monde.

Molly était sincère – même si elle avait dû lutter contre sa réticence à fréquenter l'équipe. Elle était convaincue qu'elle serait mise à l'écart par des gens qui attendaient plus qu'elle n'était disposée à donner. Après avoir hésité à accepter l'invitation, pour célébrer l'anniversaire de Vicki, elle avait décidé de tenter le coup. Vicki était affable et l'aidait depuis son arrivée aux urgences, deux mois plus tôt.

Un élan d'excitation lui réchauffa le cœur. Cela payait, après tout, de faire semblant. Elle se sentait plus proche de ses collègues infirmières, dont la bienveillance l'avait parfois émue, même si elle ne leur faisait pas encore assez confiance pour s'ouvrir à elles. En se mêlant au groupe, elle pourrait peut-être combler en partie sa solitude.

— Molly ? Pouvez-vous venir une seconde ?

Nathan, calme et à son affaire, avait resurgi sur le seuil du box. Molly leva les yeux et, dissimulant le trouble qu'il éveillait en elle, demanda d'un ton neutre :

— Il vous faut une trousse de phlébotomie ?

Elle avait renoncé à toute confrontation, et remisé au placard les regards noirs. Redressant les épaules, elle prit le kit thérapeutique avec tubes et aiguilles.

Le sourire de Nathan fut peut-être réticent, mais, du moins, il paraissait sincère. Cela ne le rendit que plus perturbant.

— Oui. Je ferai le bilan hépatique en attendant que les aides-soignants l'emmènent.

Le garçonnet, qui se remettait d'une appendicectomie effectuée la semaine précédente, éprouvait de nouveau des douleurs à la poitrine et au ventre. Nathan suspectait une septicémie, et avait commencé à le traiter par intraveineuse avec des antibiotiques. Archie allait être transféré sous peu en pédiatrie.

— Tu sais, Archie, je vais te dénicher un pyjama propre, lui dit Molly, qui s'était mise à tamponner le front du petit, baigné de sueur à cause de la fièvre.

Il regarda la trousse de prélèvement d'un air inquiet.

— Je ne veux pas qu'on me pique encore.

— C'est agaçant, hein ? lui dit Nathan tout en plaçant un garrot autour de son bras menu. Mais tu pourras te vanter de ton courage auprès de tous tes copains.

Déjà, Nathan tendait à Molly le prélèvement sanguin pour qu'elle mette le nom et la date sur le tube.

— Précisez que c'est urgent.

Elle gagna le bureau central des infirmières pour appeler un aide-soignant qui porterait l'échantillon au labo.

Nathan l'avait suivie.

— Comment se passe votre installation ici, avec nous ?

— Bien. J'aime ce métier et les personnes avec lesquelles je travaille.

Avait-elle commis une erreur qu'il s'apprêtait à mentionner ? N'était-elle pas tout à fait à la hauteur ? De nouveau, elle était rongée par son inquiétude coutumière.

— Tant mieux, répondit-il. Nous n'aimons pas changer trop souvent de personnel. Et… que faites-vous, en dehors de votre travail ici ?

Se montrait-il amical ? C'était inhabituel, il n'était pas connu pour son goût du bavardage.

Comment lui répondre sans livrer quoi que ce fût ?

— Il y a toujours de quoi s'occuper là où je vis, des gens à voir, des courses à faire. J'aime aussi me promener.

Elle jouait réellement la comédie, là. Car elle ne quittait guère son appartement que pour venir travailler.

Nathan la considérait comme s'il regrettait de lui avoir posé la question. Il enchaîna pourtant :

— Vous semblez avoir pas mal de soirées libres. Vous pourrez donc sûrement venir à notre barbecue de Noël.

Il parlait de la fête que certains Australiens célébraient en juillet, au milieu de l'hiver, apparue parce que les Anglais installés en Australie avaient la nostalgie des Noëls sous la neige. Il tapota une feuille posée sur le bureau, en ajoutant :

— Je ne vois pas votre nom là-dessus.

Parce qu'elle n'avait pas l'intention d'y participer ! Un petit déjeuner, passe. Mais toute une soirée, c'était autre chose. Même si elle s'était juré de repartir de zéro, à présent qu'elle était tout à fait libre.

— Je n'y ai pas pensé, dit-elle.

En quête d'une excuse, elle tenta de consulter le tableau de service affiché derrière Nathan, qui lui barrait la vue.

— C'est dans une quinzaine de jours, mais j'aime savoir bien à l'avance qui sera là. Chacun peut contribuer comme il veut, même si le repas est offert, dit-il en pointant son stylo vers le planning, par-dessus son épaule, et en ajoutant : Vous n'êtes pas de garde ce soir-là.

Elle n'avait donc pas ce prétexte pour se défiler.

— J'encourage toute l'équipe à venir. C'est bon pour le moral, entre autres.

Une nouvelle vie, c'est ce que tu voulais, non ? Alors, inspire un bon coup et fonce.

Prenant soin de ne pas effleurer les doigts de Nathan, elle attrapa le stylo qu'il tenait et griffonna son nom sur la liste, sous celui de Vicki. Puis elle inscrivit à côté ce qu'elle apporterait : « Dessert ».

— Là, voilà, c'est fait, dit-elle.

Il posa ses yeux bruns sur elle comme si elle était une énigme. Elle l'avait sans doute surpris en acceptant si vite alors qu'il était de notoriété publique qu'elle n'allait pas aux sorties cinéma de l'équipe, et ne prenait pas non plus de petits déjeuners avec eux.

Stupéfaite par la facilité avec laquelle elle avait cédé, elle fut peu à peu gagnée par un élan d'excitation. Mais oui, elle pouvait oser ça. Pour de bon !

— Où le barbecue a-t-il lieu ? demanda-t-elle.

— Chez moi, à Coogee.

— Oh !

Il prit le dossier d'un patient pour lire les notes, et une mèche de cheveux blond cendré glissa sur son front ; Molly dut résister à la tentation de la remettre en place.

Son cœur battait de nouveau la chamade, elle avait la bouche sèche. Pourquoi n'avait-elle jamais remarqué auparavant que Nathan était outrageusement beau ? Sa profonde réticence à approcher les hommes lui avait sans doute mis des œillères, jusqu'à cet instant où, aujourd'hui, elle avait décidé d'aller de l'avant, d'avoir une vraie vie. Cela voulait-il dire trouver l'amour ? Non, ce n'était pas possible, pensa-t-elle, le cœur battant de plus belle. Ce serait aller trop loin, trop tôt. Elle n'avait que trop bien retenu la leçon, après sa relation avec Paul. Charmeur né, il lui avait juré un amour éternel. Au bout d'un an de mariage, le véritable Paul était apparu au grand jour : il s'était mis à la battre chaque fois qu'elle était en désaccord avec lui, moyen infaillible de la réduire au silence. En prenant soudain conscience que Nathan était un homme, pas seulement un médecin, elle eut peur.

— Oui, chez moi. Ça vous pose problème ? demanda-t-il, sans lever les yeux.

— Bon sang, oui.

Elle n'était pas prête. C'était trop tôt. Cela ne faisait pas partie de son plan de changement !

— Pourquoi ? C'est normal, d'aller chez quelqu'un pour une soirée.

À son grand embarras, elle prit conscience qu'elle avait parlé à voix haute. Cet homme la perturbait, ce qui n'avait pas de sens. Depuis deux mois qu'elle travaillait ici, elle l'évitait généralement, à cause de son caractère affirmé, ou alors c'était pour discuter d'un patient ou batailler avec lui sur des détails insignifiants – une commande de seringues, par exemple. Il y avait des années qu'elle n'avait pas ressenti de désir. À en juger par la tension qui l'habitait et le feu qui courait dans ses veines, elle rattrapait le temps perdu !

— Euh… bien sûr, répondit-elle en balbutiant. Pas de problème. J'y serai.

Elle fut tirée de cette pénible situation par l'alarme qui retentit, signe d'une urgence extrême. Molly se rua vers la réanimation, où un homme inconscient gisait à terre.

— Arrêt cardiaque, dit Vicki, qui appuyait avec régularité des mains sur le torse du patient.

Molly saisit les électrodes et les passa à Nathan, qui l'avait suivie. Puis, anticipant une issue favorable, elle s'empara du respirateur artificiel et s'agenouilla près du patient.

— Donne-nous les infos, dit Nathan à Vicki en se préparant à administrer la première décharge électrique au patient inanimé.

— Geoff Baxter, quarante-huit ans, douleurs à la poitrine, les examens révèlent un problème cardiaque mineur il y a une heure, répondit l'infirmière. Il s'est montré récalcitrant et refusait de rester allongé. En voulant quitter le lit, il s'est écroulé sur le sol.

— Que tout le monde s'écarte.

Sur cet ordre de Nathan, l'équipe médicale s'éloigna du patient. Au contact des électrodes, le corps tressauta. Mais sur l'écran du moniteur de contrôle, la ligne demeura étale. Vicki renouvela les compressions, puis Molly activa l'alimentation en oxygène.

— Donnez-moi du champ, dit Nathan.

Il administra un deuxième choc électrique. La ligne forma un point en mouvement, s'éleva puis retomba en un diagramme erratique.

— Ah ! c'est mieux, dit Molly.

Elle mit de côté le respirateur artificiel et alla prendre la civière de relevage pour remettre le patient au lit. L'autre infirmier présent, Hank, mit le masque à oxygène en place, et nettoya la petite plaie ouverte sur le front de Geoff Baxter.

— Il a heurté le sol très violemment, dit Hank.

— Geoff, vous m'entendez ? demanda Nathan.

Geoff ouvrit brièvement les yeux.

— Vous avez fait un arrêt cardiaque. Nous allons vous garder ici un moment, puis vous serez admis dans le service de soins intensifs.

— Non.

— Autrement dit, c'est oui, fit Nathan avec l'un de ses grands sourires.

Molly en fut toute retournée, et il ne s'adressait pourtant pas à elle. Nathan lui souriait souvent, en particulier lorsqu'il la chargeait d'une tâche désagréable, mais jamais avec ce sourire dévastateur qu'il n'accordait qu'aux autres. Pour être honnête, elle ne lui avait pas donné de raison de le faire. à part travailler dur et se soucier des patients, mais c'était ce qu'on attendait d'elle, et cela ne méritait pas récompense.

Un homme la regarderait-il de nouveau un jour en pensant : « Elle est jolie » ? Et sans montrer les poings ? Voulait-elle qu'un homme la remarque, ait envie de la connaître ? Cela devait faire partie du changement qu'elle appelait de ses vœux, non ? Dans une ancienne vie pleine d'insouciance, elle avait eu son lot d'hommes séduisants, et trouvait sans problème des cavaliers pour les sorties glamour liées aux activités de chef d'entreprise de sa mère.

Molly regardait encore en permanence derrière elle, sans plus jamais découvrir aucune menace. Elle s'y était habituée, mais avait parfois encore besoin de se rassurer ainsi, même si Paul allait croupir de nombreuses années en prison. Elle avait beaucoup perdu, mais elle était libre.

Raccroche-toi à ça. Et autorise-toi à penser qu'un jour, peut-être, tu tomberas amoureuse.

Vicki lui décocha un petit coup de coude.

— Il est temps d'y aller, la relève est là.

Une autre nuit s'achevait, sans grands drames parmi les patients. Il était permis de se détendre, mais Molly s'y refusait. Une tension familière lui nouait l'estomac. Était-ce dû à son passé ? Ou à son émoi inattendu, provoqué par Nathan Lupton ?

Elle demanda en souriant à Vicki :

— Quelles chaussures as-tu prises, ce matin ?

— Les sandales orange qui t'ont rendue malade de jalousie la semaine dernière.

Molly rit.

— Moi, quand j'ai une fringale de shopping, ce sont surtout les vêtements qui me tentent. Mais je devrais peut-être essayer les chausseurs, tes sandales sont superbes. Quand tu te seras lassée, tu sais où est mon casier ! Bon, on va se changer ?

Nathan se détourna du spécialiste qui prenait le relais auprès de Geoff.

— Ça va ? demanda-t-il à Molly.

— Pourquoi est-ce que ça n'irait pas ? demanda-t-elle.

Il y avait une ribambelle de raisons pour ça, en réalité, mais il ne les connaîtrait jamais.

— Parce que vous avez l'air près de bondir.

Elle avait ri, et voilà ce qu'il en déduisait ? C'était déconcertant. Presque aussi affreux que s'il avait deviné la vérité.

— En fait, dit-elle, je réfléchis à une façon de subtiliser les chaussures de Vicki sans qu'elle s'en aperçoive.

— Bonne chance, fit-il, l'air radouci.

Incroyable ! Ils avaient une conversation normale, pour une fois !

— Au fait, vous avez très bien réagi, pour Geoff.

La surprise lui ôta la réplique qui lui montait aux lèvres. Elle n'avait rien fait de particulier, et il lui disait cela en présence des autres ? Elle regarda tour à tour Vicki et Hank, avant de poser à nouveau les yeux sur Nathan.

Il comprit aussitôt.

— Vous deux aussi, dit-il avec un hochement de tête. Bon, sauvez-vous pendant qu'il est temps.

Ces derniers mots semblaient s'adresser plus particulièrement à Vicki.

Molly aurait dû se détendre, puisqu'il ne concentrait plus son attention sur elle. Pourtant, elle se sentait plus tendue que la corde d'un arc. Pourquoi cet homme lui donnait-il la sensation d'être plus légère ? Comme si l'espoir frappait enfin à sa porte. L'espoir de connaître l'amour. Pas d'avoir une famille, hélas ! Ce rêve-là avait été anéanti par le coup de poing en plein ventre qui lui avait fait perdre l'enfant qu'elle attendait, et toute possibilité d'en avoir un autre un jour, sans doute.

Elle regarda Nathan, qui riait avec Vicki, et eut un coup au cœur. Si seulement elle avait le courage de se laisser approcher par un homme fort, sûr de lui, et de parvenir à lui faire confiance ! Jusqu'à ce jour, elle n'avait jamais songé à reprendre tout ce que Paul lui avait volé. Il était cependant impossible que cette « résurrection » soit le fait de Nathan.

Son cœur fit un bond, et sa tension décrut. Comme si son corps lui soufflait qu'il était temps de reprendre goût à la vie. Avait-il oublié les douloureuses leçons du passé ? Ce n'était ni sage ni sans danger. Mais la tentation était là…

Nathan était conscient d'avoir réagi trop vivement au sourire contraint de Molly O'Keefe à propos du barbecue. Mais il en avait assez. Depuis son arrivée dans le service, deux mois plus tôt, elle n'avait pas une fois partagé un repas d'équipe, ni participé à quoi que ce fût. Pourtant, tout le monde avait tenté de l'entraîner. De deux choses l'une : ou elle se jugeait trop bien pour eux, ou alors pas assez. Cela restait à trancher.

Cependant, elle s'était inscrite au barbecue sans hésitation. Une part de lui-même doutait qu'elle vienne ; l'autre lui soufflait qu'elle n'était pas du genre à battre en retraite. Il avait beau travailler avec Molly, dans des circonstances parfois éprouvantes, il ne la connaissait pas. C'était inhabituel, vu la nature de leur job. Elle ne se donnait pas la peine d'avoir des relations cordiales avec lui. Pourtant, il s'entendait bien avec la plupart des gens, et entretenait assez d'échanges pour ne pas redevenir l'ermite qu'il avait été après la mort de Rosie.

Molly représente un défi.

Il trébucha, reprit son équilibre, chercha du regard la femme qui avait provoqué son faux pas. Aurait-il voulu qu'elle le trouve sympathique ? Non, ça c'était l'attitude d'un homme en manque d'affection. Or, il avait son content d'amis, et de femmes. Ses yeux se portèrent vers le vestiaire d'où provenaient des éclats de rire. Vicki tentait de paraître joyeuse pour son trentième anniversaire, mais elle était en réalité triste, car Cole était – pour tous – en mer avec ses camarades de régiment.

Nathan avait hâte de voir la tête qu'elle ferait dans l'après-midi, lorsqu'il arriverait avec lui chez eux. Ce serait une sacrée surprise ! Lorsqu'il voyait la tristesse dans les yeux de Vicki, il avait envie de lui avouer la vérité, mais il avait donné sa parole à Cole, son meilleur ami, et il fallait respecter ses promesses.

Molly, le visage éclairé d'un rare sourire qui faisait pétiller ses yeux vert émeraude, apparut sur le seuil du vestiaire. Elle lui avait décoché un regard noir, tout à l'heure. Il n'aurait pas dû l'asticoter, mais il n'avait pas pu se contenir, après huit heures épuisantes auprès de nombreux patients – la moitié de Sydney semblait avoir afflué aux urgences !

Molly le troublait de façon insensée. Il n'était pas habitué à ce qu'une femme qui ne s'intéressait pas à lui chamboule ainsi sa libido.

Allons donc, de quelle libido parlait-il ? Depuis la mort de Rosie, il ne s'était pas passé grand-chose sur ce plan, et lorsque cela avait été le cas, c'était pour soulager un besoin, pas en vue d'un engagement. Jamais il n'avait imaginé rencontrer l'amour une seconde fois. Car qui pouvait avoir autant de chance ? Pourtant, aujourd'hui, Molly remettait cette conviction en question.

Il haussa les épaules. Soit, il était possible qu'il y ait, derrière les airs impassibles de l'infirmière O'Keefe et son si beau visage, autre chose que ce qu'il avait supposé. Sa colère était plus intéressante que sa réserve et son effacement coutumiers, et si c'était lui qui l'avait agacée, alors, il regrettait de ne pas avoir provoqué Molly beaucoup plus tôt ! Un frisson le parcourut au souvenir du regard noir qu'elle lui avait lancé. L'incident lui avait donné une conscience aiguë de la femme qui se cachait sous cet air assassin.

Molly éveillait son corps et ses sens, qu'il préférait laisser en sommeil jusqu'à nouvel ordre. Il avait cru bon, ce matin, de la pousser dans ses retranchements au sujet du barbecue afin de soulager la frustration qui le taraudait. Et le déroutait. Il était frustré, certes… Mais était-ce d'ordre sexuel… ou cela allait-il plus loin ? Comment savoir ?

— Vous comptez passer la journée ici ? lança-t-il à la cantonade.

Il n'était pas question qu'il aille au café en laissant Molly prendre la tangente. Vicki l'aimait beaucoup alors, en ce jour d'anniversaire, un faux bond de Molly était inacceptable.

— Mais oui. Pourquoi nous avez-vous attendus ? demanda Molly d'un ton léger.

Elle avait de nouveau son attitude retenue, mais il ne s'y fiait plus. L'infirmière O'Keefe ne se résumait pas à son comportement apparent. L'avait-il, au fond de lui, toujours su ? Et avait-il réagi en conséquence, en se réfugiant dans son armure ? Pour le meilleur et pour le pire, un besoin le titillait, l'empêchait de nier qu'elle l'intriguait. Il ne pouvait pas faire semblant de ne pas avoir envie d'elle, dans son lit, sous son corps. Ou dessus, si elle préférait. Bon sang ! Mais qu'est-ce qui ne tournait pas rond chez lui ?

— Je m'assure que personne ne se perd en chemin, répondit-il.

Le sourire de Molly ne vacilla pas.

— J'ai promis à Vicki que je viendrais, et je tiens toujours parole, dit-elle.

Puis le trouble se glissa dans son regard vif – ou était-ce de la culpabilité ? –, et elle détourna les yeux.

— Heureux de l'entendre, dit-il en se demandant ce dont il s'agissait.

Avait-elle fait du tort à quelqu'un ? Si gravement que cela la hantait ? Un étrange instinct protecteur l'envahit. Pour Molly ? Sûrement pas ! Cette femme était certes plus complexe qu'il ne l'avait pensé, mais à quoi bon se demander ce qui la motivait dans la vie alors que, de toute évidence, elle ne voulait pas avoir à faire à lui ? En fait, elle représentait un défi pour lui. Et un désir aigu lui nouait l'estomac, le ventre.

À moins que ce ne fût un effet de la faim, plutôt que de

Molly ! Il avait négligé les pauses ravitaillement au cours de la nuit, et ce n'était pas une bonne chose. Cependant, tandis qu'il la regardait, cette sensation dans ses entrailles ne diminuait pas. Sans même avoir à lever le petit doigt, Molly l'affectait. Sans doute était-il le dernier avec lequel elle avait envie de passer du temps, même pour un café. Le moment était-il venu de changer la donne ? Il était peut-être temps qu'il sorte de sa bulle protectrice et qu'il vive, pour voir où cela le mènerait.

Du moment que cela n'exigeait pas plus qu'il n'était prêt à donner. Plus qu'il n'était *capable* de donner. Il avait offert son cœur à Rosie, et elle l'avait emporté avec elle dans la tombe. Du moins, était-ce ce qu'il avait cru… jusqu'à présent.

Rosie était son amour d'enfance. Ils étaient si épris l'un de l'autre que leur amour avait parfois eu quelque chose d'irréel. Mais la réalité, sous la forme d'une leucémie, s'était interposée entre eux et leur projet d'avoir une maison et des enfants. Dès le jour où Rosie s'était plainte de léthargie et de ganglions enflés et douloureux, ils avaient été embarqués sur le chemin de l'enfer. Le voyage avait été bref, trois mois seulement. Nathan s'était réjoui que l'enfer prenne fin rapidement pour Rosie, mais, en ce qui le concernait, il n'avait désiré qu'une chose : qu'elle ne le quitte pas, qu'elle n'emporte pas à tout jamais leurs rêves avec elle.

Il avait eu coutume d'imaginer leur vie future, à élever des enfants ensemble, à être heureux. Les quatre années qui venaient de s'écouler avaient été terriblement longues et solitaires.

— Nathan ?

Il s'arracha à sa songerie. Vicki, les yeux plissés, l'observait.

— Oui ?

— Ouvre la marche. Nous sommes prêts à te suivre.

Elle lui adressa un clin d'œil espiègle, et il se souvint que, selon Cole et elle, il était grand temps qu'il sorte de sa caverne. Elle l'entraîna, devançant le groupe.

— Attention, j'ai les crocs, lui dit-il avec un sourire.

Vicki se contenta de rire, et changea de sujet :

— Je t'ai entendu asticoter Molly au sujet du barbecue d'hiver. Note qu'elle ne méritait pas ça.

— Elle reste toujours à l'écart. Il fallait bien que quelqu'un la fasse sortir de ses retranchements !

Vicki lui décocha un petit coup de coude dans les côtes.

— D'autres t'ont promis de venir et n'ont pas encore inscrit leur nom. D'ailleurs, qui a besoin d'une liste ?

— Moi, fit-il. Pourquoi m'a-t-elle arraché mon stylo pour griffonner son nom en travers de la page, en énorme, comme si j'étais aveugle ?

— Pour te taper sur les nerfs ? Ça marche, apparemment.

J'ai bien compris ! Qu'elle aille au diable ! Il ravala une bouffée de rancœur, et réussit à se moquer de lui. Ainsi, Mlle l'Effacée avait marqué un point. À charge de revanche, Molly O'Keefe !

Vicki n'en avait pas terminé.

— Je suis contente que tu l'aies incitée à venir. Ça lui fera du bien. Elle a besoin de sortir davantage.

Il dévisagea son amie.

— Ah ? il lui arrive de parler d'autre chose que des patients ?

Il ne l'avait jamais entendue bavarder, raconter ses rendez-vous chez le coiffeur par exemple. Il savait pourtant quand elle y allait car, pendant quelques jours, ses boucles rousses restaient en place, avant de reprendre leur flamboyance indisciplinée. Que lui préférait.

Parfois, il brûlait de lui passer les doigts dans les cheveux pour savoir l'effet que ça ferait. Puis il se souvenait qu'il n'avait plus de cœur, et allait voir un malade. Révélateur ! Dès le début, Molly l'avait perturbé, d'une façon qui auparavant était l'apanage de Rosie. Pourtant, elles étaient à l'opposé l'une de l'autre. Rosie était calme, peu de choses la troublaient. Mlle l'Effacée, en revanche, réussissait à perturber son existence sans même le vouloir, surtout lorsqu'il était épuisé ou sous pression à cause d'un enfant éprouvé par la maladie. « Effacée » était donc un surnom à bannir !

Vicki lui tapota l'épaule, avec une certaine vivacité, pour attirer de nouveau son attention.

— Molly habite au troisième étage d'un immeuble de Bondi Junction, vient travailler en train, a une voiture assez banale, aime regarder des comédies à la télé. Oh ! et elle a un tas de vêtements incroyables qui laissent entendre que sa vie d'avant était nettement plus excitante !

Il secoua la tête. Il venait d'en apprendre plus sur Molly en vingt secondes qu'en plusieurs semaines de collaboration avec elle. C'était une infirmière hors pair qui avait un don particulier avec les plus jeunes patients. Ils tombaient sous son charme même lorsqu'elle leur enfonçait une aiguille dans le bras. Mais elle ne se réduisait pas à cela. Lui aussi l'avait vue porter des toilettes flatteuses, voire étourdissantes, lorsqu'elle allait se changer au vestiaire avant de prendre son service. Sa silhouette n'avait d'ailleurs aucun besoin de tenues flatteuses, elle avait de l'allure même dans sa blouse d'infirmière.

Bondi Junction, alors ? Lui qui la voyait dans une banlieue chic ou sur le front de mer de Sydney Harbour ! Vêtements de prix, adresse ordinaire… Parce qu'elle avait roulé sur l'or autrefois et faisait désormais avec les moyens du bord ? S'il ajoutait à cela qu'elle ne fréquentait personne, et qu'une profonde solitude obscurcissait parfois son regard, il était amené à se demander si elle avait souffert d'abandon. Son instinct protecteur se ranima. Mais sans doute ne saurait-il jamais ce qui se cachait derrière l'attitude de Molly, elle n'était pas du genre à raconter sa vie au petit déjeuner. Surtout pas à lui.

— Espérons qu'elle s'amusera de nouveau un jour, dit-il.

— Nous y veillerons, répondit Vicki.

Là-dessus, elle lui décocha un nouveau clin d'œil.

— Arrête, fit-il. Je ne sais pas ce qui mijote dans ton esprit diabolique, mais cela ne se produira pas.

Mais il était soudain très content de la venue de Molly à ce petit déjeuner. La solitude, il connaissait. Il savait à quel point elle pouvait entraîner par le fond. Après la mort de Rosie, il s'était terré, ne sortant que pour des conférences ou son service à l'hôpital. Aucun de ses amis ou de ses proches n'avait pu le ramener dans le monde réel, le faire interagir avec ses semblables et vivre, en dehors de ce qu'il devait faire pour ses patients et pour obtenir sa spécialisation de médecin urgentiste.

Pour surmonter son chagrin, il s'était concentré sur son travail, et cela avait fonctionné tant bien que mal les deux premières années. Puis il avait commencé à entrevoir qu'il ne serait d'aucune véritable utilité s'il ne surmontait pas son deuil, et qu'il avait des devoirs envers ceux qu'il aimait.

— On petit-déjeune au champagne, ce matin, dit Vicki en riant.

— C'était prévu, répondit-il, d'humeur plus gaie à l'idée de passer un moment avec l'équipe, où les boute-en-train ne manquaient pas – et avec Molly.

Ils se connaîtraient peut-être un peu mieux tout à l'heure, mais c'était tout. Il aurait cependant parié qu'il continuerait à avoir des tentations, et le désir au ventre.

Il s'avoua pourtant qu'il avait le cœur plus léger, le pas plus vif. Cette sensation de bonheur qui lui gonflait la poitrine et ce besoin inattendu de faire un peu de charme, de se montrer sous son meilleur jour, n'avaient rien à voir avec Molly. N'est-ce pas ? Au demeurant, il manquait d'entraînement. Et de toute façon, elle verrait clair dans son jeu et l'ignorerait.

2.

Alors que le groupe approchait du café, Molly redressa les épaules pour paraître plus assurée, et suivit les autres jusqu'à la table réservée où Nathan tirait une chaise.

Pourquoi désirait-elle sa compagnie ? Parce qu'il se montrait sous un meilleur jour ? Libéré de son rôle de médecin et plus amical. Toujours aussi beau et attirant. Il était rarement aussi charmeur, même s'il savait ensorceler un patient récalcitrant pour lui faire accepter une injection, et que c'était un urgentiste hors pair.

— Vicki ? fit Nathan, invitant son amie à s'asseoir.

— Celle qui souffle les bougies a droit à la place d'honneur, dit Hank, tirant la chaise en bout de table.

— C'est juste, dit Vicki avec un large sourire en prenant le siège choisi par Hank. Molly, je te cède celle que Nathan me proposait.

Nathan avait suspendu sa veste au siège voisin. Regardant autour d'elle, Molly constata que toutes les places étaient prises. Se forçant à sourire comme si tout allait pour le mieux, elle s'approcha de la chaise que Nathan avait tirée et s'y installa avec un :

— Merci.

— Vous prenez un café ? demanda-t-il tandis qu'elle voyait passer sur ses traits de la surprise et quelque chose d'autre, qu'elle ne sut pas identifier.

— Je vais le chercher, dit-elle en posant étourdiment la main sur son bras.

Elle la retira aussitôt. Jamais elle ne touchait un homme ! À en croire cet acte irréfléchi, elle se sentait en sécurité avec lui.

De la voix rassurante qu'il réservait à ses patients, il observa :

— Je vais m'assurer qu'on va bien nous servir le champagne commandé pour l'anniversaire de Vicki. J'en profiterai pour prendre les cafés.

Il était déjà loin, se faufilant entre les tables en direction du bar. Le lieu était bondé, mais il dominait de la tête et des épaules tout ceux qu'il croisait.

Depuis qu'elle avait fui Paul, elle n'était sortie avec aucun homme, n'en avait surtout pas invité chez elle, ni n'avait parlé de son passé. D'abord, elle avait eu du mal à affronter le monde, car la plupart des gens qu'elle connaissait lui reprochaient l'arrestation de Paul. Il avait tant de charisme qu'ils avaient cru à sa version des faits, jusqu'à ce que la vérité éclate au tribunal et que ces mêmes personnes, désireuses de se racheter, viennent la trouver pour lui lécher les bottes. Elle avait lutté contre son amertume.

Impossible, à l'époque, d'envisager de sortir avec un homme. Mais aujourd'hui…

Nathan protégerait ceux qu'il aimait, elle en était certaine. Il défendait ses patients chaque fois que leur famille tentait d'imposer une façon de faire qui n'était pas la bonne. Il n'hésiterait pas à protéger quelqu'un en danger, s'il était présent.

C'est fou de croire ça sans aucune preuve concrète. Il n'y a qu'à voir ce qui s'est passé la dernière fois que j'ai fait confiance à un homme.

Paul ne s'était jamais montré bienveillant avec les moins chanceux que lui, il prenait au contraire plaisir à soutenir qu'il valait mieux que tout le monde. Elle s'en était rendu compte trop tard. Paul était le parti que les femmes s'arrachaient. Encouragée par sa mère, elle avait voulu le conquérir et avait réussi. Pour perdre la partie par la suite. Leur première année de mariage avait été idyllique puis les failles avaient commencé à apparaître. Molly s'était vu traiter d'hôtesse minable, de pauvre idiote, d'incapable. Lorsqu'elle était tombée enceinte, ça avait été la fin de tout.

Arrête ! Elle était en compagnie de gens super. Elle ne devait pas se replier sur elle-même et reproduire l'erreur qu'elle avait commise avec les Roos, l'équipe féminine de basket dont elle avait fait partie. Elle suivait toujours les résultats de l'équipe lors des matches du week-end, et se mordait les doigts d'avoir refusé les liens amicaux avec l'équipe par peur d'avoir à souffrir. Pourquoi ne pas avoir continué à fréquenter ces femmes formidables ? Si elle n'avait pas fui, elle aurait peut-être renoué plus tôt avec la vie !

Redressant les épaules, elle céda à une vieille habitude : jauger les hommes qui entraient dans le café, mallettes en mains et yeux braqués sur leurs téléphones. Mais pour une fois, elle ne cherchait pas à repérer une menace. Elle comparait ces hommes à Nathan, et il l'emportait. Cela donnait à réfléchir.

— Voici pour un début, les cafés sont en route, dit Nathan en posant près d'elle un verre d'eau. Et le champagne aussi, dit-il à l'intention de Vicki.

— Super, fit Molly.

Elle allait même pouvoir fêter son divorce en sablant le champagne. À l'insu de ses voisins de table.

Elle reporta les yeux sur Nathan, et son cœur se mit à battre la chamade. C'était tout de même insensé ! Ce n'était qu'un collègue. Il se trouvait seulement qu'il était beau à tomber et qu'il captait son intérêt – ce qui ne lui était pas arrivé depuis longtemps. Quelque chose en lui la poussait à se demander ce qu'elle ressentirait si elle se blottissait contre son torse, entre ses grands bras solides, et se laissait aller au bonheur. Mais ce n'était pas possible, elle n'était pas prête…

Il lui tendit la carte.

— Jetez donc un coup d'œil. La plupart d'entre nous connaissent le menu par cœur. Il y a des plats excellents.

— J'ai faim, tout à coup, dit-elle en parcourant la liste.

— Moi, j'ai les crocs. Je pourrais dévorer un aloyau de bœuf à moi tout seul.

Elle rit.

— Plutôt que du tofu et des céréales ?

Il parut surpris qu'elle plaisante. Elle ne l'aurait pas fait quelques jours plus tôt, à vrai dire.

— Ne me parlez pas de ça.

— Bon, très bien, une pièce d'aloyau. Et puis quoi encore ? Des galettes de pommes de terre, des œufs au bacon ?

Il lui sourit, ce qui la troubla au-dessus de tout.

— Stop, fit-il. Ne me tentez pas avec ça lorsque j'ai une faim de loup. Sinon, gare.

— Piètre menace. Vous souriez.

— Ne vous y fiez pas.

Pourtant, en le regardant, elle n'éprouvait ni peur ni appréhension. Elle ne craignait pas qu'il devienne fou furieux parce qu'il voulait à manger tout de suite et pas dans dix minutes. Avec lui, chose rare, elle se sentait en sécurité.

Il y avait du monde dans la salle, et une file d'attente s'allongeait au bar pour les pâtisseries et les boissons à emporter. Mais, attablé à l'écart, leur groupe pouvait échanger sans hausser la voix. Le champagne arriva, les verres furent remplis. Nathan se leva.

— Heureux anniversaire, Vicki. Que tes souhaits se réalisent !

Vicki cilla, les yeux soudain humides.

— Merci. Je n'ai qu'un souhait, mais il ne se concrétisera pas. À la vôtre ! dit-elle en s'adressant à la tablée. Merci de vous être joints à moi.

Molly aurait voulu étreindre Vicki et chasser sa tristesse. Incapable d'un geste aussi spontané, elle pouvait au moins se montrer détendue et refouler son passé. Elle fut heureuse d'être venue, tout à coup. Elle avait fait un pas vers la vraie vie. Et il y en aurait d'autres. Elle en était sûre.

Nathan se rassit.

— Qui veut chanter *Happy Birthday* ? Pas moi, je viderais le restaurant.

— Ce serait un souvenir mémorable pour Vicki, plaisanta quelqu'un.

Sans réfléchir, Molly entonna *Happy Birthday.* Au lieu de se joindre à elle, tous la dévisagèrent.

— Qu'est-ce qu'il y a ? fit-elle, s'arrêtant aussitôt.

— Rien du tout ! Continue ! s'écrièrent-t-ils.

Gênée, elle secoua la tête.

— Quelqu'un peut prendre la relève.

— Pas après avoir entendu ça, marmonna Nathan. Vous chantez divinement bien.

Reprenant la chanson, elle oublia tout pour ne se souvenir que des instants bénis où elle avait chanté avec sa grand-mère. Gran lui avait payé des cours, jusqu'au moment où Molly avait décidé qu'elle ne voulait pas faire carrière dans la musique, seulement trouver un havre de bonheur.

— J'ai hérité des gènes de ma grand-mère, dit-elle à la fin de la chanson. Elle faisait partie de la troupe de l'opéra national.

Gran avait aussi été la seule à s'interroger, avant leur mariage, sur son amour pour Paul.

Ne reviens pas là-dessus, Molly. Tu as juré de t'amuser, non ?

Elle se tourna vers Nathan et enchaîna :

— Vous avez une super voiture de sport. Je vous ai vu arriver mercredi dernier, quand je suis venue à l'hôpital avec la mienne, ce qui m'arrive rarement.

De nouveau, il l'observa avec intensité, mais accepta qu'elle change de sujet.

— Beau petit bolide, hein ? fit-il. Je l'ai depuis un mois, et je n'ai pas encore eu le temps de le tester vraiment. Il va falloir que j'en profite un peu, sinon, autant le vendre.

— Ce serait dommage.

Quoi de plus excitant que de rouler à toute allure dans cette incroyable voiture, de jouir du moment en oubliant tout ?

Erreur, Molly. Être avec Nathan serait beaucoup plus excitant. À cette pensée, elle faillit s'étrangler avec sa gorgée de café. Nathan lui tendit une serviette.

— Tenez, essuyez-vous.

En voulant prendre la serviette en papier, elle lui effleura les doigts sans le vouloir et retira aussitôt sa main. Une sensation de chaleur l'envahit, une flambée de désir. Elle eut soudain une conscience aiguë de sa féminité, de l'homme qui était assis près d'elle.

— Un réflexe paternel, c'est ça ? Il vous faut des bambins bien débarbouillés ?

Il claqua la serviette sur la table en marmonnant :

— Je n'ai pas d'enfants.

Puis il détourna les yeux. Elle l'avait de nouveau agacé. Elle ne sut que dire, de peur de le contrarier davantage. Il était temps de passer à autre chose. Se penchant vers Emma, de l'autre côté de la table, elle demanda :

— Quand pars-tu à Queenstown ?

La jeune interne devait assister, pendant la saison de ski, au festival d'hiver de Nouvelle-Zélande, connu pour l'originalité de ses manifestations culturelles et sportives.

— Mardi prochain. J'ai hâte d'y être. Tu y es déjà allée ?

— Il y a des années. C'est une manifestation extraordinaire, dans un lieu tout aussi extraordinaire.

Nathan n'était pas prêt à se laisser ignorer.

— Vous êtes montée sur l'hydrojet ? demanda-t-il à Molly.

— Bien sûr.

— Vous aimez la vitesse, on dirait, fit-il avec un sourire qui éclaira son visage de façon spectaculaire.

— Je suppose. Même si je n'ai jamais rien tenté d'extrême. Je suis trop prudente, bien trop raisonnable.

Il la regarda comme s'il avait envie d'en savoir plus sur ses activités en dehors du travail. Mais il ne chercha pas à lui tirer les vers du nez, si bien qu'elle s'ouvrit un peu.

— J'aimais faire du sport, naviguer sur des yachts, les concerts de rock, ce genre de choses.

— Vous *aimiez* ? Ce n'est plus le cas ?

Aïe ! Retour à la réalité. Dans l'espoir de désamorcer au plus vite la situation, elle répondit :

— Ça me plaît toujours, mais je ne trouve plus le temps. Et ici, je ne connais personne avec le genre de yacht auquel je suis habituée.

— Un Paper Tiger de trois mètres ne vous conviendrait pas, je suppose ?

Il ne se moquait pas, il entretenait la conversation, comme pour lui éviter d'être happée dans le trou noir de son passé. Ce qui était impossible, puisqu'il en ignorait tout.

— Mon beau-frère en a un, précisa-t-il.

Elle rit, se surprenant elle-même.

— Moi, piloter un catamaran ? Je tomberais à l'eau, ou j'amènerais la voile au mauvais moment.

— Ça fait partie de l'apprentissage, dit-il avec un large sourire.

Et il se mit en devoir de lui conter par le menu ses mésaventures sur sa planche de surf.

Une heure plus tard, tout le monde avait fini son petit déjeuner et rassemblait ses affaires.

— Je suppose qu'il est temps d'y aller, dit Molly à regret.

Elle s'était vraiment amusée à discuter et à rire avec la bande, surtout avec Nathan. Il était différent en dehors du travail. Il lui avait parlé de Queenstown, de sa voiture, d'un tas de choses. Il avait même ri, souri. Cet homme lui plaisait. Elle avait envie de passer du temps avec lui, de le connaître.

Se penchant vers elle, il lui dit à voix basse :

— Un tour dans mon bolide, ça vous tente ? Je pourrais vous déposer chez vous.

Il y avait de l'impertinence coquine dans le sourire de cette superbe bouche virile, et dans ce regard quelque chose qui la mettait au défi d'accepter. Elle en resta bouche bée. Puis balbutia :

— Je… j'ai l'habitude de prendre le train.

De l'autre côté de la table, Vicki eut une mine expressive.

— Entre le train et une voiture de sport haut de gamme, je sais ce que je choisirais, moi !

Mais opter pour la voiture impliquait de se retrouver confinée dans un habitacle étroit auprès d'un homme. Et pas n'importe lequel ! Avec Nathan. Molly se leva en disant avec une décontraction étudiée :

— Bondi Junction, ce n'est pas la porte à côté.

— C'est sur mon chemin, dit-il. J'habite à Coogee.

Il ajouta en homme déterminé :

— Je n'ai pas fini ma coupe de champagne, vous n'avez aucune inquiétude à avoir sur mon comportement au volant.

— Je n'en ai pas.

La tête lui tournait un peu à l'idée de monter en voiture avec Nathan Lupton, sexy en diable, homme de cœur, et – ne pas l'oublier ! – généralement grincheux avec elle. Mais elle avait confiance et savait qu'il ne lui ferait aucun mal.

— Vous disiez aimer les bolides, fit-il.

Elle ne put réprimer un sourire. Sa première voiture de course avait été un petit bolide que sa mère lui avait offert pour son dix-huitième anniversaire. Elle avait adoré cette voiture.

— Mais en ville, vous ne pourrez pas faire de vitesse.

— Ah ! Un défi à relever.

Il lui rendit son sourire, lança une pièce de monnaie en l'air et la rattrapa, puis éclata de rire.

Nathan regardait les émotions contradictoires se succéder sur le visage de Molly. Du diable si ça ne lui donnait pas envie de passer plus de temps avec elle. Pas pour se prouver qu'il pouvait la conquérir, mais parce qu'il commençait à éprouver de la sympathie pour elle. Elle lui inspirait des sentiments chaleureux. Il n'avait pas envie que la matinée se termine.

Elle l'intriguait. La joie sincère qui avait illuminé son regard au cours du petit déjeuner l'avait remué, lui avait rappelé qu'il avait un cœur, et qu'il ne lui aurait pas déplu de le faire battre à nouveau – à condition d'en trouver le courage. Molly était une femme à ne pas laisser filer, s'il désirait s'engager. Et là était le problème ! Il ne voulait pas s'engager. Il était peut-être prêt à sortir avec une femme, mais l'idée d'une relation durable lui faisait encore peur. Tomber amoureux de nouveau, et avoir le cœur brisé une deuxième fois… c'était impensable.

— Si vous êtes prêt, on peut y aller.

Le sourire attirant qui incurvait les douces lèvres de Molly était authentique, aux antipodes du sourire contraint auquel elle recourait habituellement. Elle s'était vite laissé convaincre de se laisser raccompagner !

Elle étreignit Vicki.

— Joyeux anniversaire. Si tu as besoin de compagnie plus tard dans la journée, appelle-moi.

Le regard de Vicki s'éclaira.

— Une virée pour acheter des chaussures ne serait pas pour me déplaire.

Il remarqua la surprise de Molly. Ce n'était sûrement pas à cause des chaussures, tout le monde connaissait la passion fétichiste de Vicki. Si Molly avait cet air stupéfait, c'était forcément pour une autre raison.

— Il y a des choses plus désagréables qu'une virée shopping avec Vicki, dit-il.

— Je n'en doute pas, répondit-elle.

Puis elle ajouta avec circonspection :

— Bonne occasion de reprendre les bonnes habitudes.

Celles des relations amicales ? Il éprouva de nouveau, plus fortement, le besoin de la protéger. Il lui était arrivé quelque chose, il en était sûr. Quelque chose qui la rendait nerveuse et la mettait sur ses gardes.

— Vicki, pas de souci pour rentrer de ton côté ?

Le sourire impertinent de Vicky passa de lui à Molly, puis s'effaça, remplacé par la tristesse.

— Pas de problème.

Il hocha la tête – il n'aurait pas pu la raccompagner aussi dans son bolide deux places.

— On se revoit à 15 heures, lui rappela-t-il.

— Tu n'es pas obligé de me dorloter parce que c'est mon anniversaire. De toute façon, je vais sortir avec Molly.

— Oh ! mais j'y tiens ! Cours les boutiques tant que tu veux, mais sois chez toi quand j'arriverai.

Sinon, Cole lui arracherait les yeux !

Molly adressa un large sourire à Vicki avant de franchir la porte du café.

— Vous êtes proches, tous les deux, dit Molly d'une voix où perçait une sorte d'envie.

— Elle est mariée à mon meilleur ami, que j'ai connu il y a des années en faisant du surf. Notre amitié s'est prolongée à l'école de médecine et ne s'est jamais démentie depuis.

Cole l'avait soutenu dans les moments les plus noirs.

Il prit Molly par le coude, d'un geste délibérément léger alors qu'il avait envie de l'attirer près de lui et de s'emplir les poumons de son parfum enveloppant. Étrangement, il prenait conscience qu'il avait souvent cherché cette odeur. Molly l'avait troublé à son insu, il ne s'en était pas rendu compte.

— Vous ne faites plus de surf, désormais ? lui demanda-t-elle en se tournant vers lui, et il eut toutes les peines du monde à ne pas ramener ses boucles rousses désordonnées derrière son oreille.

Résistant à la tentation, il tarda à répondre.

— Cela m'arrive encore, mais pas autant qu'avant. Cole a rejoint l'armée, et je me suis cassé la cheville. Cela ne m'a pas empêché de remonter sur ma planche une fois remis, mais ensuite ma spécialisation a dévoré mon temps libre.

Ce qu'il en restait, il l'avait consacré à Rosie. Il eut un coup au cœur. Rosie était l'amour de sa vie. Rien à voir avec Molly. L'aurait-il regardée plus d'une fois, si… ?

Allons donc ! De qui se moquait-il ? Il avait déjà regardé Molly à de nombreuses reprises. Il eut un frisson, comme effrayé soudain par le chemin qui semblait s'ouvrir à lui. Il était peut-être prêt à faire le grand saut dans l'espoir de retrouver le bonheur intense qu'il avait connu. Mais si ça tournait à l'aigre, débouchait sur de la douleur, de l'antipathie ? Ou pis : s'il tombait amoureux d'une femme qu'il était incapable de rendre heureuse à cause de son passé ?

Comme ils rejoignaient sa voiture, il demanda :

— Vous habitez où, à Bondi Junction ?

— Je vais programmer le GPS, dit-elle en prenant place sur le siège passager et en bouclant sa ceinture. Je connais le chemin, mais autant assurer le coup.

Elle semblait pressée d'arriver. Ils ne bavardèrent pas pendant le trajet, mais une fois garé devant l'immeuble, il tint à l'escorter jusqu'à l'entrée. Il voulait en finir au plus vite, lui aussi. Il avait besoin de respirer un air qui ne serait plus saturé par l'odeur de cette femme, de prendre de la distance. Il avait besoin, avant d'être dépassé par les événements, de réfléchir à ce qu'il faisait en se liant avec Molly.

La portière de sa passagère se referma sur un léger déclic, mais il était descendu de voiture et la rejoignit sur le trottoir.

— Quand je raccompagne quelqu'un, je vais jusqu'au bout.

Elle écarquilla ses yeux verts, et eut une sorte de rire.

— Nous ne nous connaissons pas assez bien pour ça.

— Vous savez pertinemment ce que je veux dire.

Non, elle n'avait pas l'air *déçue*. C'était impossible ! Elle lui en apporta d'ailleurs la preuve.

— Vous m'en voyez soulagée. Je n'étais pas sûre à 100 % de ce qu'il fallait croire.

Les coins de sa bouche frémissaient, comme au bord du sourire. Bon sang, il avait une folle envie d'embrasser cette bouche. Il avait envie de savoir si elle était aussi douce et appétissante au toucher qu'au regard. Son corps se porta en avant, comme malgré lui, mais alors qu'il levait les bras, son bon sens reprit le dessus. S'il continuait, Molly allait lui décocher le genre de coup de pied que tout homme redoute !

Il recula pour regarder autour de lui. L'entrée de l'immeuble était accessible par l'allée, non loin d'un arrêt de bus. Rien que de très ordinaire. Or, Molly était tout sauf ordinaire. Il soupira. Elle avait le droit de vivre où bon lui semblait. Pourquoi se faisait-il tout un cinéma ?

— Il y a longtemps que vous habitez ici ? demanda-t-il.

Elle taquinait un caillou du bout de son élégante chaussure, mais releva la tête et le regarda droit dans les yeux.

— Depuis que j'ai emménagé à Sydney, il y a un an. Je travaillais dans une clinique, un peu plus bas dans la rue, mais je cherchais à intégrer un service d'urgences en centre-ville.

— Les opportunités ne manquent pas. Seriez-vous difficile ? fit-il, adoucissant sa question avec un sourire.

— J'ai trouvé un poste peu de temps après avoir signé mon contrat à la clinique, mais une collègue infirmière a eu la leptospirose, et le directeur m'a demandé de rester jusqu'à ce qu'elle soit remise. Je n'ai pas eu le cœur de leur faire faux bond. Ils s'étaient montrés bon avec moi dès le premier jour.

Combien de questions pouvait-il oser ? Revenir à la charge était déloyal, mais il avait besoin d'en savoir plus. Les réponses de Molly le refroidiraient peut-être.

— Je vous aurais imaginée installée plus près du centre, là où se trouvent les boutiques et les night-clubs.

— Je me plais ici, dit-elle – et pour la première fois, il perçut du doute dans sa voix. Ça ne m'ennuie pas de prendre le train, le trajet est court. À en juger par les rares fois où j'ai pris ma voiture, le train est plus rapide que votre bolide dans les embouteillages.

— Vous étiez où, avant ?

— À Adelaïde. Et avant ça, à Perth, dit-elle en expédiant le caillou à travers l'allée. Bon, je rentre dormir un peu. Merci de m'avoir raccompagnée.

Il accusa le coup. En quoi sa dernière question l'avait-elle heurtée ?

— Attendez.

Bon sang, pourquoi s'obstinait-il ? Même s'il était troublé par les courbes qui se dessinaient sous les vêtements de Molly, il devait la laisser rentrer. Il n'était pas prêt. Et elle ne l'était sans doute pas non plus.

— Rentrez donc, Nathan. Et dormez un peu vous aussi. On est vendredi, le planning risque d'être chargé, ce soir.

Ignorant sa remarque, il suggéra, désignant sa voiture :

— Ça vous dirait de venir avec moi un de ces jours, quand je… la lancerai sur l'autoroute ?

N'avait-il pas estimé avoir besoin de réfléchir ? Bon sang, il ne se comprenait pas ! Mais il n'allait pas renoncer aisément, maintenant qu'il avait commencé.

Elle le dévisagea comme s'il avait proposé de décoller pour la lune. Il attendit, suspendant son souffle. Où était le problème ? Il lui avait proposé de faire un tour, histoire de respirer encore une fois son odeur. Pas de quoi en faire une affaire. Pourtant, ça lui semblait énorme. C'était un *rendez-vous*. Et alors ? Il avait déjà couché avec des femmes qui comprenaient qu'il n'avait rien de plus à offrir.

Il savait d'instinct que Molly ne serait pas intéressée. Mais peut-être que si. Et il pourrait prendre du bon temps puis s'en aller ensuite. Il eut soudain l'impression de recevoir un uppercut au creux de l'estomac. Il ne voulait pas de ça avec cette femme ! Ce serait tout ou rien. Pas de demi-mesures.

« Tout » était forcément hors de question. Molly n'était pas son genre. Donc, ce serait « rien ». Il allait retirer sa proposition, mais Molly sourit, jusqu'aux oreilles, et c'était un sacré spectacle. De belle, elle devenait sensationnelle ; sa réserve disparue, elle était superbe et pleine d'audace.

— Seulement si j'ai mon tour au volant.

Il crut que son cœur s'était arrêté. Soudain, il ne se sentait plus tout à fait assuré sur ses jambes. Il s'adossa à sa voiture pour se stabiliser, et demanda :

— Vous aimez la vitesse et le risque ?

Jusque-là, il n'aurait pas associé Molly au risque. Elle semblait trop précautionneuse pour flirter avec le danger. Mais ce n'était qu'une apparence, après tout.

— Je suis prudente et raisonnable. C'est moi tout craché, fit-elle, et son sourire s'éteint.

Ouf ! il pouvait revenir en terrain sûr, être le collègue qui l'avait raccompagnée, tirer un trait sur le défi qu'il avait étourdiment lancé. Mais Molly avait cessé de sourire. Ce qui lui donnait envie de la faire sourire à nouveau.

— Je vous promets d'être si prudent que vous aurez envie de m'aiguillonner.

Il se redressa et accompagna Molly à la porte d'entrée de l'immeuble.

— Encore merci, dit-elle en tapant le code d'entrée.

— Je vous escorte jusqu'à votre appartement.

— Je saurai arriver au troisième étage ! marmonna-t-elle. À ce soir.

La porte s'ouvrit, et elle entrebâilla le battant.

— Je suis contente d'être venue. C'était sympa, ce petit déjeuner.

Il se sentit tout réchauffé par ce commentaire et, une fois encore, dut résister à la tentation de la toucher

— Je suis aussi content que vous soyez venue. Bon, j'y vais. J'ai à faire avant d'aller chercher Cole à l'aéroport.

— Je croyais qu'il ne serait pas là pour l'anniversaire de Vicki ! Qu'il était en Malaisie !

— C'est une surprise. Il a pu obtenir une permission pour le week-end. Le régiment quitte Kuala Lumpur pour réintégrer la caserne à Darwin, en banlieue, mais Cole arrive à Sydney.

— Adieu le shopping, dit Molly, sourire aux lèvres. Vicki ne travaillera pas ce soir, j'imagine.

— J'ai organisé ça en secret. Je la préviendrai quand je déposerai Cole chez eux.

— C'est chic de votre part. Ce serait affreux qu'elle manque l'occasion de voir son homme, dit-elle avec un soupir.

Il y avait dans ce soupir une mélancolie qu'il ne s'expliquait pas, mais il aimait tout de même mieux cette réaction que de la voir réservée et effacée. Non, pas effacée, il ne la percevait plus ainsi. Il regagna sa voiture en lançant :

— À ce soir !

Il était temps de prendre ses distances avant de commettre quelque bévue. Comme de lui demander pourquoi elle avait mis des semaines à discuter avec ses collègues. Cela aurait été le plus sûr moyen de mettre fin à leur rapprochement !

Il attendit qu'elle ait refermé la porte avant de monter en voiture. Puis il partit vers son paradis de Coogee, l'esprit tout occupé de Molly. Elle avait accepté une virée dans son bolide. Il trouverait le moyen de concrétiser ça. Ce week-end, si possible. Cela lui permettrait de continuer à entamer la carapace que Molly opposait aux autres.

Arrêté à un feu rouge, les doigts sur le volant, il battit la mesure du morceau de rock diffusé à la radio. Une sonnerie stridente fit intrusion dans la musique. Il trouva à tâtons, sous le siège du passager, un téléphone. Sûrement celui de Molly. Il ne pouvait pas répondre. Elle ne le lui pardonnerait pas !

Mais un sourire apparut sur son visage. Il tenait une bonne raison de retourner chez elle, de lui parler, et d'obtenir son numéro de téléphone par la même occasion.

3.

La porte de son studio juste refermée, Molly s'y adossa et tenta de chasser Nathan de ses pensées. Peine perdue.

Un large sourire éclaira son visage. Quelle matinée ! Il avait cessé d'être grognon pour lui parler, lui sourire, et l'avait raccompagnée à la porte de son immeuble. Si elle y avait consenti, il l'aurait escortée jusqu'à son appartement !

Elle observa les lieux, exigus, et soupira. Heureusement qu'il n'avait pas vu son chez-elle ! En voyant l'immeuble, qui avait piètre allure, sans doute s'était-il demandé pourquoi une infirmière correctement rémunérée choisissait de vivre là…

L'appartement ne contenait que l'essentiel, pour gagner de la place. Le mobilier provenait du cottage de Gran, dont Molly avait hérité à sa mort. Il était resté dans un garde-meubles jusqu'à ce qu'elle emménage à Adélaïde. Il n'y avait eu qu'une consolation, dans la mort de Gran : sa grand-mère n'avait pas su qu'elle avait jugé Paul à sa juste « valeur ». Si elle avait été au courant, elle l'aurait étripé !

Personne ne venait ici. Lizzie, la meilleure amie de Molly, habitait Perth et promettait toujours de lui rendre visite mais n'en trouvait jamais le temps. Son travail l'emmenait de l'autre côté de l'océan pendant des semaines d'affilée. Lizzie manquait à Molly, bien plus que n'importe qui d'autre de son ancienne vie. Elles avaient fait tant de choses ensemble, partagé tant de rires et de larmes ! Surtout, Lizzie avait cru Molly lorsqu'elle lui avait dit que Paul la battait. Et Lizzie l'avait aussitôt détesté presque autant que Molly elle-même.

Paul Bollard. Nathan Lupton. Ils ne se ressemblaient

pas ! L'un était le mal, l'autre la bienveillance incarnée. Ils pouvaient se montrer, l'un et l'autre, charmeurs et sûrs d'eux. Inquiétant. Paul l'avait courtisée comme une princesse, et lui avait même donné, au début, le sentiment d'en être une. Nathan la déroutait, la contrariait parfois, et il lui arrivait aussi, comme ce matin, d'être tout tendre à l'intérieur.

Elle soupira. Nathan ne lui faisait pas la cour. Et c'était tant mieux. Après son horrible mariage, elle était enfin célibataire, désireuse d'aimer à nouveau et de faire confiance à un homme. Mais elle restait sur ses gardes.

Ce petit déjeuner était la meilleure chose qui lui soit arrivée depuis longtemps. Elle travaillait avec une équipe formidable. À dater d'aujourd'hui, elle participerait à tous les petits rendez-vous qu'ils proposeraient. Elle s'impliquerait ailleurs que dans la boutique solidaire. La nouvelle Molly ne serait ni la mondaine d'autrefois ni la femme battue asservie. Mariée deux ans, séparée les deux suivants, aujourd'hui seule et libre, elle était devenue plus soucieuse des autres, plus compréhensive.

Dans sa kitchenette, elle alluma la bouilloire pour le thé. Elle avait réussi à s'intégrer à l'équipe, à se détendre. Elle avait même chanté *Happy Birthday*. C'était un pas dans la bonne direction, et elle ne devait pas s'en tenir là. Il y avait, là, dehors, toute une ville à découvrir, des amis à se faire !

Nathan assistait-il à tous les repas de l'équipe ? Si elle n'était pas tout à fait prête à avoir un partenaire, ni même un amant, déjeuner avec un homme comme lui ne serait de toute façon jamais une perte de temps.

La sonnette d'entrée retentit. Molly pivota vivement, le cœur battant à se rompre.

— Molly, c'est Nathan ! J'ai votre téléphone !

Soulagée, elle gagna la porte et jeta un coup d'œil par le judas. Comment avait-il pu entrer et trouver son appartement, alors qu'il ne connaissait pas le numéro ?

— Molly ?

L'irritation perçait dans la voix de Nathan. Elle lui ouvrit.

— Désolée pour ce dérangement. Il a dû tomber de mon sac.

— Vous avez eu un appel. C'est comme ça que je m'en suis aperçu.

— Un appel ? De qui ?

— Je n'ai pas regardé. J'ai pensé que cela vous déplairait.

— En effet, répondit-elle en consultant le journal d'appels.

C'était un numéro inconnu. Elle cessa de sourire.

— Il y a un problème ?

Elle secoua la tête, levant les yeux pour se pénétrer du regard chaleureux de Nathan.

— Non, c'est sans doute un faux numéro.

Pour autant qu'elle sache, Paul n'avait accès qu'au téléphone de la prison, dont elle avait enregistré le numéro dans ses contacts et qu'elle pourrait mettre sur liste rouge s'il tentait de la joindre. D'ailleurs, il avait cessé de lui téléphoner après le verdict qui avait établi sa culpabilité. Mais comment prévoir l'effet que le jugement de divorce avait eu sur cet esprit narcissique ? Paul détestait plus que tout avoir perdu le contrôle sur elle.

La bouilloire siffla, Molly lança un coup d'œil vers la kitchenette.

— Merci de m'avoir rapporté mon téléphone, dit-elle.

Nathan franchit le seuil.

— Vous donnez dans le style minimaliste ?

Il aurait dû partir, pas entrer. Pourtant, son attitude ne semblait pas déplacée. Molly avait le sentiment, au contraire, que cet homme avait sa place chez elle. Comme si elle *désirait* qu'il soit là. C'était si étrange… Mais elle n'était pas dominée par l'émoi brûlant qui l'avait saisie, non.

— J'allais faire du thé, vous en voulez ?

Enfin, si, elle y cédait peut-être. Elle le vit hésiter en promenant le regard sur son living. Il allait refuser. Elle aurait dû en être soulagée, mais elle était déçue.

— J'oubliais, vous avez à faire avant d'aller chercher Cole.

— J'ai cru que vous ne le proposeriez jamais, dit-il.

Il la regarda de nouveau, mains dans les poches et détendu, mais il y avait quelque chose d'incertain dans son attitude, comme s'il doutait d'être le bienvenu. Le fait qu'un homme aussi affirmé puisse manquer d'assurance le lui faisait paraître plus vrai, plus humain. Vulnérable, mais dans le bon sens du terme.

La déception qu'elle avait éprouvée s'effaça, remplacée par la nostalgie soudaine d'une deuxième chance en amour. De peur de tomber pour de bon sous son charme et de tout gâcher, elle lui tourna le dos et lança :

— Vous voulez bien fermer la porte ? Je n'aime pas qu'elle reste ouverte. On ne sait jamais qui pourrait entrer.

— Pas de problème.

Il ajouta après un temps :

— Au cas où vous vous poseriez la question, c'est la vieille dame de l'autre bout du palier qui m'a dit où frapper.

Mme Porter avait indiqué son appartement à un inconnu ? Il faudrait qu'elle lui en touche un mot ! Même si l'homme qui se tenait dans son studio était Nathan, et pas un inconnu.

— Asseyez-vous, lui dit-elle en désignant les deux chaises en bois placées devant sa petite table.

Quand il s'installa, se mettant à son aise en étalant ses longues jambes, elle en eut la bouche sèche.

— Pas le lieu idéal pour donner une soirée, hein ? fit-il avec un sourire.

Des sourires comme ça, elle en redemandait ! Cela réchauffait la part d'elle-même qui était glacée depuis longtemps, celle qu'elle avait enfermée à double tour par peur de commettre à nouveau une épouvantable erreur. Elle attrapa deux mugs sur l'étroite étagère qui surmontait le plan de travail, observant :

— Je n'avais aucune intention de donner des soirées lorsque j'ai eu besoin d'un toit. Le lieu me convient.

— Vous n'avez pas aimé que votre voisine dise où vous habitiez.

— J'évite de livrer des informations personnelles aux Miss Marple de ce bas monde.

Tais-toi, tu parles trop. Elle n'allait pas expliquer son comportement à Nathan. D'ailleurs, Paul était en prison. Personne d'autre ne lui voulait de mal.

Nathan l'observait, avec détachement en apparence, mais elle aurait juré qu'il lisait en elle comme dans un livre.

— Vous n'avez pas envie de voir n'importe qui débarquer à l'improviste.

Décidément, il était un peu trop clairvoyant !

— Exactement, fit-elle.

En promenant les yeux sur la petite pièce, qui semblait minuscule depuis qu'il y était entré, elle sentit un désir nostalgique croître en elle. Sa vie n'avait rien eu que de très ordinaire depuis qu'elle avait emménagé à Sydney. Banlieue ordinaire, appartement ordinaire, voiture ordinaire. Elle aimait son travail à l'hôpital, mais le poste qu'elle occupait auparavant à la clinique était plus en accord avec le reste de sa vie. Personne ne prêtait attention à ce qui était ordinaire, et c'était ce qu'elle avait recherché. Jusqu'à aujourd'hui…

— Je me plais ici, mais le moment est peut-être venu de déménager pour un endroit plus spacieux, où je me sentirais plus en relation avec les autres. Ici, je ne fais que croiser les locataires.

Cela lui convenait parfaitement, avant. Maintenant, cela lui faisait l'effet d'un parcours interminable et obscur qui ne menait nulle part.

— Où aimeriez-vous vivre ?

Elle n'eut pas à répondre : son téléphone sonna. L'identité de l'appelant ne s'affichait pas sur l'écran, qui indiquait le même numéro inconnu que précédemment. Ce n'était tout de même pas un appel importun ?

— Allô ? fit-elle, consciente de son intonation prudente et se forçant à sourire. Molly O'Keefe à l'appareil.

Il était plus facile d'avoir du courage en présence de Nathan !

— Salut, Molly. C'est Jean, de la boutique solidaire. Le téléphone du magasin est hors service, je t'appelle de mon portable.

Un intense soulagement envahit Molly.

— En quoi puis-je t'aider ? demanda-t-elle.

— Tu m'avais dit de t'appeler en cas de souci. Une des bénévoles qui travaille ici le lundi a dû partir auprès de sa mère malade. Pourrais-tu la remplacer ?

— Avec plaisir. Mais il faudra que je sois au service des urgences à 15 heures. Ça te va ?

— C'est parfait. Merci mille fois. À lundi, alors.

Là-dessus, Jean raccrocha.

— Eh bien, voilà mon lundi tout tracé, dit Molly en abandonnant le téléphone sur la table.

Comme Nathan la regardait, elle précisa :

— Je fais du bénévolat dans une boutique solidaire qui soutient un refuge pour femmes. Je remplis les rayons, j'enregistre les ventes, ce genre de choses.

La boutique gagnait pas mal d'argent pour les femmes battues et leurs enfants, et Molly était contente d'aider des personnes qu'elle ne comprenait que trop bien sans avoir d'explications à donner à quiconque. Même si elle soupçonnait sa collègue Jean d'avoir deviné ce qui la motivait.

— Vous devez entendre des histoires affreuses, dit Nathan. Je ne pense pas que je saurais encaisser ça.

— La plupart des gens viennent en clients, pour soutenir une bonne cause. Il s'agit rarement de femmes ayant survécu à la maltraitance. Et celles-là n'en parlent pas, en général.

Arrête ! n'en dis pas trop. Elle n'avait pas affaire à un imbécile. Il saurait lire entre les lignes, si elle ne faisait pas attention.

— Vous avez sans doute raison. L'exception, ce sont ces femmes courageuses qui parlent en public de l'épreuve qu'elles ont vécue pour éveiller les consciences, dit-il avec une admiration manifeste. Je me demande comment elles font.

— Moi aussi, dit Molly, sincère, dans un murmure.

Ayant vidé son mug de thé, Nathan se leva.

— Je ferais bien de régler les affaires courantes avant d'aller à l'aéroport. À commencer par faire un somme. Vu votre mine, dormir un peu vous ferait du bien aussi.

Elle paraissait peut-être lasse, mais, pour une fois, elle se sentait plus vivante et éveillée qu'un gamin de cinq ans. Prête à la fiesta, plutôt qu'à la sieste. Nathan avait-il cet effet-là sur elle ? En dehors du travail, elle se sentait rarement aussi stimulée qu'en sa présence.

— Je vais courir un peu, dit-elle. Ça m'éclaircit les idées.

Et ça m'empêchera peut-être de penser à lui.

— Ça ne vous empêche pas de dormir ?

— Rarement. C'est une saine fatigue ; après une douche chaude, je sombre dans le sommeil, en général.

— Vraiment ? fit-il, lui octroyant un sourire dévastateur.

Elle en eut le souffle coupé, puis parvint à grommeler :

— Bon, je croyais que vous partiez.

— On n'a pas le droit de changer d'avis ?

Il souriait toujours, et elle avait maintenant l'impression que ses jambes se dérobaient sous elle. Quant au séjour au lit, il semblait plus qu'indiqué, tout à coup. Avec ou sans Nathan ?

Elle désirait Nathan ? Bon sang, quand elle sortait de son sommeil de princesse ensorcelée, elle n'y allait pas par quatre chemins ! Le sexe n'avait plus de place dans son univers depuis longtemps, et voici que tous ses sens reprenaient vie !

— Non, répondit-elle en dépit du nœud qui lui nouait la gorge, sans trop savoir ci ce « non » s'adressait à lui ou à elle.

Ceci ne les mènerait nulle part. Ils travaillaient ensemble. Il était sûr de lui, elle pas. Il avait sûrement une femme dans sa vie. Tous les hommes beaux en avaient une, non ? Elle se remettrait de cet accès de désir dès que Nathan serait parti. Ou pendant sa séance de jogging. Ou plus tard, en prenant le train pour aller travailler. Oui, ça lui passerait. Ce n'était qu'une aberration passagère dans son monde si bien policé.

— Puis-je avoir votre numéro ? demanda-t-il, tirant son téléphone de sa poche.

— Pourquoi ?

— Pour vous joindre lorsque je ferai cette fameuse virée avec mon bolide. Ça vous tente toujours ?

Si elle était censée guérir de son attirance pour lui, pourquoi était-elle plus excitée que jamais à l'idée de faire un tour en voiture avec lui ? Elle lui dicta le numéro en espérant que c'était le bon. Elle était si troublée qu'elle aurait tout aussi bien pu lui communiquer celui du zoo !

— J'attends ça avec impatience, dit-elle en se dirigeant vers la porte pour l'ouvrir.

Elle avait hâte qu'il libère son espace, car en sa présence elle se sentait minuscule, fragile, et tellement vivante ! Elle devait faire une pause, étudier ce qui se passait, comprendre pourquoi elle ressentait ces choses avec lui.

Non, elle ne devait pas attendre encore pour voir ce que le hasard lui proposerait. Elle devait prendre le contrôle. Sans rien précipiter, toutefois.

Nathan passa devant elle, laissant dans son sillage une odeur d'après-rasage aux senteurs naturelles. Elle eut un léger soupir. La nostalgie, le désir, l'espoir, s'étaient-ils éveillés en elle parce qu'elle était réellement attirée par lui ? Ou n'était-il qu'une étape, un « marchepied » vers la vie à laquelle elle aspirait ? Elle ne le savait pas encore.

— À ce soir.

Elle referma vite la porte et s'adossa au battant, la tête renversée vers le plafond comme si les réponses à ses interrogations s'y trouvaient. Son excitation était réelle, en tout cas. Son cœur en sommeil s'était ranimé. La prenant par surprise, Nathan Lupton avait fait jaillir une étincelle et allumé un brasier qu'elle ne voulait pas éteindre.

— Nom d'un petit bonhomme !

Nathan se gara à l'arrière de sa grande maison en secouant la tête. Molly la réservée avait révélé une autre facette d'elle-même, et c'était intéressant. Après l'avoir côtoyée dans une tenue si pleine d'allure, le mot « sexy » revenait en boucle dans sa tête, soulevant en lui plus de questions encore au sujet de cette femme. Quant à ce bref moment chez elle, il lui avait donné envie d'en savoir davantage sur son passé.

D'en *savoir* davantage ? Allons donc ! N'était-ce pas plutôt envie de la toucher, de décupler le plaisir ? Tout ce qui la concernait avait pris une grande importance à ses yeux. Mais pourquoi ? Il savait seulement que sa libido s'emballait en sa présence. Les mots « sexy », « attirante », « tentante » lui venaient à l'esprit.

Il était donc en proie à la tentation ? Molly était belle, c'était vrai, et lui chamboulait les sens. Mais de là à le tenter irrésistiblement… Si, c'était le cas, bon sang ! Il commençait à croire qu'il était bel et bien de retour dans le monde réel, où sortir avec une femme devenait possible. Mais la réalité était aussi terrifiante.

Il claqua la portière et contourna la maison, gagnant la clôture pour contempler, au-delà de la pelouse de devant et du large chemin de promenade, la mer de Tasman. Il n'y avait pas de surfeurs, le vent était trop faible. Et c'était dommage, car il avait une envie folle de monter sur une planche. Cela lui aurait occupé l'esprit et aurait engourdi les idées qui le taraudaient.

Il était épuisé, et il avait besoin de dormir avant de reprendre le service, ce soir. Mais l'idée de s'affaler sur son canapé devant la télévision n'avait rien d'engageant. Il n'arriverait pas à dormir tant que Molly hanterait ses pensées. Il avait voulu qu'elle renonce à son comportement froid avec lui, et qu'y avait-il gagné ? Elle le tourmentait plus encore qu'avant. Au moins ne s'en doutait-elle pas.

En es-tu si sûr ? Bonne question…

Et que dire de sa réaction lorsqu'elle avait pris son téléphone et vu que l'identité de l'appelant ne s'affichait pas ? Car quelque chose avait bel et bien obscurci son regard à cet instant-là. D'une façon plus marquée que si elle avait redouté un importun…

Son appartement exigu avait causé un choc à Nathan. Il était joliment décoré, cependant. Était-ce le goût de Molly ? Ou avait-elle loué les lieux déjà meublés ? Le lieu immaculé, les deux mugs, les deux verres et les assiettes jumelles, sur l'étagère, parlaient de solitude.

Elle avait mentionné son désir d'un endroit plus spacieux, relié au monde extérieur. Quelque chose ne cadrait pas dans cette histoire. Elle venait peut-être d'une petite communauté soudée et regrettait ses relations amicales avec ses voisins. Pourtant, elle n'avait pas apprécié que la vieille dame révèle dans quel appartement elle habitait…

Il regarda alentour. Il connaissait ses voisins. Ils n'étaient pas toujours fourrés les uns chez les autres mais, en cas de besoin, ils se soutiendraient.

Oublie ton idée idiote, pensa-t-il. Cette maison était plus éloignée de l'hôpital que l'appartement de Molly, il fallait prendre un bus ou un car pour rejoindre la gare.

Il se dirigea vers l'arrière, et examina les lieux. Peu à peu, le sentiment familier d'être chez lui, à sa place, chassa les émotions perturbantes. La maison, avec la galerie qui en décrivait le pourtour et son toit en avancée, était un havre été comme hiver. Il avait décidé de l'acheter dès qu'il l'avait vue – une acquisition impulsive deux ans après la mort de Rosie. Il ne l'avait jamais regretté. Il était, à l'époque, englué dans le passé, et avait donc cherché une maison qui ne ferait pas écho à ses souvenirs.

Coogee était assez loin du centre, mais le panorama au-delà de la pelouse compensait largement cet inconvénient. Il y avait trouvé la paix intérieure. Cette vaste propriété était son sanctuaire.

Elle était très différente de la petite maison moderne et accueillante qu'il avait partagée avec Rosie, à qui elle ressemblait : tout y avait sa place, les couleurs s'y harmonisaient à ravir, les plates-bandes du jardin enchantaient les passants. Alors que cet endroit-ci parlait de lui. Comme lui, il était… désaccordé.

Molly n'a pas besoin de ça, pensa-t-il. Et pour sa part, il n'avait pas besoin d'elle ici. Ce ne serait plus un lieu où se réfugier, si la tentation faite femme venait vivre dans l'appartement indépendant accolé à la maison.

Il y accueillait parfois du personnel médical tout juste embauché au Sydney General's qui avait besoin d'un toit en attendant un lieu de vie durable. Il aimait que de nouvelles personnes emménagent quelque temps, puis s'en aillent. Les lieux étaient malheureusement inoccupés depuis un moment, et il avait pensé demander à ses collègues si quelqu'un voulait les louer. Mais il avait battu en retraite. Et s'ils ne s'entendaient pas ? S'ils faisaient trop de bruit ?

L'appart est plus grand que celui de Molly. Et Molly

ne serait ni bruyante ni importune. Et il avait découvert aujourd'hui qu'ils pouvaient fort bien s'entendre.

Mais s'il voulait un jour retrouver sa solitude, il aurait beaucoup de mal à lui demander de partir. Mieux valait ne rien changer, c'était plus prudent.

4.

— Tout va bien ? fit Nathan en direction du bureau central où Molly était censée mettre à jour les dossiers des patients.

Elle était si occupée à s'interroger sur ses nouveaux sentiments envers lui et à se demander où il était qu'elle ne l'avait pas entendu venir.

— Très bien, fit-elle ce qui était faux. J'ai pu dormir après mon jogging.

Mais elle avait rêvé qu'elle était dans les bras de Nathan tout en conduisant son bolide. Pourquoi les rêves étaient-ils toujours si absurdes ?

— Et vous ? demanda-t-elle.

Il grimaça.

— J'ai grappillé une heure de repos avant d'aller à l'aéroport, et une ou deux autres après avoir dîné tôt.

— C'est ce fichu métier qui veut ça.

— Au moins, la semaine prochaine, je suis de service de 3 à 11 heures.

— Moi aussi, fit-elle tout en scrutant le dossier qu'il tenait à la main. Vous allez voir Colin Montgomery ?

Il hocha la tête.

— Il est noté qu'il souffre d'arythmie cardiaque et éprouve actuellement des palpitations et des douleurs à la poitrine.

Elle l'accompagna au chevet du patient de soixante-et-onze ans, et nota diverses observations sur sa fiche.

— Quelqu'un vous a accompagné ici ? lui demanda-t-elle.

— Je vis seul depuis la mort de ma femme, il y a deux ans.

— Je suis navrée de l'apprendre. Vous avez des parents ?

— Je n'ai plus aucune relation avec mon fils depuis des années. Aux dernières nouvelles, il habitait Brisbane.

— Depuis quand souffrez-vous d'arythmie ? demanda Nathan, qui examinait l'électrocardiogramme.

— Un an environ.

— Quand avez-vous commencé à ressentir des douleurs ?

— Vers 23 heures. Comme elles ne se dissipaient pas, j'ai alerté les secours. J'espère que je ne vous fais pas perdre votre temps. Il y a beaucoup de monde ici.

— Comme chaque vendredi soir, répondit Molly.

— N'allez surtout pas croire que c'est une perte de temps, dit Nathan qui auscultait Colin. Étant donné votre pathologie, il est toujours bon de vous examiner. Vous êtes traité aux anticoagulants. Quels sont les résultats de vos tests, habituellement ?

— Le taux de prothrombine est dans la norme, en général. C'est à ça que vous pensez, hein ? fit Colin, qui n'attendit pas de réponse. Mais la semaine dernière, il était très élevé, et il a fallu le contrôler jusqu'à ce qu'il se stabilise.

— Il est dans la fourchette standard pour quelqu'un qui est sous anticoagulants.

— Ce n'est pas dangereux, docteur ? demanda Colin, inquiet.

— C'est ce qui prévient les infarctus. On a dû vous l'expliquer lorsqu'on vous a donné ce traitement.

Colin prit un air penaud.

— Sûrement, mais j'étais trop angoissé pour le retenir. J'ai surtout enregistré que je devais prendre de la warfarine pour rester en vie.

— Détendez-vous, à mon avis il n'y a rien de grave. Mais je vous fais transférer en cardiologie pour des examens complémentaires, afin de déterminer la cause de ces douleurs et de l'élévation du taux de prothrombine. Il vaut mieux vous garder ici, où on pourra vous surveiller, plutôt que vous soyez seul chez vous à vous ronger les sangs. Cela n'aboutirait qu'à faire monter la pression artérielle, et nous voulons l'éviter, n'est-ce pas ?

Les propos carrés de Nathan, et son calme, firent effet sur

Colin, qui se détendit à mesure qu'il parlait. Nathan savait y faire ! Pendant qu'il téléphonait au service de cardiologie, Molly alla voir Ollie Brown, un garçonnet de huit ans qui s'était cassé le bras en tombant d'un lit superposé.

— Alors, jeune homme, comment va cette tête ?

On craignait un traumatisme crânien, Ollie allait bientôt passer un scanner.

— Ça fait vachement mal, fit Ollie, hilare.

— Surveille ton langage, mon garçon, tu n'es plus à la ferme ! dit son grand-père, qui l'accompagnait.

Molly rit discrètement.

— Alors comme ça, tu viens de la campagne ? Que fais-tu à Sydney ? demanda-t-elle – pour voir si Ollie manifestait des signes de confusion ou d'amnésie.

— C'est les vacances. Papy nous invite toujours, comme ça on peut prendre le ferry, aller au fast-food et pleins d'autres trucs, dit-il, prouvant qu'il avait tous ses esprits.

— Ce que tu ne dis pas, c'est que tu t'es bagarré avec ton frère, et que c'est pour ça que tu es tombé de ce fichu lit.

— C'est Connor qui a commencé !

Molly frappa doucement dans ses mains.

— Bon, un aide-soignant va t'emmener au scanner, Ollie. Vous pouvez y aller avec lui, monsieur Brown.

Le grand-père acquiesça.

— Mieux vaut que quelqu'un veille sur ce garnement.

— Je serai là à ton retour, Ollie, dit-elle. Le docteur décidera alors si tu peux partir.

Soudain, le courageux petit garçon de huit ans fit grise mine et regarda son grand-père.

— Je ne veux pas rester. Je veux rentrer à la maison.

— Allons, pas de pleurnicheries, mon garçon. Tu vas voir, les infirmières vont te dorloter.

Les laissant à leur échange, Molly se dirigea vers le box de Kath Burgess. Hazel, l'unique femme médecin de service, lui lança depuis le bureau central :

— Molly, peux-tu m'attendre ? Je veux que tu sois là quand j'examinerai Kath. Tu as déjà su la calmer, et il vaut mieux ne pas la confronter à trop de nouvelles têtes.

La patiente était arrivée bouleversée ; elle se tenait le ventre en hurlant qu'elle allait perdre son bébé. Il avait fallu du temps pour l'apaiser et pouvoir l'examiner.

— Nous avons tous entendu ce qui se passait et nous voulions intervenir, mais il s'est vite avéré que tu avais la situation en main, alors nous avons décidé de ne pas nous en mêler, Nathan et moi. Nous ne voulions pas qu'elle remonte dans les tours, dit Hazel, qui consultait les notes d'accueil des patients aux urgences.

— Et vous avez bien fait ! Elle refuse d'être examinée par un médecin homme.

Cela avait d'emblée alerté Molly, Kath était-elle victime d'un mari violent ? Elle avait cependant affirmé être tombée dans l'escalier à l'arrière de sa maison. Molly avait voulu faire part de ses inquiétudes à Hazel, mais celle-ci suturait la profonde plaie à la cuisse d'un jeune homme. Elle avait donc fait un signalement.

— Ça ne s'annonce pas très bien, dit Hazel à voix basse en devançant Molly dans le box où Kath, recroquevillée sur le lit, serrait des mouchoirs dans son poing.

Molly observa Kath tandis que Hazel lui demandait ce qui l'amenait à l'hôpital.

— Je suis tombée dans l'escalier.

— Vous vous plaignez de douleurs abdominales. Qu'est-ce qui les a provoquées ?

— Il y avait une boîte à outils qui traînait, j'ai dû tomber dessus.

— Vous n'en êtes pas sûre ?

— Si, fit Kath, des larmes roulant sur son visage.

Molly eut de la peine pour elle. Si seulement elle avait pu la serrer contre son cœur, et lui dire : « Confiez-vous à nous, nous vous aiderons ! » Mais il faudrait alors informer la police, et les services sociaux s'en mêleraient. Il fallait que Kath soit prête à faire face. Ce n'était pas aussi simple que pouvaient le croire ceux qui n'avaient jamais été victimes de maltraitance… Molly aurait juré, en tout cas, que son instinct lui disait la vérité. En regardant Kath, elle avait l'impression de voir la Molly d'autrefois.

Hazel examina Kath tandis que Molly parlait de choses et d'autres à la patiente sans mentionner son mari. Enfin, Hazel se redressa.

— Vous n'êtes pas en train de faire une fausse couche, mais je veux que vous gardiez le lit, au moins jusqu'à ce que la douleur ait disparu. Il y a toujours un risque.

— Il ne sera pas content, dit Kath à mi-voix.

— Parce que vous êtes alitée ou parce que vous n'avez pas perdu l'enfant ? demanda Molly avec douceur.

— À votre avis ? répondit Kath.

Molly aurait parié que c'était les deux, mais elle garda le silence. Il fallait préserver le calme de la patiente, et ne lui proposer de l'aide que si elle se montrait réceptive. Elle tira les rideaux du box pour veiller sur Kath depuis le bureau central.

La voix de Hank retentit à l'autre bout du service :

— Hé ! vous n'avez pas le droit d'entrer !

— Essayez un peu de m'arrêter, pour voir ! fit la voix pleine de colère d'un inconnu.

— Revenez ici ! dit Hank.

— Où est-elle ?

— Oh non ! dit Kath en se pelotonnant sur elle-même.

— C'est quelqu'un que vous connaissez ? demanda Molly.

— Mon homme. Il n'a pas arrêté de boire depuis le début de l'après-midi.

Il ne manquait plus que ça ! Molly eut le frisson en entendant le bruit de rideaux qu'on tirait, de portes coulissantes qu'on actionnait. L'intrus n'allait pas tarder à localiser celle qu'il cherchait.

— Arrêtez immédiatement ! ordonna Hank.

— Stop ! Vous perturbez nos patients, dit Nathan, planté devant la réception centrale. Dites qui vous voulez voir, et je verrai si je peux autoriser une visite.

— Vous cachez ma femme ! cria l'homme. Je vais la trouver !

Kath enfouit sa tête sous l'oreiller. Son mari surgit dans le box, le visage tordu de rage, effrayant.

— Écartez-vous ! hurla-t-il à Hazel, poing levé.

Du coin de l'œil, Molly perçut le mouvement. D'un geste instinctif, elle franchit le pas qui la séparait de l'agresseur et, dans son élan, l'empoigna tout en pivotant sur elle-même. Pesant sur lui de tout son poids, elle le flanqua à terre et l'immobilisa, les genoux sur ses épaules, une main refermée sur l'avant-bras de l'intrus.

Un silence total s'abattit sur le service. Puis l'homme se mit à jurer et à se débattre avec fureur. Molly allait être repoussée lorsque Nathan planta un pied sur la chute de reins de l'agresseur.

— Ne bougez plus. Ou vous allez le regretter, bon sang, fit-il à voix basse si bien que seule, sans doute, Molly l'entendit, car l'homme continua à tenter de se relever.

Hank lui saisit les bras, et les cloua au sol.

— Silence, mon bonhomme !

— Vous pouvez y aller, dit Nathan à Molly. On le tient.

Elle s'écarta sans quitter l'assaillant du regard.

— Quelqu'un a alerté la sécurité ? Comment se fait-il que ce type ait pu entrer ? Il faut au moins un vigile à l'entrée principale, en permanence !

— On arrive ! dirent deux hommes en uniforme qui prirent vite le relais de Nathan et Hank, et emmenèrent le mari de Kath.

— Ça va ? demanda Nathan, tenant Molly par le coude.

— Oui.

— Il allait me frapper ! dit Hazel, qui écarta Nathan pour étreindre sa collègue. Quand j'ai vu son poing levé, je suis restée tétanisée !

Molly la serra contre elle. Un tremblement la parcourut.

— Je suis contente d'avoir pu le neutraliser.

— Tu m'as sauvée, dit Hazel en reculant et en essuyant ses yeux humides. Il allait me frapper au visage.

— Vous avez réagi à la vitesse de l'éclair. C'était instinctif, j'imagine, dit Nathan. Impressionnant ! Allez, venez vous asseoir, Molly. On dirait qu'un poids lourd vous est passé dessus.

C'était aussi le sentiment de Molly, une fois passée la poussée d'adrénaline. Elle était en état de choc.

— Je n'en reviens pas d'avoir réagi comme ça.

Après l'avoir assise, et s'être hissé sur le comptoir, près d'elle, Nathan lui demanda :

— Où avez-vous appris à faire ça ?

Elle déglutit avec difficulté. Ça avait été moins une ! Elle n'avait absolument pas réfléchi, elle avait agi comme on le lui avait enseigné au judo. Si seulement elle avait pratiqué les arts martiaux lorsqu'elle était avec Paul ! Elle aurait peut-être mis définitivement fin à ses agissements.

— J'ai perçu un mouvement et je suis passée d'emblée en mode défense. Je suis ceinture orange de judo, dit-elle devant l'air dérouté de Nathan.

— Tout s'explique, dit-il.

Mais il y avait toujours de la confusion dans son regard.

— Pourquoi faites-vous du judo ?

— Nathan, pas maintenant, dit-elle. Je dois parler à Kath. Cette agression prouve ce que je soupçonnais : elle est maltraitée et battue. Il faut lui assurer que son mari ne pourra pas l'approcher ici. Il faut la convaincre de rester à l'hôpital.

Tu parles trop, se dit-elle. *Il va tout deviner.*

Elle voulut se lever pour se délivrer de la main ferme et chaude qui lui tenait l'épaule, mais Nathan resserra son étreinte.

— Restez assise. Vous êtes pâle, et vous tremblez comme une feuille. Je vais vous apporter un café fort.

En fait, elle était plutôt fière d'elle. Qui l'aurait crue capable de terrasser un homme ?

Elle voulut argumenter, mais le regard de Nathan la réduisit au silence. Elle y lisait de la compassion, et autre chose aussi. Il commençait à se douter de ce qui la motivait, et peut-être allait-il poser des questions indésirables.

Soudain, elle frissonna et crut qu'elle allait avoir la nausée. Il s'en était fallu de peu que cet homme frappe Hazel. Ou elle-même. Un vrai dément. Se comportait-il toujours ainsi avec Kath ? Son cœur se mit à battre erratiquement.

Ce fou furieux surgissant dans le service comme s'il avait tous les droits sur sa femme lui avait glacé le sang. Et rappelé les poings qui, un jour, lui avaient martelé l'estomac, les côtes…

Nathan s'était accroupi près d'elle et lui tenait les mains.

— C'est le contrecoup, dit-il.

Elle hocha la tête, n'osant parler de peur de ne plus s'arrêter.

— Il y a autre chose là-dessous, n'est-ce pas ?

De nouveau, elle hocha la tête.

— Hank, dit Nathan, Molly et Hazel ont bien besoin d'un café ! Avec beaucoup de sucre.

— C'est comme si c'était fait ! répondit l'infirmier.

— Moi aussi, je tremble. Et je suis en colère. J'aimerais dire son fait à ce sale type, fit Hazel, rapprochant sa chaise de celle de Molly. Comment te sens-tu ?

— Ça va.

Molly était agitée par des émotions contradictoires. Elle avait envie de rire, de se réjouir de sa réaction. Mais aussi de pleurer et de courir se terrer chez elle. Elle avait envie de se laisser aller contre l'épaule rassurante de Nathan, de sentir ses muscles chauds, d'être réconfortée par cet homme qu'elle savait incapable de lui faire du mal. Mais cela ne pouvait pas avoir lieu.

Tout d'abord, ils étaient entourés de collègues et de patients, et ils avaient un travail à accomplir. Et puis il n'y avait pas forcément adéquation entre ce qu'elle désirait et ce qu'elle pouvait avoir. Elle ne supporterait pas d'avoir mal interprété le regard de Nathan, s'il la repoussait. Elle allait boire un café, se secouer et se remettre au travail.

— Je vais y aller, dit-elle.

— Pas de précipitation, dit Nathan. Nous pouvons vous remplacer jusqu'à ce que vous soyez prêtes, jusqu'à la fin du service s'il le faut.

Il s'adressait aux deux femmes, mais c'étaient les mains de Molly qu'il serrait doucement.

— Merci, dit-elle avec un sourire tremblant.

— Soyez fière de vous, fit-il en lui rendant son sourire. Je préfère vous avoir comme alliée que comme adversaire !

— Alors, vous êtes content qu'on s'entende ? fit-elle avec un sourire plus affirmé.

Elle commençait à être fière de sa réaction. Elle s'était montrée forte, elle avait aidé Hazel. Cela signifiait-il que plus jamais un homme ne la frapperait ? Ce ne serait pas sans qu'elle riposte, en tout cas !

Hank déposa deux gobelets de café sur le comptoir, et leur adjoignit des biscuits au chocolat.

— C'est mieux que du sucre dans les cafés, non ? fit-il à Hazel et Molly.

— Bon, je retourne à mes patients, dit Nathan.

Alors qu'il passait devant Molly pour prendre un dossier, il lui effleura le bras et, lorsqu'elle leva les yeux, lui octroya un nouveau sourire à lui faire chavirer le cœur. Mais il y avait de la tristesse dans ses yeux.

Bon sang, il savait ! Il avait fait le rapprochement qui s'imposait et compris de quoi il retournait. Il voudrait en savoir davantage. Non, sans doute pas. Ils étaient collègues de travail, pas meilleurs amis ni en couple. Il aurait sûrement envie de tout savoir mais se garderait de lui poser des questions. C'était un gentleman. N'est-ce pas ?

Pendant la suite du service de nuit, Nathan s'assura régulièrement d'un regard que Molly allait bien, et il eut du mal à garder son calme. Il était en colère contre un inconnu, un ex de Molly sans doute. S'il avait su où trouver cet homme, il l'aurait volontiers roué de coups ! Oh ! il n'avait jamais donné de raclée à personne, mais la belle et douce Molly ne méritait pas d'être battue ! Elle n'avait en rien laissé entendre que cela lui était arrivé, mais il était sûr de sa déduction. Le chagrin qu'il avait lu dans son regard, son état de choc après avoir terrassé le mari de Kath étaient parlants.

— Contente d'en avoir fini, dit celle qui occupait ses pensées en tendant un dossier à une des infirmières de jour. J'ai hâte de me mettre au lit.

— Je vous raccompagne, répondit-il.

— Je serai plus vite rentrée en prenant le train.

— Acceptez un petit déjeuner, ça justifiera de ne pas prendre l'option la plus rapide.

Venait-il vraiment de lui proposer un tête-à-tête ? Même si ce n'était qu'un petit déjeuner, c'était une sorte de rendez-vous. Il n'avait pas réfléchi avant de parler.

Tu veux retirer ton invitation, alors ? Non, bon sang, il ne voulait pas. Il ne s'agissait pas seulement des événements de la nuit et de la révélation qui s'en était suivie. Il avait envie de mieux connaître Molly, de savoir ce qui se cachait sous la façade qu'elle affichait. Ce qui en disait long sur le bourbier dans lequel il s'enlisait de plus en plus profondément…

Elle le dévisagea comme un opossum surpris par les phares d'une voiture.

— Vous êtes sérieux ?

— Pour le petit déjeuner ? Oui. Pourquoi ne le serais-je pas ?

— Parce que vous voulez sans doute agir en patron bienveillant, vous assurer que je vais bien. Si c'est le cas, sachez que je me sens bien et que j'ai de quoi déjeuner chez moi.

Cela le hérissa. Il n'était pas en train d'agir en patron. Il avait quitté cette zone confortable. Pour s'aventurer où ? Il l'ignorait. Mais il tenait à le découvrir.

— Je parie que vous n'avez pas d'œufs Bénédicte, dit-il, faisant allusion à ce qu'elle avait mangé lors du petit déjeuner d'anniversaire.

— Ça, c'est un coup bas.

— Quand je veux quelque chose, je ne recule devant rien.

— Je serais ravie d'être ramenée en voiture et de prendre un petit déjeuner, admit-elle avec un sourire las.

— Que ne le disiez-vous plus tôt ?

Il eut un large sourire et la prit par un coude, tenté de lui envelopper les épaules de son bras et de l'attirer contre lui. Mais ils n'avaient pas quitté le service, et déjà des regards et des sourires entendus se posaient sur eux.

— Je n'aime pas être trop directe, répondit-elle.

— Vous êtes déjà allée dans les Montagnes Bleues ?

— Un peu loin pour un petit déjeuner, non ? fit-elle avec un sourire qui l'atteignit droit au cœur et accéléra son pouls.

On annonçait un beau temps sec, et un petit déjeuner dans les montagnes aurait été envisageable s'ils étaient partis la veille pour passer la nuit dans un chalet, jouir de la vue sur les collines et d'un bon repas, profiter d'un grand lit moelleux pendant la nuit. Mais ils n'en étaient certes pas là. *Pas encore.* Il faillit trébucher. Bon sang, d'où sortait cette idée-là ?

Tu voulais la mettre de ton côté, pas devenir intime avec elle ! Oui, mais tout avait changé lorsqu'elle avait plaqué Burgess à terre. Molly était une énigme qui l'intéressait de plus en plus. Il devait tout d'abord découvrir s'il voyait juste au sujet de son passé. Cela aurait expliqué, en tout cas, ses réticences à fréquenter l'équipe – du moins jusqu'à la veille, où elle avait participé à la petite fête de Vicki, était sortie de sa coquille et avait chanté *Happy Birthday* devant tout le monde. De façon irréfléchie, sans doute.

Il l'escorta jusqu'à l'ascenseur, où il appuya sur le bouton du parking en sous-sol.

— Vous réalisez que ce qui s'est produit va faire jaser ?

— J'espère que d'ici lundi quelque chose d'autre aura retenu l'attention des gens, dit-elle.

— Si on poussait jusqu'à Coogee, pour ce petit déjeuner ?

Elle écarquilla les yeux.

— C'est bien plus loin que chez moi !

— Certes.

Qu'aurait pensé Rosie de Molly ? L'aurait-elle trouvée sympathique ? Oui, sûrement. Elle avait insisté pour qu'il aille de l'avant une fois qu'elle ne serait plus là, pour qu'il ne passe pas son temps à se morfondre. Elle était même allée jusqu'à dire : « Trouve-toi une autre femme à aimer, fonde la famille que tu as toujours désirée. Ne vis pas dans le regret de ce que nous avons perdu. »

Mais devait-il emmener Molly chez lui et lui montrer l'appartement disponible ? Devait-il aller de l'avant au lieu de se retourner sans cesse vers le passé ?

5.

Pourquoi Coogee alors que les cafés ne manquaient pas près de l'hôpital ? Ou à Bondi Junction ? Molly suivit du regard le mouvement des mains de Nathan sur le volant alors qu'il se faufilait dans le trafic de l'heure de pointe matinale. Ces mains savaient être douces, pensa-t-elle en s'enfonçant dans le luxueux siège en cuir.

— Vous avez toujours habité Coogee ? demanda-t-elle pour se distraire de sa fatigue et rester éveillée.

— Seulement depuis que j'y ai une maison. Avant, je vivais sur la côte Nord. J'aime le bord de mer, et Coogee m'attirait.

— Pour le surf ?

— Ce n'était pas une priorité, je n'en faisais pas souvent, à l'époque. Mais la maison avait de vrais atouts, j'ai flashé sur elle et je l'ai achetée.

Elle était curieuse de voir les lieux. Ce serait révélateur sur Nathan. Sentant qu'elle dodelinait de la tête, elle se redressa et fixa la route. Elle s'achèterait une maison, un jour. Une petite maison chaleureuse, pas une demeure pour afficher sa richesse. La demeure à laquelle elle pensait, elle ne l'avait pas choisie. La façade imposante, le grand escalier en arc de cercle, les pièces luxueuses, tout ça, c'était Paul qui l'avait voulu. Cet endroit était un mausolée, pas un foyer. Et elle y avait été exposée pour la parade, elle aussi.

— Ce n'est pas votre première maison ? demanda-t-elle.

— Non. Celle d'avant était plus cosy, plus familiale.

Il marqua un arrêt, et elle espéra qu'il allait continuer pour l'aider à lutter contre le sommeil.

— J'étais marié, dit-il. Nous espérions y élever nos enfants. Mais il y a quatre ans, tout s'est effondré.

Tout à fait réveillée cette fois, elle lui toucha le bras.

— Désolée. La vie nous joue de sales tours, parfois.

Elle connaissait le chagrin de ne plus pouvoir fonder de famille. Cela sapait son avenir. Contrairement à elle, lui pouvait avoir des enfants s'il voulait.

— Rosie a eu un cancer. Leucémie aiguë lymphoblastique.

Molly eut un coup au cœur. Que dire ? Aucun mot ne pouvait apporter de consolation. Une étreinte le pouvait peut-être – mais un tel geste aurait été dangereux alors que Nathan était au volant. Comme dans son rêve ? Elle lui serra doucement le bras et garda le silence.

Lui parlait-il de sa femme dans le but d'adoucir le choc lorsqu'il la questionnerait sur son passé ? Ou bien étaient-ils en train de se rapprocher, et il voulait être clair ? Leur dispute de la veille et le petit déjeuner semblaient loin, tout à coup. Ils avaient commencé avec des frictions, puis leur relation était devenue assez amicale pour qu'il prenne un thé chez elle. Depuis, elle avait laissé les cicatrices de son passé apparaître, mais il se montrait toujours désireux d'être en tête à tête avec elle.

Après deux années en solitaire, cela lui donnait une vision excitante de l'avenir. Elle était donc encore capable de rire, d'avoir des échanges avec les autres, des activités en dehors des quatre murs de chez elle.

— Allons, on se réveille !

Gentiment secouée par le bras, Molly se redressa et regarda autour d'elle. Jamais elle ne s'endormait en présence de quelqu'un ! Surtout pas d'un homme ! Encore un point au crédit de Nathan.

— Désolée, fit-elle. Nous sommes à Coogee ?

La vue de la plage et de l'océan lui rappela ses vacances à la mer avec Gran. Elle baissa la vitre et écouta le bruit berceur du ressac, au-delà des marches qui descendaient de la route.

— Mais oui, dit-il. Et ne vous excusez donc pas tout le temps, Molly. Vous n'avez pas cessé de le faire depuis que vous avez neutralisé Burgess. Ce n'est pas un crime, de s'endormir. C'est souvent le résultat d'un choc ou du stress.

— Je ne vais quand même pas avoir des ennuis parce que je l'ai flanqué par terre ?

Elle s'avisait seulement maintenant que son acte pouvait être mal perçu, qu'elle aurait pu mettre quelqu'un en danger.

— J'aimerais voir ça ! répondit-il. Si vous ne l'aviez pas arrêté, Hazel aurait le visage en bouillie. L'histoire s'est répandue dans l'hôpital, et une seule question occupe les gens : où étaient les vigiles lorsque ce type a franchi les portes du service ?

— Il n'avait pas besoin de se mettre dans une rage pareille. Il aurait pu entrer en demandant à voir sa femme.

— Malheureusement. Kath n'avait pas précisé qu'elle ne voulait pas le voir et ne l'aurait sûrement pas dit si on l'avait questionnée, dit-il en ouvrant sa portière.

Il était déjà dehors, étirant son grand corps, et avant qu'elle ait pu se saisir de son sac, ou reprendre ses esprits, il lui ouvrait la portière.

— Allons, venez manger.

Elle eut un large sourire.

— Rien qu'à vous entendre, j'ai une faim de loup.

Il rit, lui prit la main et ne la lâcha pas alors qu'ils marchaient de concert dans l'allée. Pour une fois, elle ne tenta pas de se libérer. Elle posa les yeux autour d'elle, enveloppant du regard le vaste hôtel qui se dressait à flanc de colline et les boutiques qui s'alignaient dans la rue grimpant vers le sommet. Elle se sentait libre de tenir un homme par la main, sans avoir peur ni être sur ses gardes. La main d'un homme solide, chaleureux et excitant, qui commençait à exercer un charme ravageur sur elle.

Elle eut un soupir. Elle ne pouvait pas ne pas lui révéler son passé. Il n'aurait pas été loyal de ne rien lui dire alors qu'il se montrait si bon et amical. Mais elle s'en tiendrait aux grandes lignes. Depuis qu'elle avait quitté Perth, deux ans plus tôt, elle n'avait livré les sordides détails à personne.

— Bonjour Nathan, dit la serveuse en déposant des menus devant eux. Comment était la semaine ?

— Chargée, comme d'habitude, Eva. Permettez-moi de vous présenter Molly O'Keefe. Une infirmière du service.

— Ravie de vous rencontrer, Molly. Vous habitez le coin ?

Eva avait quelque chose qui parut familier à Molly.

— Non, à Bondi Junction, hélas !

Elle aurait adoré avoir un appartement qui donnait sur un aussi beau paysage. Mais elle n'en avait pas les moyens. L'argent issu de son mariage – la moitié qui lui revenait – était placé, et elle ne le débloquerait que lorsqu'elle aurait décidé quoi en faire. Pour elle, c'était de l'argent sale. Il y avait l'héritage de Gran, cependant… Des possibilités inédites se présentaient soudain à son esprit.

— Je comprends votre réaction, dit Eva. C'est beau, ici. La même chose que d'habitude, Nathan ?

Rieuse, Molly lança à Nathan :

— Vous ne préparez donc jamais votre petit déjeuner vous-même ?

— Cuisiner ? Bon sang, non. Mais il m'arrive de mettre des céréales dans un bol et d'y ajouter du lait. Plus souvent que vous ne croyez, fit-il.

Avec un large sourire, il se tourna vers la serveuse.

— Le grand jeu, comme d'habitude. Molly aura peut-être besoin de temps pour se décider, alors apportez-nous un crème et un café allongé, en attendant.

— C'est comme si c'était fait.

Alors qu'Eva se dirigeait vers la machine à café, Molly commença à consulter le menu en observant :

— J'ai l'impression d'avoir déjà vu Eva quelque part.

— Aux urgences. Elle s'est présentée avec des brûlures aux jambes, un cuisinier avait renversé de l'eau bouillante sur elle.

— Oh oui ! je m'en souviens ! Elle souffrait beaucoup. Le chef-cuisinier l'avait accompagnée et il était si bouleversé que vous avez dû le tranquilliser aussi. Vous les avez aidés tous les deux.

Cela s'était passé dans la semaine où Molly avait débuté

dans le service, et la façon dont Nathan avait géré la situation l'avait impressionnée.

— Après le départ du chef, Eva m'a dit que le restaurant cumulait les problèmes de sécurité et qu'elle n'y retournerait pas. Je l'ai mise en contact avec Henri, le patron d'ici.

— Vous m'avez rendu un immense service, dit Eva qui, revenant avec les boissons commandées, avait entendu. Votre choix est fait, Molly ?

— Champignons sur toast, avec du bacon bien craquant.

— Excellent choix.

C'était le cas. La sauce crémeuse qui baignait les champignons en fricassée était divine, et le bacon grillé à point.

— Je pourrais être tentée d'avoir une table réservée ici. C'est délicieux, dit Molly avec un sourire, en repoussant son assiette et en s'essuyant les lèvres.

— La mienne vous est ouverte, dit Nathan, souriant aussi.

Maintenant qu'ils avaient achevé leur petit déjeuner, son regard interrogateur avait reparu. Molly avait espéré, contre toute attente, qu'il laisserait tomber. Mais elle se disait aussi qu'en lui parlant de Paul elle jaugerait sa réaction. Ce serait un test pour l'avenir, pour la manière dont elle aborderait son passé avec un homme susceptible de l'intéresser.

— Une balade sur la plage, ça vous dit ? demanda-t-elle, peu disposée à se livrer face à lui, dans ces lieux.

— Vous avez deviné ma pensée.

Il n'y avait que de rares promeneurs, sur la plage. L'air était froid. Molly boutonna sa veste jusqu'au cou et hâta le pas. Nathan, fourrant les mains dans ses poches, adopta la même allure. Au milieu de la plage, elle lâcha :

— Mon divorce a été prononcé. J'ai reçu les papiers mardi.

— C'est pour ça que vous vous êtes porté un toast personnel, à l'anniversaire de Vicki ?

— Vous avez remarqué ?

Ne pouvait-elle donc rien lui cacher ? Et était-ce une bonne ou une mauvaise chose ? Elle inclinait à croire que c'était bien, tout en restant circonspecte.

— Je me suis mis à remarquer un tas de choses à votre sujet, dit-il sur le ton de la confidence. Si ça vous met mal à l'aise, je suis désolé. Ce n'était pas dans mes intentions. C'est juste parce que j'ai changé d'avis sur vous depuis hier matin.

Elle lui décocha un coup d'œil, et ne put résister à l'envie de sourire.

— Nous n'étions pas partis d'un très bon pied, hein ?

Avait-elle senti qu'il aurait le pouvoir de l'affecter, si elle se laissait approcher, et s'était-elle inconsciemment protégée en le maintenant à distance ?

— Nous recommencerons peut-être à jouer les grincheux au boulot.

Elle espérait que non ! Cet homme lui plaisait – plus que ça, même. Mais ce sentiment ne se développerait que plus tard, s'ils continuaient à se voir en dehors de l'hôpital. Il avait mentionné une virée en voiture. Devait-elle accepter ? Cela la rendrait vulnérable…

— Combien de temps avez-vous été mariée ? demanda-t-il, la ramenant d'un seul coup au réel.

— Deux ans, dit-elle d'une voix atone, désireuse de ne pas se livrer plus qu'elle ne l'aurait voulu. Au début, c'était merveilleux. Et ensuite, beaucoup moins.

— Je suis navré de l'apprendre.

— Il me battait. Très souvent, à la fin. Il n'y avait pas moyen de le contenter quand il était mal luné.

— Je m'en suis douté, quand vous avez parlé du problème de Kath. Vous comprenez ce qu'elle traverse, dit-il, se rapprochant d'elle à la toucher, prêt à la soutenir.

— Je ne la comprends que trop bien.

— J'espérais m'être trompé, fit-il, ajoutant après une courte pause : Je peux vous serrer dans mes bras ?

Elle ne sut pas si elle devait rire ou pleurer. Interrompant sa marche hâtive, elle se tourna vers lui.

— Oui, s'il vous plaît.

Alors qu'il l'enveloppait de ses bras, elle perçut la tension qui l'habitait. Cela ne lui fit pas peur. Cela aussi, c'était inhabituel. D'instinct, elle faisait confiance à cet homme.

— Nathan ?

Il appuya le front contre le sien.

— Je suis fou de rage. Aucun homme n'a le droit de faire du mal à une femme. C'est épouvantable.

— Dégradant, terrifiant et destructeur, ajouta-t-elle dans un murmure.

— Pourtant, vous avez été courageuse et vous l'avez quitté.

Comme ça, ça paraissait simple. Mettre des affaires dans un sac et franchir le seuil sans se retourner. Sans regarder par-dessus son épaule. Sauf que… elle n'avait cessé de le faire, depuis. Mais plus aussi souvent, maintenant. Seulement dans les mauvais jours, quand elle était déprimée.

— Vous continuez à faire le guet, pour le cas où il surgirait. Hier, je vous ai vue jauger les hommes qui entraient au café.

Elle recula légèrement entre ses bras pour voir son expression. Il était en colère. Par sympathie pour elle ! Personne n'avait réagi ainsi depuis le début de son épreuve. Même les gens qui auraient dû la soutenir.

— Il ne déboulera pas. Il est en prison pour des années.

— Ça au moins, c'est une bonne chose.

Décidément, elle pourrait se prendre d'affection pour Nathan. Ou d'amour. Pourquoi pas ? Elle avait le droit de recommencer à aimer.

— Il s'est échappé, une fois, et il m'a retrouvée à Adélaïde, où j'avais déménagé pour fuir ceux qui pensaient que j'avais tout inventé. Les gens ont changé d'attitude après le procès, mais pour moi ça venait trop tard.

Elle ne faisait exception que pour sa mère, et les choses étaient loin d'être rétablies avec elle.

— Il y avait trop de mauvaises vibrations, là-bas, alors je suis venue ici.

— Je m'étonne que vous soyez capable de passer la journée sans regarder derrière toutes les portes du service et sans surveiller tous les patients masculins qui arrivent.

Il recevait ses confidences sans émettre la moindre critique, le moindre doute. Il n'avait pas idée de l'importance que cela avait pour elle.

— C'est ce que je faisais, quand j'ai débuté à la clinique de Bondi Junction. Mais c'était épuisant, et je me suis décidée à arrêter. J'ai fait de gros progrès.

— Cela signifie que vous êtes à l'aise chez nous. Non ?

— Oui, et j'ai envie de faire ma vie à Sydney. Je ne retournerai jamais à Perth.

Sa mère avait fini par l'admettre, quand elle avait compris qu'elle avait fait défaut à Molly en ne croyant pas, au début, ce qu'elle lui disait de Paul.

Nathan se laissa légèrement aller en avant et déposa un baiser sur le font de Molly, lui effleura la peau avant de se redresser.

— Bonne réponse. Vous êtes coriace, Molly O'Keefe.

Une bourrasque les enveloppa de sable, et Molly frissonna. À cause du froid, ou de ses souvenirs ?

— Je pourrais presque le croire.

— Vous devriez, dit-il en lui prenant la main. Vous êtes tellement courageuse !

Puis il l'embrassa sur les joues.

— Réfugions-nous au chaud, dit-il.

Elle n'avait pas tout dit. Elle avait tu qu'il était probable qu'elle n'aurait plus jamais d'enfants. C'était trop intime et trop douloureux pour qu'elle le lui révèle.

— Où allons-nous ? demanda-t-elle en gagnant la voiture.

Elle n'avait pas envie de s'en tenir là. Il y avait des années qu'elle n'avait pas éprouvé un tel bien-être. Elle voulait passer plus de temps avec Nathan. Ce qui était à la fois simple et compliqué, et intéressant.

Nathan la regarda par-dessus le toit de la voiture et dit d'un air surpris :

— Je veux vous montrer quelque chose.

— Quoi donc ?

— Patience.

Vite, trouve une idée. Évite de l'emmener chez toi. Car une fois que tu lui auras montré l'appartement, tu seras enlisé jusqu'au cou. Il n'y aura pas de retour en arrière.

Nathan inspira l'air glacial et roula à travers la ville, se reprochant de céder au sentiment d'horreur que lui avait inspiré l'histoire de Molly. Rosie aurait compris qu'il veuille la garder en sécurité, la protéger des ombres qui la hantaient et la hanteraient encore, en dépit de son courage. Mais son beau sourire reviendrait de plus en plus souvent. Ce sourire qui lui faisait chavirer le cœur, le désarçonnait et réveillait ce qui était endormi en lui. Pas seulement sa libido, mais aussi le désir d'avoir une compagne, de veiller sur elle, de l'aider à s'épanouir.

Ce sourire lui donnait le sentiment d'avoir sauté du haut d'une falaise sans savoir où il atterrirait. Et ça lui était égal.

— Personne ne m'a dit ça depuis la mort de ma grand-mère. Patience, fit Molly, imitant Gran. Sache attendre un peu, ma fille.

Malgré sa confusion intérieure, il rit. Parce que Molly lui faisait oublier qu'il était un survivant et qu'elle lui insufflait le désir de faire ce qu'il fallait pour qu'elle retrouve une vraie vie. Et lui aussi.

— Vous étiez proche de votre grand-mère ?

— C'était mon ancre, surtout dans mon enfance. Elle croyait en moi, elle m'a insufflé de la force. Si seulement je l'avais écoutée avant de me marier !

Un regain de colère raviva en Nathan l'envie de tenir celui qui avait fait souffrir Molly, de lui régler son compte. Cela ne risquait pas d'arriver. Elle se remettait sans son intervention. Il alluma la radio, indiqua certains endroits tout en roulant.

— C'est beau ici… Vous m'emmenez chez vous, réalisa-t-elle soudain alors qu'il s'engageait dans sa rue.

— Oui, dit-il. Si ça vous empêche de vous reposer, je m'en excuse. Rien ne nous oblige à rester longtemps, je vous raccompagnerai après.

— J'ai cessé d'avoir envie de dormir bien avant qu'on me serve les champignons sur toast.

— Ravi d'apprendre que je ne vous ai pas fait mourir d'ennui pendant toute la matinée, dit-il avec un nouveau rire.

Voilà, il riait. C'était l'effet qu'elle avait sur lui. Ça faisait peur. Et c'était aussi grisant. Excitant. Rosie avait-elle eu raison de dire qu'il aimerait de nouveau ?

— Nous sommes à l'arrière de la maison, dit-il en se garant. On va faire le tour.

Elle garda le silence alors qu'ils remontaient l'allée pavée jusqu'à la clôture de sa propriété et regardaient la promenade, l'étendue d'herbe et le vaste océan au-delà. Nathan eut droit à un grand sourire. L'un de ceux qui le réchauffaient jusqu'au tréfonds de lui-même.

— C'est superbe, dit-elle avec un éclat dans le regard qu'il ne lui avait encore jamais vu. Vraiment fabuleux.

Alors, elle serait peut-être ouverte à sa suggestion ! Si toutefois c'était une proposition à faire. Bon sang, il était nerveux ! Bizarre. Ce n'était tout de même pas comme s'il mettait son cœur dans la balance. Il avait eu la chance de connaître l'amour, personne n'avait deux fois une telle bonne fortune.

Il se dirigea vers la maison. Si Molly partageait son espace, elle serait constamment présente dans son esprit, il ne pouvait pas le nier. Voulait-il de ça ? Il se trouvait face à un nouveau défi : aimer, ou prendre la poudre d'escampette tant qu'il le pouvait encore.

Il pianota le code de sécurité de la porte d'entrée avec des gestes brusques, décidé à dire à Molly la raison de cette visite, déterminé à lui venir en aide. Cela prenait même le dessus sur ses autres priorités. La spontanéité, ce n'était pas son fort, et pourtant…

À l'entrée, Molly hésita, et il se sentit mal à l'aise.

— Vous disiez rechercher un logement plus grand. J'ai ici un appartement indépendant que vous aurez peut-être envie de louer.

Là, voilà, il avait parlé. Il ne pouvait plus battre en retraite. Il s'engagea dans le couloir en se demandant si elle allait le suivre. Ou décamper en protestant qu'il allait trop loin. Mais non, elle ne décampait pas. Elle ne disait rien non plus. Dans le living, il se tourna vers elle. Elle semblait médusée.

— Pourquoi me proposez-vous un lieu de vie ?

Je n'en ai aucune idée. Il y a juste cette sensation bizarre qui me tient à l'estomac. Et au cœur.

— Si vous préférez que ce soit temporaire, très bien. À vous de trancher.

— Merci, fit-elle d'un ton sarcastique.

Elle ne regardait pas autour d'elle, et le regard noir qu'il avait découvert la veille était de retour.

— Il est vacant, alors pourquoi ne l'utiliseriez-vous pas ?

Cette fois, elle se radoucit. Était-il de nouveau dans ses petits papiers ? Pourvu que ce soit le cas.

— Merci, dit-elle de nouveau, et il vit se relever à demi les commissures de ses lèvres. Je suis surprise. Choquée, en fait. Nous n'avons pas été les meilleurs amis du monde jusqu'ici. Et vous me proposez quand même d'emménager chez vous ?

— Je vous suggère seulement de jeter un coup d'œil, Molly.

Il éprouva un soulagement intense lorsqu'elle alla voir la chambre double et la salle de bains, puis revint dans le living et sa cuisine intégrée. Elle visitait. C'était bon signe, non ?

Il fit glisser les portes vitrées donnant sur la petite terrasse en bois ouverte sur la pelouse en pente, qui faisait paraître l'appartement plus grand qu'il n'était. Il sentit qu'elle venait se placer près de lui.

— C'est ravissant. Et à l'abri des regards.

— Comme je vous le disais, je me suis épris de cet endroit dès que je l'ai vu.

Il regarda autour de lui, et un sentiment de bonheur lui gonfla la poitrine. Il imaginait déjà ses enfants courant sur la pelouse un jour, lorsque son cœur aurait recommencé à battre pour de bon. Sur ça aussi, Rosie avait vu juste.

— Je comprends pourquoi, dit Molly.

Elle retardait sa réponse, et il en eut l'estomac noué. Il voulait qu'elle emménage ici. Pourquoi ? Comme elle l'avait souligné, ils ne s'étaient pas très bien entendus jusqu'à la veille. Pourtant, en vingt-quatre heures, le retournement avait été total. Il l'avait tenue dans ses bras, avait effleuré ses lèvres, humé son odeur. Et découvert que cela ne lui suffisait pas.

— Venez donc voir la mer de plus près.

Une fois encore, la main de Molly était au creux de la sienne, et il sortit à grand pas, se dirigeant vers l'étendue d'herbe et l'océan au-delà. C'était lui maintenant qui gagnait du temps, n'est-ce pas ? Il n'avait pas envie d'entendre un refus, pas envie qu'elle dise qu'elle trouverait un lieu plus adapté à ses besoins le moment venu.

Bon sang, qu'est-ce qui ne tournait pas rond chez lui ? Quelques heures en compagnie de cette femme, et voilà qu'il l'invitait à vivre dans sa maison, lui tenait la main comme s'il y avait quelque chose entre eux. Il la relâcha, mit un peu de distance entre elle et lui.

— Nathan, vous pensez que je pourrais vivre ici alors que nous sommes presque toujours de service ensemble aux urgences ? Nous serions constamment en contact.

Montre-toi léger et amical, banal.

— Deux petits déjeuners en commun, ça fait de nous des amis, non ?

Elle leva les yeux.

— Je ne suis pas sûre de le vouloir.

— Vous préférez qu'on garde nos distances ?

— Je vous connais mieux que ça, maintenant.

Sa bouche s'incurva en un sourire charmeur, ses yeux verts pétillèrent comme des émeraudes au soleil. Il eut un coup au cœur. Il la prit par les bras, posa la bouche sur la sienne, marqua un arrêt pour le cas où elle ne voudrait pas de cela. Comme elle ne s'écartait pas, le désir qui le fouaillait eut le dessus, et il écrasa les lèvres sur les siennes, l'embrassant comme il mourait d'envie de le faire. Depuis le jour où elle était arrivée dans le service, à en juger par son sentiment d'arriver enfin au port. De voir l'avenir s'ouvrir à lui.

Molly O'Keefe lui avait joué un tour à sa façon, c'était évident. Le plus curieux était qu'il s'en fichait.

6.

Molly s'abandonna contre Nathan, les seins écrasés contre son torse et les mains pendues à son cou, alors que le baiser prenait un tour plus intense. Elle était dans les bras de Nathan Lupton, et ils s'embrassaient ! Ce baiser, loin d'être banal, l'excitait, la faisait défaillir, précipitait follement les battements de son cœur. Elle aurait dû y mettre fin, s'écarter.

Mais elle n'en avait pas envie. Elle en était d'ailleurs incapable. On eût dit qu'ils n'avaient pas cessé, depuis leur rapprochement du petit déjeuner de la veille, de tendre vers cet instant, et elle avait l'impression d'être sur le passage d'une tornade sans nulle part où s'abriter. Elle n'avait pas envie de se terrer, au demeurant.

Elle entamait une nouvelle vie. Et si cela impliquait une plus grande proximité avec cet homme, alors elle devait saisir sa chance ! Elle en avait assez, de faire du surplace. Pourquoi n'aurait-elle pas voulu d'un homme excitant dans sa vie ? Se lovant plus étroitement contre Nathan, elle accentua la pression de ses lèvres sur sa bouche virile et se laissa griser par les sensations délicieuses de leur échange, laissa surgir le désir profond qu'elle avait depuis longtemps oublié.

Elle se ranimait donc ? Avec Nathan ? Et y était-elle réellement prête ? Elle se dégagea, libérant ses lèvres, réduite au silence, l'esprit en déroute.

Il rouvrit les yeux, le regard brûlant de désir. Elle eut un frisson exquis et resserra les bras autour de lui. Mais pourquoi avait-elle cessé de l'embrasser ?

— Molly ?

Ne dis pas « désolée ».

— C'était bien, je ne voulais pas m'arrêter.

Mais elle l'avait dû, de peur de perdre le contrôle.

— Donc, c'est ce que tu as fait, dit-il, les coins de sa bouche s'incurvant avec humour.

— C'est trop tôt, fit-elle – regrettant ses paroles aussitôt.

Il hocha la tête.

— Pareil pour moi.

— Je devrais partir.

— Rentrons, dit-il.

Pas pour poursuivre l'échange, non. Il reconnaissait qu'ils étaient allés trop vite et ne s'attendait pas à une réédition du baiser. Elle retombait sur terre, tout à coup, et réalisait qu'il leur serait difficile de revenir à une attitude professionnelle. Nathan devenait rapidement son ami, à défaut d'autre chose.

On n'embrasse pas un ami de cette façon-là.

Dans les bras de Nathan, elle se sentait en sécurité. Grisée, aussi. Rien à voir avec l'amitié.

Elle le suivit d'un pas lourd, tentant de s'éclaircir les idées. Il la mena dans la maison, dans un salon qui donnait sur le jardin. Un grand écran de télévision dominait un mur, un vaste divan était placé en face.

— Assieds-toi, dit-il d'une voix annonciatrice d'une conversation sérieuse.

Au sujet du baiser ? Par pitié, non. Pas ça. Cela gâcherait tout alors qu'elle y avait pris tant de plaisir ! Elle n'avait pas besoin d'entendre qu'il ne l'avait pas apprécié, pour sa part… Envolée, la jeune femme sûre d'elle qui, avant Paul, était capable de donner un baiser et rien de plus, ou d'accorder parfois un baiser et une nuit pour partir le lendemain. Comme une pauvre idiote, elle était en train de perdre pied à cause d'un baiser. Elle avait tant envie qu'il y en ait un autre ! Mais elle n'encouragerait rien de tel. Assise au bord du canapé, elle croisa les bras et attendit.

— Ouh là ! Molly, détends-toi. Je ne mords pas.

Il s'installa à l'autre bout du canapé et allongea ses jambes interminables. Il se tourna vers elle et la considéra avant d'ajouter :

— Et je ne dirai pas que je regrette de t'avoir embrassée.

Plus détendue, elle lâcha :

— Je t'écoute.

— Que pourrais-je dire de plus ? fit-il avec un rire. Sinon que j'aimerais recommencer.

Elle aussi. Mais…

— Mais je ne sais pas très bien où nous allons, dit-il. Je ne sais pas ce que tu attends des hommes, après ce qui t'est arrivé.

— Si je ne m'étais pas sentie à l'aise avec toi, cela ne se serait pas produit. Ce qui m'est arrivé relève du passé et ne doit pas contaminer toutes les personnes dont je pourrais me rapprocher à l'avenir. Je crois profondément que c'est le seul moyen de retrouver une vie normale et heureuse, si possible avec de l'amour dedans.

— C'est courageux. Comment y arrives-tu ?

Fais semblant jusqu'à ce que cela devienne vrai.

— En réapprenant à sourire, en faisant confiance à ceux qui m'entourent, et en m'amusant.

— En étant honnête aussi – même si je jurerais que tu m'as tu beaucoup de choses, dit-il, lui offrant sa main tendue. Ce n'est pas un problème, je n'attends pas que tu parles. Tout ce que je demande, c'est que tu me prennes au sérieux, et que tu ne me choisisses pas comme cobaye pour voir comment tu t'en sors.

Il avait été blessé, lui aussi, et ne se précipiterait pas dans un nouvel amour.

— Tu n'es pas en reste de franchise, toi non plus !

— Voudrais-tu qu'il en aille autrement ?

Cette conversation approfondie avec un homme était inédite pour elle. Et intéressante.

— Non, dit-elle. Je n'ai jamais voulu faire souffrir quelqu'un. Tu as tes fragilités, toi aussi, et je ne tiens pas à être celle qui te rappellera ce que tu as perdu.

— Nous avons appris beaucoup de choses l'un sur l'autre en très peu de temps, dit-il.

Il observa Molly, et elle se sentit tout à fait à l'aise.

— C'est l'une des raisons qui m'empêchent d'emménager dans ton appartement indépendant.

Elle désirait le connaître petit à petit, et il vaudrait mieux pour cela qu'ils ne partagent pas le même espace. S'ils devaient avoir une relation, elle aurait parfois besoin d'être seule tandis qu'elle s'habituerait à une présence masculine dans sa vie. Si elle le savait de l'autre côté du mur, cela empiéterait sur sa solitude.

Elle était devenue farouchement indépendante depuis qu'elle vivait seule, et il lui faudrait du temps pour renoncer à cette indépendance. Même un baiser sensationnel suggérant une complicité sexuelle tout aussi sensationnelle ne pouvait l'amener à une telle concession. Pas encore. Nathan était un homme bon et sincère, elle en était convaincue. Alors que Paul l'avait roulée dans la farine avec son charme, elle aurait parié que Nathan, lui, serait franc et attentionné. Mais elle avait commis une erreur de jugement autrefois, et cela la tourmentait.

— D'autres raisons pour ne pas emménager dans mon appartement libre ?

— Nous travaillons ensemble.

— Des tas de gens habitent en colocation avec des collègucs, lui dit-il avec un sourire qui eut presque raison de sa résolution.

Il n'aurait fallu qu'une fraction de seconde pour le prendre par le bras et l'attirer plus près d'elle. Il était diablement beau, elle en avait la gorge et l'estomac noués. Elle aurait pu céder. Elle envisageait donc d'accepter ? Après les arguments qu'elle venait d'avancer ?

— Je ne suis pas prête.

— Je te soutiendrais.

— Je sais, dit-elle avec un soupir de reconnaissance.

— Je ne veux pas te pousser à agir contre ta volonté.

S'affalant sur le divan moelleux et confortable, elle regarda autour d'elle. Il y avait un ordinateur dans un angle et dans un autre, une chaîne stéréo dernier cri.

— Tu t'es aménagé une belle tanière, hein ? fit-elle.

Il y avait quelque chose de très masculin dans ce décor

blanc où les meubles et les rideaux apportaient des éclats de noir. Il s'en dégageait aussi une note de solitude, la même que dans son propre appartement. Cette pièce avait une tout autre allure, certes, mais l'impression de vide était identique.

— Je passe le plus clair de mon temps libre ici, dit-il.

Il saisit une télécommande, pianota dessus et de la musique s'éleva – une voix féminine, grave à donner la chair de poule. Molly réprima son désir d'accompagner de la voix la chanteuse.

— Donc, pas très souvent, dit-elle, décidée à glaner des informations alors qu'il était détendu.

— Plus que tu ne le supposes. Je consacre pas mal de temps à me tenir au courant des derniers progrès, des nouveaux médicaments et traitements, même si la médecine urgentiste n'évolue pas beaucoup.

— Pourquoi as-tu choisi cette spécialisation, et pas la chirurgie ou la pédiatrie, par exemple ?

— Pour aider les gens au moment où ils sont le plus vulnérables. C'est là que je suis à mon meilleur.

— Tu le serais dans n'importe quelle spécialité.

— Il y a aussi de la variété, dans notre service. C'est un peu comme chez un généraliste, mais avec beaucoup plus de cas d'urgence. Je regrette parfois de ne pas suivre les patients, de ne pas savoir comment ils s'en sont tirés sur le long terme. En même temps, je ne vois pas l'aggravation éventuelle de leur état, je n'ai pas à assister à la dégringolade d'une personne que j'ai appris à connaître, ni à affronter le désarroi des familles.

— Tu sais ce que c'est, de perdre quelqu'un. Tu aurais de la peine pour eux.

Dire qu'elle l'avait trouvé exaspérant ! Il pouvait l'être parfois, mais à présent qu'elle avait vu sous le masque, elle ne s'y laisserait plus prendre. Elle n'avait pas besoin d'être sur ses gardes, avec lui. Ni susceptible.

— Je ne suis pas le seul à avoir vécu ça.

Il se leva, gagna les baies coulissantes et regarda au-dehors. Elle était allée trop loin. Elle n'aurait pas dû mentionner son deuil. Mais elle ne pouvait pas ravaler ses mots. Elle le rejoignit, contemplant elle aussi l'horizon.

— Je suis désolée.

— Tu te rends compte que tu passes ton temps à t'excuser ?

— Une vieille habitude dont je n'ai pas su me défaire.

Les excuses n'avaient pas stoppé les coups, mais ce n'était pas faute d'avoir essayé.

— Ne regrette pas ce que tu as dit. Je préfère qu'on n'élude pas les problèmes. Je ne l'ai fait que trop, les deux premières années. Rosie était toute ma vie, je ne le nie pas. Et je ne peux pas nier non plus que ce qui est arrivé a altéré ma façon d'aborder la vie. Mais je crois avoir retrouvé un équilibre.

En cela, il était plus avancé qu'elle. Mais elle travaillait à rattraper son retard.

— Mon divorce a abattu le dernier obstacle qui m'empêchait de me remettre sur les rails, dit-elle. J'ai fait des petits pas, maintenant je suis prête à faire des pas de géant.

— Trouver un nouveau lieu de vie pourrait en être un, dit-il, en regardant toujours au-dehors. Ma proposition tient toujours. En dépit de tes arguments, je suis convaincu que ça pourrait marcher. Nous discuterons des conditions de location quand tu voudras.

— J'aimerais que mon prochain logement soit un lieu de vie pour plusieurs années. Un ancrage permanent plutôt qu'une solution à court terme.

— Tu veux acheter ou louer ?

— Je n'y ai pas réfléchi. Je pourrais acheter une petite maison ou un appartement dans un quartier comme le mien.

Il faudrait qu'elle utilise l'argent qu'elle s'était juré de ne jamais utiliser, mais peut-être était-il temps de faire sauter aussi ce tabou.

— Sens-toi libre de me soumettre tes idées. J'ai toujours vécu à Sydney ou dans ses environs, je sais où il faut acheter.

— Merci.

Contente qu'il ait pour le moment abandonné la question de l'appartement à louer, elle alla se rasseoir sur le confortable canapé, et réprima un bâillement. Sa fatigue la rattrapait. Elle renversa la tête vers le plafond, et pensa : *Il faudrait vraiment que je m'en aille*. Elle ne pouvait pas traîner avec Nathan pendant toute la journée. Il avait besoin de dormir lui aussi, et avait sans doute des projets pour l'après-midi. Mais c'était confortable, ici. Elle allait paresser quelques minutes, puis appellerait un taxi pour rentrer.

Nathan se réveilla, ramena les mains derrière sa tête sur l'oreiller et s'étira. Il avait dormi comme un bébé. Près de quatre heures d'affilée à en croire sa montre. C'était plus que suffisant pour soutenir le rythme du boulot, ce soir.

Molly dormait-elle toujours ? Elle n'avait pas bougé lorsqu'il avait bordé la couverture. Il avait eu bien du mal à ne pas la soulever dans ses bras et l'emmener dans sa chambre, pour dormir avec elle. Mais le sommeil l'aurait sans doute fui s'il avait cédé à cette tentation. Molly faisait vibrer en lui toutes les cordes sensibles.

Qui l'aurait cru, après leurs débuts houleux ? Mais il ne pouvait nier qu'il désirait cette femme. Elle était sexy, douce, forte, et toujours en convalescence d'un passé effroyable. Il n'aurait pas prolongé leur baiser, s'il avait su, mais elle n'avait pas tenté de le freiner. Comment un homme aurait-il pu résister quand une femme semblait si bien à sa place entre ses bras ? Pressait ses seins contre lui ?

Il se redressa, balança les jambes hors du lit, puis se prit la tête entre les mains. Il était en train d'aspirer à avoir ce qu'il ne pouvait pas avoir. Aucune femme ne le faisait vibrer comme Molly. Il n'avait rien éprouvé de tel depuis Rosie.

Il n'avait rien vu venir. Il avait seulement eu envie que Molly ait de la sympathie pour lui. De la sympathie ? Ou du désir ? Il voulait aimer à nouveau. *Quoi ? Oui, je veux aimer une autre femme*. Était-ce Molly ?

Il alla se planter devant la glace de la salle de bains et s'observa. Son visage n'avait changé en rien par rapport à la veille, lorsqu'il s'était rasé avant de partir au travail. Il allait très bien alors, et maintenant… Il était foutu. À cause d'une femme qui, au début de la semaine, lui déplaisait. Enfin, était-ce certain ? N'avait-il pas été dans le déni, de peur d'envisager un avenir qui n'engagerait pas que lui ? L'amour pouvait-il redevenir possible ?

Il passa sous la douche, ouvrant largement le robinet d'eau chaude. Une douche froide aurait été plus indiquée pour ce qui le tourmentait, mais il cultivait son bien-être et adorait la chaleur.

Molly était là, quelque part, qui l'asticotait et le titillait. Quant au baiser… Cette femme savait embrasser. Il était excité rien que de se remémorer sa bouche sur la sienne.

Elle avait parlé de petits pas accomplis. C'était de cette façon qu'il devait aborder les choses. Elle se disait sur le chemin de la guérison, mais depuis qu'il savait à quoi s'en tenir, il interprétait mieux que jamais les expressions de tristesse, de colère, de souffrance qu'il avait captées sur son visage lorsqu'elle ne se savait pas observée. Il faudrait sans doute pas mal de temps avant qu'elle consente à se fier à quelqu'un, à aimer.

C'était un peu comme pour lui, qui parfois encore se réveillait en larmes. Cela se produisait rarement, désormais, mais Rosie ne le quitterait jamais tout à fait. De même, le monstre que Molly avait épousé ferait toujours partie de ce qu'elle était devenue et du chemin qui était le sien. Mais elle semblait prête à le parcourir avec lui, Nathan. Il avait intérêt à ne pas la laisser tomber.

Une fois vêtu d'un jean et d'une chemise marine, il alla voir si elle était réveillée. Elle était plantée, l'air perdue, au milieu de la cuisine.

— Et moi qui voulais appeler un taxi. Je me suis endormie.

— Tu en avais besoin.

— La faute au canapé, il est si confortable.

Elle avait les traits détendus, dépourvus de sa défiance coutumière.

— Tu as du thé ? demanda-t-elle. Désolée, je ne veux pas abuser. Je vais partir, fit-elle en rougissant.

— Thé, café ou chocolat, à toi de choisir, dit-il, sautant sur l'occasion et fouillant aussitôt dans le garde-manger.

— Du thé, c'est parfait, fit-elle avec un rire qui le mit en émoi. Avec du cake, s'il y en a.

— Il en reste là-dedans, dit-il en lui tendant le thé en sachets et une boîte en plastique. Il ne date pas d'hier.

Le gâteau à la banane laissé par sa sœur Allie lors de sa visite le week-end précédent était peut-être un peu rassis.

— Tu laisses du cake se perdre ? demanda Molly, manifestement estomaquée.

— Je ne suis pas porté sur les douceurs.

— Quel dommage ! Il y a des moisissures sur le glaçage.

Elle avait l'air si déçue qu'il ne put s'empêcher de rire tout en soulevant le couvercle de la poubelle pour qu'elle y jette le cake délaissé.

— J'ai des friands à la saucisse surgelés, ils seront vite chauds si tu as faim, dit-il.

Il alluma le four, ouvrit le congélateur. De nouveau, le rire de Molly le transperça, et raidit la partie la plus virile de son anatomie.

— Comment fais-tu pour être si en forme si tu manges des trucs pareils ?

— Il est clair que je ne les mange pas, sinon, le cake n'aurait pas fini à la poubelle. Je cours tous les jours.

Et il bénéficiait d'un métabolisme qui lui permettait de savourer tout un tas de mets délicieux. Il regarda Molly et vit qu'elle avait rougi.

— Oui. Je cours moi aussi, dit-elle en mettant des sachets de thé dans des gobelets et en sortant le lait du réfrigérateur.

— Et tu pratiques les arts martiaux.

Il eut une vision d'elle plaquant l'intrus rageur au sol, et serra les mâchoires. Jamais Molly ni Hazel n'auraient dû avoir à affronter cette situation. Elles auraient pu être blessées. Il lui avait fallu mobiliser tout son sang-froid pour se comporter avec calme jusqu'à ce que les vigiles emmènent l'agresseur.

— Tes mouvements étaient si fluides, dit-il. On aurait dit que ce type ne pesait pas plus lourd qu'une plume.

Elle sourit jusqu'aux oreilles.

— C'était cool, hein ? Je n'avais jamais eu une réaction aussi instinctive. J'avais seulement terrassé un adversaire sur le tapis, et à l'entraînement on a tout le temps de réfléchir à la meilleure prise et de l'exécuter comme il faut.

Son sourire s'effaça à demi, et elle ajouta :

— Je pourrais faire un malheur, si quelqu'un avait une attitude menaçante dans le train ou dans la rue…

— Je pense que tu as réagi à l'atmosphère autant qu'aux actes de ce type. Nous étions tous tendus, dit-il en mettant les friands dans le four.

Elle n'allait quand même pas se sentir coupable d'avoir appris à se défendre !

— Dans dix minutes, on pourra manger, dit-il.

— Après, je te débarrasserai de ma présence.

— Je vais te déposer chez toi. Il faut que je passe au supermarché, de toute façon.

— Merci, dit-elle en lui tendant une tasse de thé fumant.

Quoi, elle ne s'insurgeait pas ? C'était une première. Il dénicha de la sauce tomate et la posa sur le plan de travail, avec des assiettes. Molly se percha sur un tabouret, tenant son gobelet de thé à deux mains. Examinant la cuisine avec sa table pour huit, elle demanda d'un air intrigué :

— C'est toi qui as meublé la maison ?

Bon sang. Elle adoptait une attitude raisonnable, mais il avait du mal à l'imiter ! Elle ne se doutait apparemment pas de l'effet qu'elle avait sur lui. Refoulant les sensations brûlantes qui submergeaient ses sens, il s'efforça de se comporter normalement.

— Les gens à qui j'ai acheté la maison emménageaient à Rose Bay et voulaient changer de décor. Je le leur ai racheté quelques meubles pour les chambres et la cuisine. La table est immense, mais elle est utile quand ma sœur vient en visite avec sa tribu.

— C'est une grande famille ?

— Allie a quatre enfants et un compagnon très patient. Elle a plus d'énergie que la légendaire pile Duracell. Elle épuise tout le monde.

— Elle doit être marrante, dit Molly, sourire aux lèvres.

— Elle te plairait. Les deux autres et leurs tribus aussi.

Là, il s'emballait. Elle n'avait aucun besoin de connaître sa famille. Pas encore, en tout cas.

— Tu as *trois* sœurs ?

— Oui, fit-il en ouvrant le four. Allons, à table !

Ensuite, il la raccompagnerait avant d'aller faire son jogging pour calmer ses ardeurs. Bon sang, Molly l'excitait un peu trop.

— Tu as des projets pour cet après-midi ? demanda-t-il.

— Pas vraiment. Faire des courses, me doucher, courir un moment, faire des mots croisés…

Elle sourit, et il sourit en retour.

— Si tu cales sur une définition, passe-moi un coup de fil.

Le visage de Molly s'éclaira soudain.

— En fait, je pense aller voir un match de basket.

7.

Après s'être douchée, Molly passa un jean noir moulant et un pull-over rose qui détonnait avec ses boucles rousses. Elle tenta de les discipliner avec du gel, sans guère y parvenir. Haussant les épaules, elle prit dans son armoire une veste noire en cuir. Il y avait des années qu'elle n'avait plus porté de rose vif. Plus jamais un homme ne lui ordonnerait de porter une couleur plus adaptée à son teint !

À mi-chemin de l'entrée, elle revint sur ses pas pour attraper son sac de sport dans l'armoire. Autant être parée à tout. Ce fut en sifflotant – encore une première ! – qu'elle rejoignit sa voiture.

Les rafales de vent assaillirent le véhicule alors qu'elle démarrait. Bien au chaud dans son col roulé, elle se mit à fredonner un air gai qu'elle chantait souvent du temps où elle était heureuse, sa voix gagnant en puissance à chaque virage de la route. Quand elle arriva à la salle de sport, elle souriait jusqu'aux oreilles.

C'était une super idée, d'assister au match des Roos, dont elle faisait encore partie deux mois auparavant. L'équipe jouait contre une des plus fortes de la compétition locale, et on la donnait favorite. Le match avait débuté depuis dix minutes, et Molly hâta le pas. Elle voulait renouer avec ses coéquipières, se racheter d'avoir été réticente chaque fois qu'elles avaient tenté de l'entraîner au café après un match.

Elle chercha du regard la coach et les remplaçantes qui, sur le banc de touche, suivaient la partie.

— Salut, coach. Je peux m'asseoir avec vous ?

Georgia, qui scrutait les passes de ses joueuses, se tourna et tapota le siège à côté du sien avec son carnet de notes.

— Pose donc les fesses ici, ma fille. Où étais-tu passée ?

— Salut, Molly, comment va ?

— Hé ! Molly ! J'ai essayé de te joindre pour t'inviter à une fiesta, le mois dernier.

— Alors, et ton nouveau job ?

Wouah ! quel accueil ! L'anxiété de Molly se dissipa. Les filles étaient si amicales ! Elle s'installa et regarda autour d'elle.

— Je vous ai vues écraser les Blue Heelers, la semaine dernière, dit-elle, citant l'équipe dont tout le monde avait cru qu'elle délogerait les Roos de la tête du classement.

— On les a dégommées, dit en riant Georgia. Je suis contente que tu suives notre parcours.

— La première chose que je fais le lundi matin, c'est regarder les résultats aux infos. Vous me manquez, les filles.

Plus que Molly ne l'aurait cru. À l'époque où elle jouait dans l'équipe, elle avait gardé ses distances dans la crainte que les joueuses ne la laissent tomber si elle avait besoin d'elles, comme l'avaient fait ses amies de Perth quand sa situation conjugale s'était sue. Pour finir, rester dans l'équipe sans aller au café après les matchs, ni aux barbecues mensuels, ni se lier aux autres, était devenu trop dur à supporter, et elle était partie.

— Tu as choisi de t'en aller, fit la coach, guère du genre à mâcher ses mots.

— C'est juste, dit Molly, qui suivait le match. Comment se débrouille Sarah ?

Celle qui l'avait remplacée s'était cassé le poignet au cours d'un match très rude, mais avait réintégré le terrain depuis quinze jours.

— Elle est redevenue aussi teigneuse et nous marque pas mal de points. Je pense que son poignet la fait encore souffrir, mais elle ne l'avouera jamais.

— Personne n'a envie d'échouer sur le banc des remplaçantes.

— C'est pour ça que tu es partie ? demanda Georgia, qui

prenait des notes, mais ne manquait aucune des réactions de Molly.

— Je me sentais à l'étroit.

— Faire partie d'une équipe soudée et performante, ça implique une proximité étroite, par moments.

— Je n'y étais pas prête.

— Tu ne te mêles pas aux autres.

— Je ne le nie pas, dit Molly, qui suivait la passe d'Emma à Sarah, qui tira et marqua deux points. Allez, les Roos ! Bravo, Sarah ! Tu es superbe !

Molly se leva d'un bond et brassa l'air de ses poings, applaudissant le panier.

— Je ne t'ai jamais vue t'emballer comme ça ! dit Georgia.

Molly se rassit, un large sourire sur le visage. Comment se faisait-il qu'elle ne se soit jamais réjouie de faire partie de cette équipe ? Du temps où elle évoluait en juniors, à Perth, elle était la plus enthousiaste et la plus bruyante. Elle se retrouvait, aujourd'hui. Il semblait réellement qu'elle recouvrait sa vie d'avant. Elle sourit de plus belle.

Bon sang, elle ne s'était pas rendu compte qu'elle avait sombré à ce point. Voilà qu'elle avait *envie* de s'amuser, au lieu d'espérer seulement que ça arrive. C'était grâce à Nathan. En croyant en elle, il l'avait aidée à repousser ses limites et à s'ouvrir.

La coach était la seule personne, Nathan excepté, à laquelle elle s'était un peu confiée. Elle ne lui avait pas parlé de Paul ni de ce qu'elle avait subi, mais avait simplement admis qu'elle avait des problèmes. Et cela lui avait fait un bien fou.

Mais certaines barrières restaient en place. Elle n'était pas prête à aborder, par exemple, le sujet de son infertilité. Aujourd'hui, elle avait confié presque trop de choses à Nathan. Et si elle s'apercevait, demain matin, qu'elle n'avait pas avancé d'un pouce ? Que les gens la croyaient responsable de ce qui lui était arrivé ?

Eh bien, tu essayeras encore et encore, jusqu'à ce qu'ils te croient. Et t'acceptent telle que tu es.

Nathan ne s'était pas moqué d'elle, il ne lui avait pas dit qu'elle cherchait à attirer l'attention. Il l'avait crue.

Elle se concentra sur la partie. À la mi-temps, l'équipe se regroupa autour de la coach pour écouter ses instructions, et salua Molly comme si elle n'était jamais partie.

Pendant la suite du match, le score continua à grimper, les équipes restant au coude à coude. Sarah s'empara de la balle, bloqua une joueuse adverse puis pivota pour tirer, mais trébucha sur le pied de son adversaire. Elle tomba, durement, son coude heurtant le sol, son autre main se portant en avant pour empêcher que sa tête se fracasse contre le parquet. Elle poussa un cri de douleur, et ramena son poignet contre elle.

— Bon sang, pas encore ça ! fit la coach.

Molly se précipita sur le terrain avec elle, et s'agenouilla près de Sarah.

— Dis-moi où tu as mal.

— Au même endroit que la dernière fois.

— Là où tu as eu la fracture ?

— Oui, dit Sarah, livide.

— Je peux t'examiner ?

Avec un hochement de tête, Sarah rapprocha son bras.

— C'est pareil que l'autre fois. Il s'est cassé.

Après avoir palpé avec précaution le poignet de Sarah, qui enflait à vue d'œil, Molly conclut :

— Je suis de ton avis. Il faut qu'on t'emmène aux urgences.

Un membre des premiers secours s'agenouilla près d'elles.

— Laissez-moi voir ça.

Georgia décocha un regard noir au jeune homme.

— Molly est infirmière urgentiste, et pense que Sarah a le poignet brisé. Je me fie à elle.

— Très bien, alors. Il faut la conduire à l'hôpital.

— Je n'irai nulle part tant que le match ne sera pas terminé, s'insurgea Sarah. Je veux voir la fin.

— Mauvaise idée. Tu souffres, dit Molly.

— Je suis déjà passée par là, je peux tenir le coup encore un peu. Aide-moi à quitter le terrain, que le match reprenne.

Molly salua d'un sourire le courage de Sarah, et l'aida à sortir du terrain avec le soutien de Georgia. Lorsqu'elle fut installée sur le banc et que le match eut repris, Molly ne songeait qu'à emmitoufler Sarah dans une couverture et à lui administrer des calmants,

— Tu n'aurais pas apporté tes chaussures de sport, par hasard ? demanda Georgia en se penchant vers Molly.

— Si, mais je manque d'entraînement.

— Tu continues à courir tous les jours ?

— Oui. Et les autres joueuses ?

Georgia se mit debout en grommelant :

— Tu ne veux donc pas qu'on gagne ce match ?

Pour un compliment, c'en était un !

— Je reviens dans une minute ! lança Molly.

On lui flanqua dans les mains un short et un maillot jaune vif, la couleur de l'équipe.

— Mets ça aussi, pendant que tu y es.

— Cul sec ! fit Eloïse, qui vida son verre, imitée par la plupart des membres de l'équipe.

Molly sirota son eau pétillante. Elle lui parut aussi délicieuse que le meilleur champagne. Elles avaient gagné ! Elle avait marqué huit points. Dément !

— Contente que tu sois passée, fit Georgia à côté d'elle. Mais ne t'imagine pas que tu vas échapper à l'entraînement, maintenant.

Molly était donc de retour dans l'équipe, que ça lui plaise ou non. Elle était *ravie*, en fait. Elle se sentait à sa place avec ces femmes.

— Bien, boss. J'obéis.

— J'y compte bien, répondit Georgia, avec un clin d'œil. Au fait, Sarah a envoyé un SMS. On l'opère demain. Elle ne pourra pas jouer le reste de la saison.

Molly sentit vibrer son portable, dans sa poche. Le nom de Nathan s'affichait à l'écran. Son cœur fit un bond. Elle ne s'était pas du tout attendue qu'il se manifeste, malgré leur harmonieuse matinée.

— Salut. Comment va ?

— J'ai vu ta voiture garée en ville, en passant, et je voulais savoir si tu avais envie d'un peu de compagnie. Mais… à ce que j'entends, dit-il en riant, tu es en train de faire la fiesta.

— Je suis au Lane Bar avec les Roos, l'équipe de basket. J'en faisais partie, avant.

J'ai joué avec elles aujourd'hui et j'ai marqué huit points. Yesss !

— Tu peux te joindre à nous si tu veux, dit-elle, sûre qu'il ne viendrait pas. Je suis avec des membres de l'équipe.

— J'arrive dans deux minutes.

Là-dessus, il raccrocha. Elle considéra son téléphone d'un air interdit. Elle n'avait pas rêvé ? Il venait vraiment prendre un pot avec elle ?

Tu l'as embrassé. Il a peut-être envie de recommencer.

Il pouvait s'offrir autant de baisers qu'il voulait avec la plupart des femmes célibataires qu'il croisait. Il était beau à tomber, et savait y faire. Elle soupira. Leur baiser avait été divin. Rien que d'y penser, elle en avait les jambes toutes molles.

Ça, l'effet du désir ? C'est plutôt parce que tu es éreintée d'avoir couru, Molly. Elle étouffa un bâillement. Tout à coup, elle se sentait épuisée. Juste au moment où Nathan allait la rejoindre.

Nathan sourit. Ce qu'il y avait de bien, avec Molly, c'était qu'on repérait facilement sa chevelure rousse dans une foule. Ce qui était bien aussi – enfin, peut-être pas tant que ça – c'était qu'elle lui inspirait un désir fou. Mais il maîtrisait ça, il ne lui faisait pas du rentre-dedans. Ah ? Que fabriquait-il ici, alors ?

Il l'observa un moment alors qu'elle bavardait avec les femmes qui l'entouraient à table. C'était une Molly rieuse, tout à fait différente de celle qu'il avait cru connaître au service des urgences. Pourtant, il lisait toujours de la vulnérabilité dans sa pose, une épaule à demi tournée, comme pour faire volte-face au moindre danger.

— Hé ! Molly ! fit-il, un peu plus fort que nécessaire.

Ses boucles rousses dansèrent à gauche, puis à droite,

alors qu'elle redressait la tête pour regarder autour d'elle. Le grand sourire qu'elle lui adressa le chamboula de plus belle.

— Hé ! salut, toi !

Elle se poussa sur le côté pour lui ménager une place, et il se glissa près d'elle, heureux de la voir se pencher vers lui au point que leurs bras s'effleurent.

— Vous fêtez quelque chose, on dirait, dit-il en désignant l'enfilade de verres sur la table.

Elle sourit jusqu'aux oreilles.

— On a gagné. Contre l'équipe la plus coriace à laquelle on ait été confrontées cette saison.

— *On* ? Tu as joué aussi ?

— La coach me connaît, elle m'a demandé de rentrer dans les dix dernières minutes, une joueuse s'était cassé le poignet.

— Tu étais dans l'équipe avant ? Pourquoi l'as-tu quittée ?

Le regard de Molly lui intima silence, alors il se tut. Une des femmes dit d'une voix forte :

— Elle a marqué huit points !

Molly secoua la tête.

— C'était un travail d'équipe. Nathan, je vais te présenter tout le monde.

Elle fit un tour de table, hésitant sur le nom des hommes de la bande, et riant quand ils la taquinaient sur son manque de mémoire. Elle acheva en rougissant :

— C'est Nathan Lupton, un… un ami. Nous travaillons ensemble.

— Je te rapporte à boire ? demanda-t-il.

— Non, merci, ça va comme ça.

Pour sa part, il allait aller chercher une bière, avant de dire la première chose stupide qui lui passait par la tête. Il n'y avait pas grand-monde au bar – un moment d'accalmie dans une soirée visiblement très animée. Il put donc rejoindre au plus vite celle qui l'avait attiré ici.

Elle manipulait son verre d'un air songeur.

— J'avais du mal à m'intégrer dans le groupe, lui dit-elle. Sur le terrain, ça allait. Hors du terrain, ce n'était plus ça.

Il hocha la tête.

— Comme avec tes collègues. Pour les mêmes raisons, je suppose.

— Oui. Mais au moins, maintenant, j'essaye de changer ça, dit-elle. Tu allais quelque part quand tu as aperçu ma voiture ? Comment l'as-tu reconnue, au fait ?

— Je n'étais pas sûr de mon coup. C'est pour ça que je t'ai téléphoné au lieu de faire la tournée des bars. Il y a longtemps que tu es ici ?

Elle paraissait fatiguée, et avait le regard un peu trouble. Avait-elle un peu trop bu ? Avec la nuit qu'ils avaient passée, et quelques heures de sommeil à peine, il y aurait eu de quoi assommer n'importe qui.

Elle consulta sa montre et s'écria :

— Il est 22 heures passées ? Je crois qu'on est arrivés vers 17 heures. Je ne m'étonne plus de me sentir K-O.

Elle le regarda, et eut un air coupable.

— Désolée. C'est impoli de ma part, alors que tu viens d'arriver. On a porté un toast, puis on a mangé et bu un peu. La victoire a excité tout le monde. Je vais à l'entraînement demain matin. Je vais sûrement me sentir toute endolorie. Bon sang, je parle trop.

— Et alors ? Ça vaut mieux que de me battre froid, comme souvent, dit-il avec un sourire pour désamorcer l'effet éventuel de cette remarque. J'aime la Molly que je découvre.

Elle le dévisagea d'un air interdit.

— Qu'est-ce qu'il y a ? J'ai un furoncle sur le nez ?

Elle baissa les yeux, et se concentra sur ses mains, nouées au creux de ses genoux.

— Molly ?

Elle soupira, puis releva la tête. Elle avait l'air contrit.

— Merci de ne pas avoir pris tes jambes à ton cou lorsque je me suis confiée à toi, ce matin.

— Comme si c'était mon genre, dit-il en prenant une de ses mains dans la siennes, entremêlant leurs doigts.

— Je savais que tu ne le ferais pas, sinon, je n'aurais pas parlé. Il était évident que tu me soutiendrais dès l'instant où j'ai flanqué ce sale type à terre. En fait, j'en étais convaincue bien avant, je crois.

— Alors, quel est le problème ?

— Rien qui puisse résister à une bonne nuit de sommeil.

— Alors, partons.

— Tu viens à peine d'arriver !

— Je peux partir tout aussi vite. Viens donc.

Elle eut un sourire tendu.

— OK. Désolée, tout le monde, je rentre chez moi. Je suis vannée.

— C'est ça, lança quelqu'un, hilare. Ton homme se pointe, et tout à coup, tu es fatiguée. On a compris.

Les joues de Molly s'empourprèrent. Mais au lieu de répliquer, comme à l'accoutumée, elle murmura :

— Cause toujours.

Puis elle balança son sac sur son épaule et quitta le bar, une main emprisonnée dans celle de Nathan. Sur le trottoir, Elle tourna à droite. Nathan la tira vers la gauche.

— Ma voiture est par là.

— Et la mienne dans l'autre direction, dit-elle en retirant sa main. Comme tu dois le savoir.

— Je te raccompagne.

— C'est inutile. Et j'aurai besoin de ma voiture, demain.

Bon, il fallait y aller sans ménagement, pensa Nathan.

— Molly, tu as bu. Tu ne peux pas conduire.

Elle en resta bouche bée. Puis elle retrouva sa voix.

— Tu penses que je suis ivre ?

— Oui. Tu dis toi-même avoir passé des heures dans ce bar. Tu as mentionné plusieurs verres, lui rappela-t-il, résolu à ne pas la laisser prendre le volant. Tu n'as pas le regard clair, et tu étais un vrai moulin à paroles, tout à l'heure. Ce qui ne te ressemble pas du tout.

— Tu te trompes, dit-elle, s'éloignant à grands pas.

Il la rattrapa.

— Molly, sois raisonnable et laisse-moi te raccompagner. Ce serait plus sûr pour tout le monde.

Elle s'immobilisa si brusquement qu'il dut faire un pas de côté pour ne pas la heurter.

— J'ai pris *un* verre d'alcool à notre arrivée. Après, je n'ai bu que de l'eau. Je ne suis un danger pour personne.

— C'est ça, fit-il, trop sarcastique même à son propre goût.

Lui plantant un index dans le torse, elle le foudroya du regard en disant avec une colère croissante :

— Je suis fatiguée, pas ivre. Écarte-toi de mon chemin, s'il te plaît. Tout de suite.

— La fatigue aussi est une contre-indication à la conduite.

Piètre excuse. En désespoir de cause. Il ne voulait pas qu'elle prenne le volant. Il aurait été heureux de la reconduire. Elle n'était manifestement pas sur la même longueur d'onde. Il aurait dû renoncer, mais quelque chose, au fond de lui, le poussait à vouloir la convaincre. Il lui prit la main, tenta de l'entraîner dans la direction opposée.

Elle se libéra, et lui assena d'une voix glaciale :

— Bas les pattes, Lupton ! Tu n'es qu'un fat exaspérant !

Comme il ne bougeait pas, elle le contourna d'un pas rageur et continua à avancer vers sa voiture, martelant le pavé de ses bottines.

— Je te suis, dit-il.

Il se hâta vers son véhicule, résolu à ne pas la perdre de vue. Il veillerait à ce qu'elle rentre chez elle saine et sauve, d'une façon ou d'une autre.

Fat exaspérant ? Non, mais ! Elle voulait le remettre à sa place ? Il aurait ri, s'il n'avait pas été si vexé. Lui qui s'imaginait qu'ils avaient avancé… Tout droit dans un bourbier, pour le moment !

Passant la vitesse supérieure, il la rattrapa au feu de signalisation, au rouge. Il l'avait mise en colère. Rien d'étonnant. Il lui avait ordonné de monter dans sa voiture. Il ne l'avait pas écoutée quand elle affirmait ne pas avoir bu. Il avait cherché à lui imposer sa façon de voir.

Un comportement digne de l'ex de Molly. À une différence près. Et de taille. Jamais il ne se servirait de ses poings. Molly le savait sûrement. Sinon, elle ne l'aurait pas suivi jusque chez lui, ce matin. Elle ne se serait pas endormie sur son canapé, en situation vulnérable.

Elle ne l'aurait peut-être pas embrassé non plus.

Conservant une distance respectable entre sa voiture et celle de Molly, il la suivit jusque chez elle. Il lui devait des excuses pour son attitude stupide. Même s'il persistait à penser qu'elle aurait dû se laisser ramener, il devait faire amende honorable. Ce qui était en jeu, c'était qu'il ne l'avait pas crue, n'avait pas voulu la laisser libre de ses décisions. Bref, il s'agissait de *contrôle*. Et il n'avait jamais exercé de contrôle sur un autre que lui-même. Les gens avaient le droit à l'erreur – sauf si cela les amenait à mettre les autres en danger. Comme il n'aurait pas voulu que Molly commette une affreuse erreur, il avait eu une réaction excessive. Et elle n'avait pas besoin de ça, elle en avait déjà eu son compte.

Il devait trouver le moyen de revenir en faveur.

Molly referma sa porte et s'adossa au battant, levant les yeux au ciel. *Bon sang, Nathan, à vouloir agir comme un petit chef, tu m'as vraiment exaspérée.*

Son sac glissa de son épaule et tomba par terre avec un bruit sourd qui la fit sursauter. Elle était remontée à bloc. Et gelée. En roulant vitre baissée jusque chez elle pour lutter contre la fatigue et rester attentive, elle s'était frigorifiée. Sa colère, en partie « matée » par le froid, se ranimait à présent. Une fois de plus, elle avait perdu son sang-froid avec Nathan. Retour à la case départ. Comme si elle ne l'avait pas embrassé, et qu'il ne lui avait pas rendu son baiser. Cela valait peut-être mieux. Car désormais, elle aspirait à aller plus loin. Beaucoup plus loin. Si toutefois elle parvenait à lui pardonner de l'avoir crue ivre – et d'avoir voulu lui donner des ordres !

Elle alla mettre la bouilloire sur le feu. Le thé apaiserait peut-être son indignation.

La sonnerie de l'entrée résonna dans l'appartement.

— Molly, c'est moi, dit Nathan. Je voudrais te parler.

Ah ? Eh bien, pas moi !

— Je sais que tu es là.

Qui l'avait fait entrer dans l'immeuble ? Apparemment, il charmait tous ceux qu'il croisait. Sauf elle. Non, elle aussi. Quand elle cessait de vouloir lui résister.

Autre sonnerie, puis coups à la porte.

— Molly.

Il était têtu ! Elle gagna l'entrée et dit :

— Va-t'en ! Je n'ai rien à te dire.

Sauf que tu m'as bouleversée et excitée comme aucun homme ne l'a fait depuis longtemps.

— Tu veux que je crie jusqu'à rameuter tous les voisins ?

— Ne te gêne pas !

— Laisse-moi entrer !

Il avait bel et bien haussé le ton, et ne s'en tiendrait pas là. Lâchant un soupir, elle ouvrit toute grande la porte en disant :

— Il n'est pas question que tu entres.

— Pas de problème.

Il s'appuya contre le chambranle et la considéra. Il ne manquait pas d'aplomb ! Il avait même un culot monstre.

— Tu n'es plus en colère.

— Oh ! mais si ! Tu… tu t'imagines que tu peux me dire n'importe quoi et t'en sortir impunément.

— Erreur, Molly. Je sais que je ne m'en tirerai jamais indemne, avec toi.

Elle en resta bouche bée. Mais qu'est-ce qu'il racontait ?

— Tu ne tolères pas les comportements stupides, surtout de ma part, dit-il en esquissant un sourire. Ça me plaît.

Elle était de plus en plus stupéfaite. Rien ne se passait comme prévu !

— Très bien, tu as dit ce que tu avais à dire, fit-elle. Alors, écarte-toi de mon seuil pour que je puisse fermer ma porte.

— Je ne t'ai pas encore expliqué pourquoi je suis venu, dit-il sans bouger d'un pouce et sans la quitter du regard, comme s'il lisait ses moindres pensées. Peux-tu m'accorder quelques minutes ?

Ce n'était tout de même pas une supplique, non ? Il avait un regard ténébreux, le pli de sa bouche s'était adouci. Il était difficile de tenir tête à Nathan, quand il la regardait comme cela. Persuadée de commettre une énorme erreur, elle s'écarta tout de même et hocha la tête.

— Merci.

Il avait le regard si tendre qu'elle en eut un frisson. Était-ce un revirement ? Et si c'en était un, pourquoi ? Elle gagna son living, où elle resta debout. La bouilloire siffla, s'éteignit. Elle l'ignora.

Nathan était debout face à elle. Pas assez près pour la dominer de sa stature, mais suffisamment pour qu'elle ait une conscience aiguë de sa présence.

Il lui prit les mains et dit :

— Je suis navré d'avoir douté de toi. Rien ne m'en donnait le droit, ni ne m'autorisait à te critiquer. Si je pouvais retirer mes paroles, Molly, elles seraient déjà effacées.

Nathan Lupton lui faisait des excuses ! Toute sa tension se dissipa, la laissant étourdie, mal assurée sur ses jambes. Sans qu'elle sache comment, ses doigts s'étaient entremêlés à ceux de Nathan.

— Excuses acceptées, murmura-t-elle.

Il continuait à la regarder. Ses yeux couleur café s'éclairaient d'éclats verts. Un sourire commençait à se dessiner sur sa bouche délectable. Elle sentit déferler en elle une onde de chaleur qui se répandit dans tout son corps, bouleversant cœur et ses sens, la faisant vaciller.

— Molly ?

Il lui prit le visage à deux mains, ses lèvres pleines effleurèrent la bouche frémissante de Molly, en une caresse qui était à la fois un acte de contrition et une séduction. Puis il s'écarta pour la regarder à nouveau dans les yeux.

Embrasée, elle se hissa sur la pointe des pieds, et alors que sa bouche rencontrait ses lèvres viriles, elle s'abattit contre lui, l'enveloppa de ses bras pour lui caresser le dos de ses paumes, écrasa contre son torse ferme les pointes excitées de ses seins. Son prénom résonnait dans son esprit comme une promesse, un rire, un don.

Oh oui ! un don ! Sa bouche virile dévorait la sienne, sa langue plongeait plus profondément à chaque caresse. Il lui effleura les bras, la taille, puis lui emprisonna les fesses en douceur tout en la titillant, la stimulant jusqu'au point de non-retour. Elle hésita, se figea à demi. Voulait-elle cela ? Question idiote. Elle recommença à l'embrasser avec fougue, exigeante et généreuse à la fois.

Soudain, il redressa la tête.

— Molly ? dit-il en lui prenant les mains – et elle accusa le coup, déçue. Je crois que je ferais mieux de partir tant que j'en suis encore capable.

Elle sentit battre son cœur à grands coups sourds. Il avait raison. L'étape suivante consisterait à gagner la chambre et, même si elle se sentait en sécurité avec lui, elle n'était pas entièrement prête. Ils pouvaient coucher ensemble et y prendre plaisir, mais au lever du soleil, elle devrait affronter bien des doutes. Cet homme était devenu plus proche d'elle que quiconque n'y était parvenu depuis longtemps, mais c'était arrivé si vite qu'elle avait besoin de faire une pause, de respirer profondément, de réfléchir à ce qu'elle voulait.

— Tu as raison. C'est trop tôt pour moi.

Il lui pressa doucement les mains, lui effleura les lèvres, et recula.

— Pour moi aussi.

8.

Molly était éreintée. Et pourtant, elle s'était crue en forme. Elle n'avait même pas la force de mettre la bouilloire en marche. Le match de basket de l'après-midi avait été rude. Elles avaient gagné de justesse, et c'était surprenant, puisque l'équipe adverse était classée septième alors qu'elles occupaient la première place dans la compétition.

Un sentiment de fierté lui remonta le moral. Elle n'avait pas manqué une passe et avait tiré le meilleur parti possible de ses shoots. Oui, le match avait été bon. Et maintenant, elle était épuisée.

Il y avait eu beaucoup plus de travail que de coutume pendant la semaine, à l'hôpital. Si Nathan avait continué à se montrer amical et facile à vivre, ils n'avaient pas échangé d'autres baisers, ni passé de temps ensemble en dehors du service. Mais ils avaient beaucoup ri. Une semaine normale, quoi. Qu'aurait-elle pu demander de plus ?

Elle s'assit sur le bord du lit, un irrépressible sourire éclairant son visage, une chaude sensation agréable se répandant en elle. Oui, elle retrouvait une vie normale, rapidement, et c'était en partie à Nathan qu'elle devait cela. Cet homme lui donnait le sentiment d'être spéciale. Elle espérait seulement qu'elle lui transmettait aussi un peu de l'émerveillement et de l'excitation qu'elle ressentait avec lui.

Sans y penser, elle s'étala sur le lit, la tête sur les oreillers, laissant courir dans son esprit des visions de Nathan. En train de rire d'une blague idiote, de suturer la plaie au bras d'un vieil homme, de lui donner un baiser… Ils étaient plus qu'amis, à présent. Mais en venaient-ils à constituer un couple ? Pas vraiment.

Ce fut la sonnerie du téléphone qui la réveilla. Elle l'attrapa à tâtons. Le nom de Nathan s'affichait à l'écran.

— Salut, Molly. Comment s'est passé le match ?

Oh ! qu'elle aimait cette voix aux inflexions graves ! Plus rocailleuses encore au téléphone qu'en vrai.

— C'était super. On a gagné.

— Alors, tu dois être en train de fêter ça.

— Je suis à la maison. Les filles avaient autre chose à faire, et certaines allaient à un mariage.

Pour sa part, elle était libre, et un week-end sans célébrations ne ferait de mal à personne.

— J'imagine que tu es éreintée. Mais je me demandais si ça te dirait, de rencontrer ma tribu. Ils me sont tombés dessus sans crier gare, et j'ai besoin d'un peu de soutien.

— Tu ne savais pas que ta famille te rendait visite ?

Il éclata de rire.

— Le jour ou mes sœurs s'annonceront, les poules auront des dents ! Je précise que tous mes neveux et nièces sont là.

— Ils sont combien ?

— Huit.

— Tu me fais marcher, dit-elle en riant.

— Pas du tout. Trois sœurs mariées, ça donne huit mômes à combler de cadeaux d'anniversaire et de Noël.

Il ne semblait pas du tout contrarié ! Il était ravi d'appartenir à une vaste famille et de la recevoir à l'improviste.

— Tu dois avoir un tas de pense-bêtes pour savoir ce que tu as offert et à qui, et ce que tu offriras la fois d'après.

— Ne m'en parle pas ! Alors, ça te dit de les rencontrer ? Je dois t'avertir que ce ne sera pas un après-midi de tout repos et que tu n'auras jamais assisté à un repas pareil. Le dîner aura lieu à une heure invraisemblable, très proche de celle du déjeuner en fait, pour que tout le monde reprenne la route assez tôt. Si les marmots rentrent à la maison à pas d'heure, le lendemain, c'est la pagaille, paraît-il.

Voulait-il réellement la présenter à sa famille ? *Saisis l'occasion.* Même s'ils en restaient là en dépit de ce qu'il y avait entre eux, elle devait prendre du bon temps quand elle en avait la possibilité.

— Je pourrais faire un saut, dit-elle d'une voix taquine.

Cela aussi, c'était nouveau. Elle avait désappris depuis longtemps à se montrer espiègle, mais elle en recouvrait la capacité, apparemment.

— Faire un saut ? Oh non ! C'est tout ou rien, ma petite.

Elle rit. C'était si différent de ce qu'elle aurait attendu de Nathan avant le petit déjeuner d'anniversaire de Vicki !

— Je me mets en route. Enfin, dès que je me serai pomponnée un peu.

— Lorsque ces petits monstres en auront fini avec toi, tu regretteras de t'être donné cette peine.

— Ça promet une bonne partie de plaisir.

— Tu n'as pas idée à quel point, dit-il en riant, puis il raccrocha.

Mince ! Que lui arrivait-il ? Elle était plus sortie en quelques jours qu'en deux mois. Mieux encore, elle était *heureuse*. Le seul moment où elle ne l'avait pas été, c'était lorsque Nathan l'avait accusée d'être ivre, mais ses excuses avaient tout racheté.

Se levant d'un bond, elle ouvrit toute grande la porte de son armoire. Que mettre ? Quelque chose pour impressionner Nathan, même s'il lui avait conseillé de ne pas faire de frais de toilette ? Elle se décida pour un jean noir moulant, un pull crème et ses bottines rouges favorites. Puis, pensant que de petites mains sales seraient un désastre pour le pull crème, elle passa à la place un pull orange vif. Haut orange, boucles rousses. C'était parfait, pensa-t-elle, détendue. Quant au rouge à lèvres, ce fut le premier qui lui vint sous la main, et elle dut se forcer à ne pas chanter de joie pour l'appliquer. Elle ne se sentait plus du tout épuisée.

La maison de Nathan avait une élégance discrète, avec ses vastes pelouses et sa vue spectaculaire sur l'océan. Mais aujourd'hui, Molly avait l'impression d'être tombée au beau milieu d'un cirque. Qui aurait cru que des enfants pouvaient faire tant de bruit ? Sans parler de l'adulte exubérant qui participait à leurs jeux, faisait décoller des cerfs-volants et poursuivait des ballons. Envolé, le Dr Lupton ! Il avait entièrement disparu.

— Hé ! tu es là !

— Tu ne pensais pas que je viendrais, hein ?

— J'ai supposé que tu te garerais dans l'allée, entendrais le boucan et détalerais à la vitesse de l'éclair, dit Nathan, lui enveloppant les épaules de son bras. Viens, que je te présente la tribu.

Molly fut présentée aux sœurs et aux beaux-frères, à la ribambelle d'enfants, et dut se pincer pour se convaincre qu'elle ne rêvait pas. Cela n'avait rien à voir avec sa famille – elle était fille unique, avec une mère qui rêvait de grandeur et un père en Nouvelle-Zélande remplacé par un beau-père. Ils l'aimaient. Mais là, c'était autre chose ! Les Lupton la laissaient sans voix.

— Tiens, bois, lui dit une des sœurs.

Laquelle était-ce, déjà ? Annemarie ? Jessie ? Ou alors, peut-être Allie ?

— J'espère que tu aimes le vin, parce que n'importe qui éprouve le besoin de se requinquer après quelques heures avec nous. On fait peur aux plus téméraires.

— Si tu essayes de te débiner, dit Nathan alors que deux garçonnets tentaient de le renverser à terre, je mets un sabot de Denver à ta voiture ! Et c'est Annemarie qui te parle !

Molly éclata de rire. Cela lui arrivait souvent, ces derniers temps. Nathan avait, une fois de plus, deviné sa confusion.

— Merci, Annemarie, dit-elle en rougissant. Je suis d'humeur à boire un peu de vin, ce qui est rare.

Il était plus facile de bavarder avec des inconnus un verre à la main : cela donnait une contenance. Molly regarda Nathan et lança :

— Tu sembles avoir besoin d'un coup de main !

— Repose tes muscles endoloris. L'après-midi n'est pas terminé, répondit-il en riant.

Une nuée de petits garçons et de petites filles lui tomba

dessus, le poussa sur la pelouse, le chatouilla alors qu'il les faisait sauter en l'air l'un après l'autre, d'une main sûre.

— Restons sur la touche, dit Annemarie en se dirigeant vers les fauteuils de la galerie, abritée du vent léger venu de la mer. Que les hommes s'amusent pendant que les femmes paressent en grignotant. Rien que de les voir, ça épuise !

Installée dans un fauteuil en rotin, Molly regarda Nathan et ses beaux-frères qui couraient après les enfants et le ballon, sur la pelouse. Elle s'attendait à subir un feu de questions de la part des sœurs et s'efforçait de tenir le rôle d'une amie de passage. Comme personne ne la mettait sur le gril, elle commença à savourer le moment.

— Dis, m'man, quand est-ce qu'on mange ? J'ai faim.

Une fillette venait de se planter devant elles, mains sur les hanches, imitant son oncle Nathan un moment plus tôt.

— Demande à tonton, il s'occupe du barbecue.

— À table ! dit Nathan en guise de réponse.

Les femmes gagnèrent la cuisine, et Molly se retrouva à transporter avec elles une quantité astronomique de hors-d'œuvre, de pains, d'accompagnements et de sauces jusqu'à l'immense table de la galerie. De délicieuses odeurs venaient du barbecue, où Nathan et les hommes avaient commencé à griller des steaks et des saucisses.

— Comment va ? demanda Nathan en venant vers elle. Je t'ai un peu négligée.

— Je vais très bien. Je n'ai pas besoin qu'on me dorlote. Et ça m'a plu, de parler avec tes sœurs. Tu t'amusais comme un môme avec les petits. Je m'attendais presque que tu réclames un tour dans le petit wagon.

Il y avait une sorte de caisse à roulettes dans laquelle les hommes avaient fait rouler les enfants tour à tour.

— Personne n'a voulu me pousser, répondit-il avec un nouveau sourire jusqu'aux oreilles.

— Je comprends pourquoi ta famille fait des descentes chez toi. Tu adores ces gosses, et ils te le rendent bien.

Elle l'imaginait facilement doté d'une grande famille bien à lui. Pas avec elle, elle ne pouvait pas la lui donner.

— Tu comptes avoir les tiens un de ces jours, non ? demanda-t-elle, le cœur légèrement serré.

Nathan, qui observait les enfants en train de se disputer autour d'une marelle, se tourna vers elle et la considéra avec une intensité un peu trop forte.

— C'est une question piège ?

— Il est logique de supposer que tu veuilles une famille, en te voyant si à l'aise avec ces petits.

— Tu as raison, je les adore. J'ai l'intention d'élever mes propres enfants, un jour. Et toi, tu veux fonder une famille ?

— Absolument.

Elle le voulait. Mais on n'avait pas toujours ce qu'on désirait.

— Mais je n'y ai pas tellement pensé, ces derniers temps.

Vrai. Elle n'avait pas eu de raisons de l'envisager. Il n'y avait pas eu, dans le paysage, un homme pour faire partie de sa vie. Maintenant qu'elle entrevoyait la possibilité d'une histoire d'amour, elle devait réfléchir à la question.

— Nous avions décidé d'avoir des enfants dès que j'aurais terminé ma spécialisation, Rosie et moi, dit Nathan, le regard soudain perdu dans le vide.

— Nathan, je suis navrée. Je ne voulais pas te perturber.

Il la regarda, et serra la main qu'elle avait placée sur son bras.

— Tu t'es encore excusée.

— Parce que j'ai gâché le moment.

Il voulait une famille. Pour elle, c'était une douche froide. Un rappel à la réalité qui lui faisait horreur. Il était normal qu'il ait prévu d'avoir des enfants lorsqu'il aimerait de nouveau. C'était ce que voulaient la plupart des hommes et des femmes. Elle le désirait aussi. Mais elle n'y aurait pas droit, et elle ne voulait pas entraîner quelqu'un sur cette route. Il aurait été injuste de demander à Nathan de renoncer pour elle à ses rêves de paternité. Elle eut soudain un gros poids sur le cœur.

— Tu sais, parler de Rosie m'est aussi naturel que de respirer. Bien sûr, je suis triste par moments, mais ce serait pire qu'elle ne soit jamais mentionnée, dit-il, lui serrant la main, puis la relâchant et s'écartant de quelques pas. Je ne nierai jamais qu'elle était l'amour de ma vie et qu'il a été dur de la perdre.

Décidément, c'était le jour des rappels au réel. À quoi devait-elle s'attendre, encore ?

— On ne doit pas oublier ceux qui ont tenu un rôle spécial dans notre vie. Ce que tu dis d'elle révèle aussi beaucoup de choses sur toi, toutes bonnes, lui dit-elle.

Son sourire avait vacillé, mais Nathan ne la regardait pas et ne s'en aperçut pas. Elle ne serait jamais aussi spéciale que Rosie à ses yeux. Car même s'il l'avait voulu, elle n'y aurait pas consenti.

Elle devait battre en retraite, au contraire, pour parer au cas où il commencerait à s'éprendre d'elle. Un jour viendrait où elle devrait lui dire qu'elle n'avait aucune chance de retomber enceinte. Déjà, quand elle entendait la voix de Nathan, ou son rire, elle sentait son pouls s'accélérer. Quand il la touchait, il lui semblait défaillir. Elle devait mettre un terme à tout cela. Nathan avait déjà souffert une fois. Elle ne lui porterait pas un deuxième coup.

— Cela t'aide à comprendre, dit-il en se tournant vers le barbecue. Bon, j'ai intérêt à prendre le relais avant qu'ils brûlent les steaks. On… se verra plus tard.

— Il faut que je rentre tôt, j'ai du sommeil à rattraper. Et je travaille à la boutique solidaire, demain.

— Si c'est ce que tu veux, fit-il avec un hochement de tête.

Avait-il senti qu'elle faisait marche arrière ?

Il aurait paru bizarre qu'elle parte maintenant, après avoir aidé à sortir la nourriture et dit qu'elle avait hâte de goûter aux salades. Dès que le repas serait fini et la cuisine nettoyée, elle rentrerait. Et redeviendrait la Molly d'autrefois. Non, pas ça. Elle continuerait à se montrer amicale et ouverte. Mais finis les baisers !

Il ne lui serait pas facile de s'éloigner. Surtout après être enfin sortie de sa période de disette et avoir redécouvert qu'elle pouvait être troublée par un homme. Un homme en particulier.

Mais elle n'était pas en couple avec Nathan. Elle aurait été présomptueuse de s'imaginer que ses baisers et ses invitations tendaient vers autre chose qu'une simple « partie de plaisir ». Il était tout à fait possible qu'il veuille seulement prendre du bon temps sans rien compliquer, qu'il ne cherche pas une relation durable, et qu'elle accorde trop de signification à son attitude amicale. Mieux valait en tenir compte, au lieu de s'emballer parce qu'il était celui qui l'aidait à revenir dans la vraie vie.

— Non, ce n'est pas ce que je veux. Pas vraiment, dit-elle, refoulant ses pensées, rectifiant le tir. Je me demande ce qui m'a pris.

Mais elle le savait, et ses raisons ne disparaîtraient pas. Elle aurait dû partir, mais ce n'était pas facile. Elle n'avait pas envie de retourner à son ancien monde, glacial et solitaire.

— Tu as pris peur ? Normal, après avoir rencontré la tribu. Ça ferait détaler n'importe qui.

— En fait, c'était un peu trop confortable.

Il lui ébouriffa les cheveux, comme avec ses nièces.

— Il n'y a rien de mal à ça.

Si, si cela conduisait à de trop grandes espérances. Mais pour le moment, elle choisissait de se détendre et de savourer ces instants. Et la compagnie de Nathan.

La famille ne décolla pas tôt. À croire qu'ils le faisaient exprès. Nathan, lui, rongeait son frein. Molly, qui devait s'en aller après le dîner, avait changé d'avis. Puis les beaux-frères ayant enfin donné le signal du départ, il avait raccompagné la smala au portail. S'ils avaient tardé encore, Molly serait partie, et cela il ne le voulait pas. Il voulait passer du temps avec elle sans être dérangé.

— Enfin ! fit-il après avoir refermé la porte.

Et il fourra les mains dans ses poches pour se retenir d'attirer Molly entre ses bras pour l'embrasser comme un perdu.

— Tu ne le penses pas.

Elle sourit, debout devant lui, sensationnelle avec ses boucles rousses et rebelles, son corps si parfait.

— D'habitude, je serais d'accord, mais ce soir j'avais envie de passer un moment avec toi.

Bon sang, comment allait-il s'empêcher de l'embrasser ?

— Je suis toujours là, dit-elle.

— J'ai remarqué.

Il fallait qu'il la touche. C'était plus fort que lui. Posant les mains sur ses épaules, il l'attira plus près. Et plus près encore. Jusqu'à ce qu'elle soit contre lui, ses seins lui effleurant le torse, sa bouche toute proche. Et soudain, ses lèvres furent sur les siennes, l'embrassant, la goûtant. Il attendit de voir si elle s'écartait ou manifestait de la tension, mais elle s'était pendue à son cou et lui écrasait les lèvres. Renonçant à la prudence, il donna un tour plus profond au baiser, savourant Molly, sa douceur, son odeur. Tout en elle le faisait vibrer.

Tout à coup, elle lui échappa.

— Nathan ? dit-elle brusquement, sans déception dans le regard cette fois – mais avec de l'espoir, et un désir profond à s'y noyer.

— J'aimerais t'emmener au lit.

Elle s'abattit contre lui et recommença à l'embrasser, jusqu'à ce qu'il n'y tienne plus. La soulevant dans ses bras, il demanda :

— La chambre ?

— Non, ici, tout de suite.

Il la mit contre le mur en disant :

— Je serai gentil.

Il ne voulait surtout pas l'effrayer, ni lui faire de mal.

— Surtout pas ! fit-elle, levant une jambe contre sa cuisse. Je ne suis pas en verre !

Il eut un léger sourire.

— Ah ! je n'avais pas remarqué !

Puis il s'empara de sa bouche, lui enveloppa les fesses de ses paumes pour la soulever plus haut. Elle noua les jambes autour de ses reins, se calant contre son sexe dressé.

— Nathan, dit-elle d'une voix grave.

Il recommença à l'embrasser, prolongeant aussi longtemps que possible cette caresse exquise, promenant les lèvres sur son cou, se heurtant au col du pull qu'elle portait.

Elle l'ôta en un temps record, dévoilant des seins gainés de dentelle. Il en eut la bouche sèche, son érection devint presque douloureuse. Mais elle avait la préséance. Il glissa la main dans son pantalon, dans son slip, gagna le cœur de sa féminité, la caressa et la sentit se contracter après un attouchement appuyé. Elle se cramponna à lui, le souffle court, les yeux mi-clos.

Patient, il déposa des baisers sur son front, ses seins, son bras nu. Elle se contorsionna pour se libérer de son étreinte, dérouler les jambes.

— Calme, murmura-t-il contre sa peau enfiévrée.

— Je te veux en moi. C'est à ton tour.

— Chut ! Il n'est pas question de tours. Je suis là, avec toi. Nous jouirons ensemble une fois que l'obstacle sera levé.

— L'obstacle ? Oh ! oui ! Pose-moi, ce sera vite fait.

Elle fut bientôt dépouillée de ses vêtements et de nouveau dans ses bras, les jambes nouées autour de lui, se laissant descendre sur sa verge en érection.

Il ne put maîtriser le frémissement de son corps lorsqu'il s'enfonça en elle profondément. Elle se retint à lui alors qu'il se retirait, la pénétrait de nouveau, récidivait, la menait ainsi vers une nouvelle explosion de volupté. Puis il se lâcha, chevaucha la vague du désir et de la passion. Une expérience incroyable.

Nathan s'étira, une main derrière la nuque, l'autre sur le sein de Molly, endormie dans son lit après un deuxième échange amoureux. Elle sommeillait depuis deux heures.

Allongé près d'elle, à l'écoute de son souffle régulier, il se sentait parfaitement détendu et heureux. Il n'aurait jamais cru éprouver cela de nouveau. Certes pas avec Molly. Elle était très différente de l'image qu'elle présentait. Peut-être n'avait-il pas su voir sa forte personnalité. Ou alors, elle avait trouvé le courage d'aller de l'avant après son divorce.

Quelle importance, du moment qu'il faisait partie de son avenir ? Pour lui, leur relation avait commencé comme un défi : conquérir sa sympathie, son amitié. Mais il commençait à l'imaginer faisant partie de sa vie, pleinement. Depuis Rosie, aucune femme ne lui avait donné le désir d'un amour, d'une compagne, d'une famille. Molly réussissait ce miracle. *Rosie*. Elle lui manquait toujours, mais plus aussi durement qu'autrefois. Était-il en train de se remettre de son deuil éprouvant ? Désirait-il un avenir avec une autre femme ? Oui, il le semblait bien. Le seul problème était que cela arrivait vite. Trop vite ?

— Je suis contente que ta famille soit venue. Sinon, j'aurais seulement rêvé ce moment, dit Molly, d'une voix ensommeillée et sexy.

Il sourit, lui caressa les seins.

— Tu es libre de venir ici aussi souvent que tu voudras.

Le sommeil s'estompait dans les yeux superbes de Molly, remplacé par un éclat pétillant qui lui réchauffa le cœur alors qu'elle allongeait le bras vers son pénis déjà en érection.

— Toc, toc, toc, je suis là.

Il s'inclina pour prendre sa bouche. D'elle, il ne serait jamais rassasié.

Des heures plus tard, il fut réveillé par un tressautement du lit. Molly, l'air fébrile, rabattait les couvertures.

— Mon Dieu, 8 h 10 ! Il faut que je sois au stade à 9 heures ! Sinon la coach va me renvoyer !

Elle courut ramasser ses vêtements de la veille puis revint, toujours aussi volubile, à l'inverse de la Molly d'autrefois.

— Je dois aller chercher ma tenue de sport à la maison. Et un change pour après, à la boutique solidaire.

Nathan se leva à son tour et s'étira.

— Je prépare le café. Tu veux des toasts ? Des céréales ?

Enfin, elle lui prêta attention et vint l'embrasser, posant les lèvres sur son menton ombré d'une barbe du matin.

— Non merci, je grignoterai quelque chose chez moi.

Puis elle se rua dans la salle de bains, et il entendit couler la douche. Si elle s'imaginait le mettre sur la touche si facilement, elle se trompait ! Il la suivit et se joignit à elle sous l'eau ruisselante, lui ôta le savon des mains, se mit à la laver, commençant par le cou pour descendre au fur et à mesure.

— Madame est satisfaite ? fit-il, souriant.

Lorsque elle sortit de la cabine un moment plus tard et s'essuya, il la regarda tout en se savonnant sous la douche.

— Tu es belle, dit-il.

Elle leva les yeux, surprise, hésita alors qu'elle se séchait, portant les mains vers sa hanche. Ayant suivi son geste du regard, il braqua les yeux sur le bas de son ventre. Elle avait une petite cicatrice, nette sur sa peau claire.

— Comment t'es-tu fait ça ?

Elle ramena la serviette de bain devant elle et se ferma.

— J'ai eu un accident.

Puis elle s'esquiva. Fermant le robinet, il saisit une serviette-éponge et la suivit dans la chambre.

— Molly, je suis désolé. Je ne voulais pas être indiscret.

Était-ce à une crise de fureur de son ex qu'elle devait cela ? Il se sécha à grands gestes.

— Ce n'est rien, OK. ?

Non, ce n'était pas OK., mais il préférait se taire. Il l'avait bouleversée en posant étourdiment cette question.

Marquant un arrêt alors qu'elle s'habillait, elle le regarda, l'air triste.

— Désolée de partir si vite.

Il soupçonna qu'elle s'excusait de tout autre chose. Il dut faire effort pour ne pas la serrer dans ses bras et lui dire que tout irait bien. Il ne pouvait pas en être sûr, et de vaines promesses ne menaient à rien. Il posa une main sur sa joue et dit simplement :

— Va donc épater la coach. On se verra plus tard. Sans doute pas aujourd'hui, cela dit.

Cela ne parut pas l'atteindre.

— Pas de problème. J'ai des choses à faire après le basket.

Déjà, elle gagnait le seuil. Là, elle le regarda.

— J'ai passé une nuit merveilleuse.

— Moi aussi, Molly. Moi aussi.

C'était vrai. Si vrai que c'en était presque effrayant. C'était excitant, aussi. Et cela rendait songeur.

9.

— Salut, Vicki ! Je ne te demande pas comment s'est passé ton week-end, ta tête parle pour toi.

Vicki était allée à Darwin, passer du temps avec Cole lorsqu'il n'était pas de garde à la caserne.

Molly ferma son casier et, comme Vicki restait silencieuse, elle l'examina de plus près.

— Oh ! Allez, viens là, fit-elle, prête à étreindre son amie.

— Non, je vais m'effondrer, si tu es trop gentille.

Quelle tristesse, que Vicki soit de nouveau loin de Cole ; il partait une fois de plus en mission pour un temps indéterminé. Molly tenta de la distraire de ses idées noires.

— Quel chic ! J'adore le violet de ton top. Et tes bottines, elles me rendent carrément jalouse.

— Je les ai dénichées dans une boutique vintage, exprès pour cette tenue. Je ne mets que du noir, d'habitude.

Vicki ajouta :

— Chaussures mises à part.

— Chaussures mises à part, dit en même temps Molly.

Elles éclatèrent de rire. Tout en attendant que Vicki enfile son uniforme d'infirmière, Molly tendait l'oreille, guettant la voix de Nathan. Elle ne l'avait pas aperçu à son arrivée. Comme il était toujours en avance, il était sans doute occupé avec un patient.

Quand elles rejoignirent l'équipe de relève, Molly ne le vit toujours pas. Pourquoi était-elle si déçue ? Elle avait décidé d'être amicale et naturelle avec lui. La déception n'entrait pas dans ce schéma.

Leur nuit ensemble avait été sensationnelle. Ils n'avaient guère dormi, cependant. Il l'avait épuisée, en fait. Et elle n'avait pourtant qu'un désir : remettre ça !

— Salut ! J'espère que vous avez passé un bon week-end !

Nathan, sourire aux lèvres, regard brillant, venait d'entrer dans la pièce. Il marqua un arrêt en voyant Molly, et son sourire s'agrandit, puis il parut se rappeler où il se trouvait.

— Très bien, mettons-nous au travail.

Mais il vint se placer près de Molly. Bien que dansant intérieurement de joie, elle tenta de garder un air neutre tandis que Mick faisait le point sur les patients présents dans le service. Ce n'était pas facile. Elle brûlait d'envie de se blottir contre Nathan, de le toucher.

Puis, alors que chacun se dirigeait vers son poste, Nathan lui demanda discrètement :

— Ça va ?

— Oui, très bien. Tu as pu faire le ménage ?

— Plus ou moins, dit-il avec un sourire ravageur.

— Tu t'es rendormi ! fit-elle, souriant jusqu'aux oreilles.

— Silence, madame ! Sinon, tout le monde saura pourquoi j'étais éreinté, lui dit-il tout bas, la faisant frissonner.

Comment ne pas nouer de relation encore plus intime avec cet homme qui l'avait sortie de sa vie terne et sans audace ?

Mick, qui s'était entretenu avec l'infirmière de l'accueil, se tournait maintenant vers Molly.

— Tu peux te charger de celui-ci ? Un jeune homme de vingt et un ans, blessures par objet tranchant au visage et aux bras. Je t'envoie quelqu'un pour te seconder.

— Entendu.

Ouf ! elle allait avoir à travailler et pouvoir s'éloigner de Nathan Près de lui, elle se sentait nerveuse. À croire qu'elle l'avait dans la peau.

— Je vais avec Molly, dit-il à Mick. Ce jeune homme aura peut-être besoin de points de suture.

Pour ce qui était de s'éloigner un peu de Nathan, c'était raté ! Mais elle appréciait de travailler avec lui. C'était un médecin urgentiste remarquable, il lui avait beaucoup appris. Elle se mit en devoir d'installer son patient dans le box n° 11, tandis que Sally, l'infirmière de triage, leur communiquait les informations recueillies.

— Beau Cooper, vingt et un ans, frappé avec une bouteille brisée, blessures importantes au visage, coupures mineures sur les bras. Voici Gina, la petite amie de Beau. C'est elle qui l'a amené.

— Bonjours, Beau. Je suis Molly, et je suis infirmière. Et voici le Dr Lupton.

Nathan examina le visage du jeune homme.

— Parlez-moi de cette agression. Vous êtes tombé ? Vous vous êtes cogné la tête ? Ces détails sont importants.

— Deux types m'ont attaqué parce que je voulais qu'ils rendent le sac de ma copine. Ils ont brisé une bouteille de bière et m'ont frappé à la tête, aux bras et à la jambe. Je suis resté debout, je ne me suis cogné la tête nulle part. Il me semble.

— Avez-vous des difficultés à respirer ?

— Non, je n'en ai pas l'impression.

Les éclats de verre n'avaient donc pas causé de blessure vitale à la gorge. Et lorsque Molly demanda à Beau de suivre du regard la main qu'elle déplaçait de gauche à droite, il le fit sans difficulté. Le test de vision était rassurant.

Hank entra alors dans le box en annonçant :

— Nathan, on a besoin de toi dans le 3, c'est urgent !

— OK., dit Nathan, je reviendrai quand vous aurez nettoyé les plaies.

Il partit vite, et Hank, rapidement mis au courant, enleva le jean de Beau pour vérifier l'état de ses jambes. Le jeune homme avait de profondes balafres au visage et certains muscles du cou étaient atteints. Ce qui impliquait une opération chirurgicale le lendemain.

— Je vais vous administrer de la pénicilline, dit Hank à Beau. Allez savoir où a traîné cette bouteille.

— Il a aussi besoin d'un analgésique, dit Molly, qui avait fini de nettoyer les plaies et jetait les compresses dans la poubelle. Je vais en toucher un mot au Dr Lupton.

Elle trouva Nathan devant un écran, occupé à enregistrer des notes dans le dossier d'un patient.

— Comment va notre blessé ? demanda-t-il.

— Je pense qu'il faudra recourir à la chirurgie. Hank doit lui administrer un analgésique. Ce garçon souffre beaucoup et s'efforce de ne pas le montrer.

— Un coriace, hein ?

— C'est parce qu'il est boxeur, leur expliqua quelques instants plus tard la petite amie de Beau. Ils sont censés prendre des coups sans se plaindre.

Après un examen soigneux, Nathan dit à son patient :

— Vous avez de la chance. Il n'y a rien de grave, mais une intervention de chirurgie plastique sera nécessaire pour vous éviter une vilaine cicatrice. En attendant, je vais effectuer une suture temporaire pour fermer la plaie et empêcher un saignement trop important. Vous allez passer la nuit ici.

— Merci, répondit Beau dans un murmure, en cherchant la main de sa petite amie.

Il semblait avoir peur.

— Tout ira bien, dit Molly d'une voix rassurante avant de se tourner vers Nathan. Je vais chercher ce qu'il faut.

à son retour, il se lavait les mains avant d'enfiler des gants de chirurgie. Elle plaça le kit de suture sur la petite table proche de lui.

Derrière elle, Gina serrait la main de Beau.

— Je t'aime, lui dit-elle. Je vais appeler ta mère, lui dire ce qui est arrivé.

— Ne préviens pas mes parents.

— Ils doivent savoir où tu es. Et si la police leur téléphone ?

— Bien, voyons ça, fit Nathan en se rapprochant du lit.

Molly vit que Gina avait pâli. Elle lui suggéra de passer l'appel dans la salle d'attente, lui signifiant qu'elle pourrait revenir quand elle voudrait. Elle n'aurait qu'à indiquer qu'elle accompagnait Beau, et la sécurité lui ouvrirait. La jeune fille sortit, manifestement soulagée de partir avant que Nathan commence à suturer la plaie.

Dès qu'il eut terminé, Molly alla avertir Gina qu'elle pouvait revenir auprès du blessé. Puis Molly rendit visite à une vieille dame que l'on avait retrouvée errant dans le jardin de sa maison de retraite.

— Comment vous sentez-vous, madame Grooby ?

La vieille dame de quatre-vingt-treize ans ouvrit les yeux et posa sur elle un regard clair.

— Très bien.

— Et ces derniers jours ? Tout allait bien aussi ?

— Je crois, oui.

Mme Grooby était émaciée et très pâle. Selon le personnel de la maison de retraite, elle était confuse, ces derniers temps. Or, elle était à présent alerte, et observait ce qui se passait autour d'elle. D'après les notes de l'interne qui l'avait examinée, elle était cependant désorientée à son arrivée, deux heures plus tôt. Y avait-il une raison médicale à cela ? Ou était-ce dû à la solitude et au besoin d'attention ?

— Je vais vous poser une ou deux petites questions.

— Oui, ma petite.

— Quel est notre animal national ?

— Le kangourou.

— Que trouve-t-on dans une bibliothèque ?

— Des livres, pardi.

— Comptez à rebours à partir de 10.

Alors que la vieille dame s'exécutait sans commettre d'erreur, Molly la borda, puis l'observa avec attention.

— Bravo. Vous avez passé le test haut la main.

— J'ai tout entendu. Tout va bien dans cette bonne tête, madame Grooby, dit Nathan en avançant dans le box à la grande surprise de Molly.

Ah ça ! la suivait-il ? Comme il passait devant elle, elle lui murmura :

— Elle se sent seule.

Il acquiesça.

— On voit ça souvent chez les vieilles personnes.

— Vous parlez de moi ? demanda vivement Mme Grooby.

Molly pouffa.

— Vous avez l'esprit un peu trop vif pour votre bien ! lui dit-elle. Une tasse de thé, ça vous tente ?

— Bien sûr !

Molly gagna la cuisine, et grignota un biscuit en attendant que le thé infuse. Une heure de travail, et elle était déjà affamée. Sûrement parce qu'elle s'était dépensée sur un terrain de basket pendant le week-end.

Mick passa une tête dans l'entrebâillement.

— On nous amène en ambulance un vieux couple pris dans un carambolage. Rien de grave, juste des égratignures, des bleus et un état de choc. Tu t'en occupes avec Hank.

— OK. Je passe donner ça à Mme Grooby et j'arrive, dit-elle en montrant la tasse de thé.

Les Andrews étaient choqués mais bien éveillés, lorsqu'on les installa dans deux box voisins séparés par un rideau. Comme Mme Andrews cherchait à saisir la main de son mari, Molly et Hank rapprochèrent les lits.

— Tu parles d'une sortie en amoureux, dit Colin Andrews, adressant un clin d'œil à sa femme. On aurait mieux fait de rester à la maison devant la télé.

— Pas sûr, il y a de l'animation ici, lui répliqua-t-elle sur le même ton.

— Où alliez-vous donc, tous les deux ? demanda Molly.

Une tempête déferlait sur la ville, et il faisait un froid de canard dehors. Molly était venue au travail en doudoune.

— En pèlerinage à l'église où nous nous sommes mariés, comme tous les ans. C'est notre cinquante-troisième anniversaire de mariage. Nous n'avons pas pu partir plus tôt, avec tout ce défilé à la maison. La famille nous prend pour le meilleur restaurant de la ville.

La voix bougonne de Sylvia alerta Molly. Quelque chose n'allait pas. Tandis qu'elle nettoyait les menues coupures causées par le bris du pare-brise sur le bras de la vieille dame, elle demanda :

— A-t-on prévenu un de vos proches ?

— Vous n'aimeriez pas les voir débarquer, répondit aussitôt Colin Andrews. Ils sont beaucoup trop bruyants.

— Quand l'un est au courant, les autres le sont aussi, ajouta sa femme.

Molly perçut le tremblement de sa patiente. Décidément, quelque chose ne tournait pas rond. Elle jeta un coup d'œil à Hank, qui s'en était lui aussi manifestement rendu compte.

Mais que faire ? Leur rôle était de soigner les gens, pas de résoudre les conflits familiaux.

— Bien, dit-elle. Je vais faire un peu de couture.

— Vous n'êtes sûrement pas aussi douée que Sylvia. Elle faisait des robes de mariée pour les gens de la haute, dit Colin.

— Elle pourra vous recoudre, alors, quand j'en aurai fini avec elle, dit Molly en riant. Je vous apporte du thé ?

— C'est la meilleure proposition qu'on nous ait faite ce soir, répondit Colin en souriant.

Le cœur lourd, Molly renonça à alerter les proches. La famille, c'était si important ! Et la perdre, si dur ! Quand sa mère avait soutenu qu'elle se trompait sur Paul et qu'il n'avait pas voulu lui faire de mal, elle avait eu le sentiment d'avoir tout perdu – son couple ET ses proches. Aujourd'hui, sa mère tentait de rétablir leurs liens, mais si grande envie que Molly en eût, elle restait sur ses gardes.

— Bon, fit-elle, le thé sera là dans un instant avec le fil et les aiguilles.

— Molly ! lança Mick, pointant la tête. Une jeune fille de seize ans, overdose au paracétamol. Hank, tu peux te débrouiller seul ?

— Pas de problème.

Alarmée, Molly traversa à la hâte la vaste salle pour gagner le lit où Nathan, un interne et une autre infirmière s'occupaient de la jeune fille, tandis qu'une ambulancière fournissait les rares éléments parvenus à leur connaissance. La patiente avait avalé au moins vingt comprimés, selon sa mère. On l'avait trouvé inconsciente, mais elle avait repris connaissance et vomi.

— Le principal souci, ce sont les lésions au foie, expliquait Nathan à l'interne tout en écoutant l'ambulancière. Si elle a vomi, un lavage d'estomac ne devrait pas être nécessaire. Je vais lui donner du charbon pour absorber le résidu médicamenteux dans son système digestif.

Molly fit avec l'aide de l'autre infirmière la toilette de la jeune fille. Elles la déshabillèrent, lui mirent une blouse et se débarrassèrent des vêtements souillés.

— Nathan, on a besoin de toi ici ! fit une voix.

— Cette fois, on est débordés, dit Nathan, sourire aux lèvres. Ça nous empêchera de penser à autre chose.

— On dirait, fit Molly en lui rendant son sourire.

Pourquoi fallait-il qu'il soit aussi sexy ?

Quand Nathan rejoignit Molly au café où elle s'était attablée avec Hank devant une boisson et des sandwichs juste après 20 heures, elle se réjouit de ne pas être en tête à tête avec Nathan. Sinon, elle aurait renoncé à garder ses distances avec lui dans le cadre du boulot. Il était irrésistible !

— Tu as tenu le choc avec ma tribu, lui dit-il en mordant dans un friand à la viande. Ils sont intimidants, quelquefois.

Hank haussa les sourcils, puis se remit à consulter ses messages sur son téléphone.

— Je me suis bien amusée, alors merci de m'avoir invitée.

— Tu aimes les enfants, visiblement, dit Nathan.

Ils avaient abordé ce sujet le samedi, non ? Avait-il deviné qu'elle était infertile après avoir vu sa cicatrice ?

— Qui ne les aime pas ?

— Ils ne sont pas une bénédiction pour tout le monde !

— Pour ta famille si, c'est évident. Je suis surprise que tu ne sois pas perclus de courbatures. Ils se sont servis de toi comme d'un trampoline.

— J'ai l'habitude. Mais quand ils seront plus grands, il faudra que je fasse attention.

Il lui parlait comme s'ils étaient seuls, et ne voyait apparemment aucun inconvénient à ce que Hank sache qu'ils s'étaient vus pendant le week-end. Ce dernier abandonna son portable et leva son gobelet.

— Je l'ai déjà vu boitiller après des parties de ballon avec la smala Lupton. Et parmi nous, personne ne l'a plaint, dit-il.

— Tu t'étais débiné au lieu de me prêter un coup de main ! Pathétique ! répondit Nathan, railleur.

— Certains d'entre nous avaient été invités à un barbecue chez Nathan, expliqua Hank, et la moitié de sa famille a débarqué sans crier gare. Ils se sont comportés comme en pays conquis, et on a bien rigolé de voir oncle Nathan jouer les gamins de sept ans pendant des heures d'affilée.

— Je vois très bien de quoi tu parles, dit Molly.

Ainsi, elle n'était pas la première à dîner avec la famille de Nathan. Pourquoi l'avait-elle supposé, et attaché une importance particulière à cette invitation alors qu'il organisait un barbecue pour l'équipe le week-end suivant ? Mais il lui avait aussi offert de lui louer son appartement, non ? Et il l'avait embrassée. Et depuis, ils avaient fait l'amour.

— Ça prouve qu'il n'est pas toujours le boss, fit-elle avec un large sourire que Nathan « salua » d'une grimace.

— Je vais me chercher un autre café, dit Hank en se levant. Je vous en rapporte ?

— Non merci, répondirent en chœur Nathan et Molly.

Elle regarda Hank traverser la salle, s'arrêter pour parler à des infirmières.

— Tu m'as manqué, hier, dit Nathan.

— C'est vrai ? fit-elle, envahie d'une délicieuse chaleur, soulagée de la tension qui l'habitait depuis qu'elle avait pris la mesure de son désir d'avoir des enfants.

— Oui. J'étais à deux doigts de venir chez toi, mais tu étais occupée à la boutique solidaire. De toute façon, je me suis endormi sur mon canapé jusqu'à 19 heures.

— Pauvre petit vieux.

— Tu me trouves vieux ?

— Pas du tout.

C'était amusant d'échanger ainsi, de plaisanter. Mais… *Tais-toi, ma conscience. Laisse-moi m'amuser un peu avant de devoir retomber sur terre.*

— Désolée d'avoir dû partir si vite.

— Tu n'y aurais pas été forcée si tu avais emménagé dans l'appartement d'à côté.

— J'ai besoin d'avoir un espace à moi, pour le moment.

— Pas de problème. Je comprends. Mais je suis parfois un monstre d'impatience.

— Tu n'as rien d'un monstre, Nathan, crois-moi. Je sais de quoi je parle.

— J'ai dit ça au sens large. Il va falloir que je choisisse mes mots, avec toi.

— Non, c'est moi qui dois apprendre à dédramatiser. Je croyais y être parvenue.

— Tu sais quoi ? On est devenus sérieux, tout à coup. L'endroit est mal choisi pour évoquer ce qui t'est arrivé, alors détendons-nous.

Elle acquiesça, elle ne demandait pas mieux.

— Dis-moi, est-ce que mes sœurs t'ont posé des tas de questions ?

— Pas du tout. Tu as l'air surpris. C'est inhabituel ?

— Oui ! Elles considèrent qu'il n'y a aucune discrétion à avoir quand il s'agit de leur frère, répondit-il. Je suis content que tu te sois bien amusée avec les petits.

Elle déglutit avec difficulté. Chaque fois qu'il l'associait aux enfants, elle devenait plus nerveuse et préoccupée. Il semblait qu'elle ne pourrait pas s'octroyer de bon temps avant de lui apprendre la vérité. Il faudrait qu'ils aient bientôt une conversation franche à ce sujet.

— Nathan…

— Hé ! on a besoin de nous ! leur lança Mick qui venait vers eux. Tout le personnel est requis. Un car de touristes américains a eu un accident sur l'autoroute. Les premiers blessés seront là dans dix minutes.

Déjà, il s'éloignait, en quête d'autres membres de l'équipe d'urgence.

10.

Nathan s'interrogeait. Qu'avait donc Molly ? Elle paraissait « désaccordée ». À un moment, elle était heureuse au-delà de toute expression ; le moment d'après, elle le considérait avec appréhension. Il l'observa tandis qu'elle tentait d'apaiser Becky, une adolescente qui avait été piquée par des guêpes.

— Non, tu n'as pas de réaction allergique, disait-elle tout en lui tamponnant les bras. Tu as subi de nombreuses piqûres, et ça fait mal. Mais tu ne va pas étouffer.

Il intervint, espérant que cela calmerait la jeune fille qui hurlait et était prise de tremblements.

— Bonjour, Becky. Je suis Nathan, le médecin. Molly a raison. Si tu avais une réaction allergique, ta gorge, ta langue et ton visage seraient enflés. Mais par sécurité, je vais t'examiner. Ouvre la bouche, que je voie ça.

Le silence revint aussitôt alors que Becky s'exécutait. Il lui examina la bouche, palpa doucement la gorge et le cou.

— Tout va bien, dit-il.

Molly adressa un sourire à la jeune fille, et il se sentit tout chose. Décidément, il en pinçait pour cette femme. Et drôlement. La semaine écoulée depuis la visite de sa famille avait été sensationnelle. Des rires, des repas en commun, et des ébats sexuels incroyables. Il y avait eu des moments tendres aussi, comme lorsqu'elle lui avait préparé son petit déjeuner favori et l'avait disposé sous la galerie avec une fleur dans une de ses chopes de bière – il n'avait pas de vase. Enfin, il en avait un, désormais ! Molly avait déniché à la boutique solidaire une horreur qui occupait la « place d'honneur » dans un recoin de son bureau. Elle l'avait menacé de l'apporter avec un bouquet à la fête du lendemain soir avec l'équipe. Qui aurait cru qu'elle pouvait se montrer si espiègle ? Surtout avec lui. C'était fabuleux.

— Tu vas avoir des démangeaisons, Becky. Le Dr Lupton va te prescrire une crème, dit Molly en le bousculant un peu.

Il faillit rire de son audace, mais elle avait raison de le rappeler à l'ordre. Il ne devait pas se laisser distraire par elle, au travail. Comment y parvenir, c'était une autre histoire…

— Alors, je n'aurai pas de choc anaphylactique ? fit Becky, déçue.

— Non, et j'en suis bien content.

Était-elle en mal d'attention au point de vouloir mettre sa vie en danger ?

— Un garçon de l'école en a eu un, une fois. On l'a emmené en ambulance. Il a failli mourir. Plein d'élèves sont allés le voir à l'hôpital.

Ah ah ! C'était donc bien ça !

— Il y a de meilleurs moyens de se faire remarquer. Organiser les visites auprès d'un malade, par exemple. Être hospitalisé, c'est galère. On a mal, on passe tout plein d'examens, et en plus on est alité toute la journée et on s'ennuie.

Molly s'était détournée pour dissimuler le sourire de sa bouche si sexy. Becky, elle, le regardait d'un air circonspect.

— Et la nourriture ? demanda-t-elle d'un air sérieux.

Il eut du mal à ne pas éclater de rire, même si cette demoiselle était visiblement plutôt perturbée.

— Rien de très gastronomique, mais ça peut aller. Tu n'y auras pas droit, cela dit, parce que tu vas vite rentrer chez toi. Molly, tu apporteras à Becky la crème que je viens de prescrire, quand j'aurai signé le formulaire ?

— Bien sûr. Becky, je vais prévenir les amies qui t'ont accompagnée qu'elles peuvent venir te voir.

Molly s'éloigna, et Nathan rédigea le bilan de Becky. Encore une demi-heure, et il pourrait songer à rentrer chez lui où à aller chez Molly.

— Nathan, fit Mick en surgissant devant lui. On a besoin de toi en réa. Un homme de trente et un ans, inconscient.

Chute du troisième étage. Graves blessures crâniennes, perforation du poumon gauche, fracture des deux fémurs. Et ce n'est que ce qui a été constaté au premier examen.

Nathan se précipita sur les talons de Mick vers le service de réanimation. Envolés ses projets ! Mais s'il lui fallait « oublier » Molly, alors c'était à ce genre de tâche qu'il préférait se consacrer par-dessus toutes les autres.

Ils ne ménagèrent pas leur peine pour sauver Mason Haverstock, en vain malheureusement. Le cœur du patient céda, à cause du traumatisme et de l'hémorragie.

Nathan se coupa émotionnellement de tout. Il fallait clore le cas. Ce fut en s'adressant à l'épouse du défunt et aux proches qu'il parvint à s'arracher au chagrin où l'avait plongé cette mort – parce qu'il ne comprenait que trop la peine qu'il infligeait à cette femme en pleurs. Les mots qu'il lui adressait étaient irrémédiables, ils lui volaient ses rêves, son amour, son avenir. Ces instants-là avaient toujours été durs, mais depuis la mort de Rosie il se sentait presque directement concerné.

Il partit faire un tour en ville sans prêter attention à la pluie fine et au vent froid. Le mauvais temps, quelle importance, quand on avait le cœur brisé ?

Près de deux heures plus tard, alors qu'il se trouvait devant l'immeuble de Molly, il lui envoya un SMS.

Tu es réveillée ? Je suis tout près de chez toi.

De la lumière filtrait derrière les volets de sa chambre, il ne la dérangerait pas. Il avait renoncé à sa promenade, à rentrer, et avait échoué devant chez elle. Molly saurait ce qu'il lui fallait. Elle comprenait la douleur.

Monte.

La porte d'entrée s'ouvrit et, dès qu'il fut au troisième étage et la vit sur son seuil, en peignoir blanc, il dit :

— J'ai besoin d'un câlin.

Elle le fit entrer, referma la porte d'un coup de reins, et l'étreignit, la tête au creux de son épaule.

— C'est si terrible que ça ? fit-elle.

— Oui.

Le malheureux n'avait que trente et un ans, bon sang ! Et toute la vie devant lui. Il laissait une épouse et deux petites filles. La vie était vraiment dégueulasse, parfois.

Nathan serra Molly, se repaissant de sa chaleur, de sa bienveillance, de sa force. Le temps et l'heure s'effacèrent alors qu'ils restaient enlacés, que Molly lui caressait le dos avec tendresse. Il savait seulement qu'il était là où il fallait, avec la personne qu'il fallait, tandis que les ténèbres qui l'avaient englouti, peu à peu, se résorbaient.

Finalement, Molly redressa la tête et proposa :

— Du thé ? Quelque chose de plus fort ?

Il avait appris, dans le passé, que « quelque chose de plus fort » ne ferait pas disparaître son chagrin d'avoir perdu un patient. Cela ne vous valait qu'une gueule de bois et le sentiment d'avoir été faible.

— Du thé, dit-il. Une pleine théière.

Le sourire de Molly était chargé d'empathie. D'amour ? Non, ce n'était pas possible. Pas si vite. Il prenait ses désirs pour des réalités sans doute… Il voulait donc qu'elle l'aime ? Peut-être. Ils s'entendaient merveilleusement bien, et cela promettait de durer. Mais était-ce de l'amour ? Ne subissait-il pas plutôt le contrecoup de sa nuit éprouvante aux urgences ?

Ils burent le thé – elle lovée sur le petit canapé, lui calé dans un fauteuil, jambes allongées, tenant son gobelet à deux mains tandis qu'il chassait ses fantômes. Elle n'émit aucun commentaire sur ce qu'il avait tenté pour le patient. Elle se contenta simplement d'écouter, d'accepter, de comprendre.

Il n'avait jamais eu droit à ça, avant. Pas même de la part de Rosie. Elle avait toujours détesté qu'il aborde son travail. C'était le seul domaine de sa vie qu'elle n'avait pas compris autant qu'il l'aurait voulu. Molly, elle, captait son état d'esprit, elle était au diapason. En tant qu'infirmière, elle savait ce que c'était, d'affronter le pire dans le service.

Ils allèrent se coucher, se serrant éperdument l'un contre

l'autre. Puis, à l'approche de l'aube, ils firent l'amour lentement, tendrement. Ensuite, allongé sur le dos, une main abandonnée sur les fesses de Molly qui dormait, à demi affalée sur lui, il resta songeur dans les ténèbres.

L'amour. Était-ce cela ? Ce sentiment d'appartenir à quelqu'un d'autre, que même sa famille ne pouvait pas lui communiquer ? D'arriver enfin au port ? Oui, c'était à l'amour que se rattachaient ces sentiments, ces sensations. Cette douceur en lui chaque fois qu'il caressait Molly, écoutait sa voix vive et son rire léger, sentait son odeur, regardait évoluer son corps mince qui semblait parfois marcher sur des charbons ardents, et à d'autres moments, danser dans l'air.

C'était venu à lui à la vitesse de l'éclair. Qui aurait cru que cela pouvait lui arriver encore ? Non, c'était différent, cette fois. Il connaissait Rosie depuis toujours, il était tombé amoureux en grandissant près d'elle. Avec Molly, il avait suffi d'un rien. Et voici qu'il était pris.

Molly se réveilla d'un coup, sans aucune transition entre le sommeil et la veille. On était samedi, et ce soir aurait lieu le barbecue du service.

Nathan la serrait contre lui comme s'il ne voulait pas la laisser partir. Son souffle régulier le disait endormi. Tant mieux. Il devait surmonter la tragédie de la veille, même si ce n'était pas facile. Cela ne l'était jamais. C'était l'aspect éprouvant de leur métier. Se lovant plus étroitement contre lui, elle pensa à leurs ébats nocturnes. Ils avaient été lents et tendres. Elle s'était donnée entièrement dans l'espoir de soulager le chagrin de Nathan. Cela avait dû marcher, à en juger par son abandon. Il n'avait jamais dormi au-delà du lever du soleil, chez elle.

Elle attrapa son téléphone et se redressa d'un bond en voyant le cadran. 8 h 5 ! Elle devait confectionner un dessert avant de se préparer pour le basket. Et aller chez Nathan ensuite, pour l'aider comme promis.

— Bonjour, fit une voix ensommeillée, près d'elle.

Et un bras la ramena sous les couvertures, sur le corps de Nathan.

— Ah non ! protesta-t-elle. On a des choses à faire.

Mais elle céda. C'était un début parfait pour cette journée. Après leurs ébats, Nathan pocha des œufs et grilla du bacon tandis qu'elle confectionnait une tarte au citron.

— Quoi ? fit-elle en surprenant son regard posé sur elle.

— Tu chantonnes. J'aime ça.

— Ah ?

Elle avait repris une vie normale, c'était clair.

Après un nouveau un match victorieux avec les Roos, elle échappa aux célébrations au café et fila prendre une douche chez elle. Puis, de blanc et de rouge vêtue en vue de la soirée, elle alla chez Nathan. Vicki l'y avait précédée, maniant l'aspirateur et le plumeau.

— Je me demande pourquoi elle se donne ce mal, dit Nathan. Quand tout le monde sera parti ce soir, le désordre sera bien plus grand que maintenant.

— Elle a besoin d'un dérivatif, lui glissa Molly. Ça doit être dur d'être si souvent séparée de son homme.

Vicki avait vaillamment tenté de se montrer gaie pendant toute la semaine, depuis son retour de Darwin, mais elle ne dupait personne.

— Cole commence à accuser le coup, lui aussi, répondit Nathan. J'aimerais faire quelque chose pour notre pays, mais pour la famille et les amis, c'est dur. Et pour soi-même. Je ne crois pas que je pourrais m'engager dans l'armée, comme il l'a fait. En un sens, je l'admire.

Molly elle s'identifiait à Vicki, mais elle le garda pour elle.

— Bon, je range ma tarte au citron au frigo et je suis à toi pour le coup de main, dit-elle.

— Navré de te décevoir, mais tout est déjà prêt. On pourra flemmarder dès que notre fée du logis aura cessé son boucan infernal avec l'aspirateur.

Molly gagna la cuisine en riant. Nathan était si détendu ! Elle avait du mal à croire que c'était le même homme qu'elle avait connu à son arrivée dans le service des urgences.

Quelques instants plus tard, rangeant l'aspirateur, Vicki observa avec un large sourire :

— Vous avez fait de sacrés progrès, tous les deux !

— C'est vrai. On a enterré la hache de guerre.

— C'est super. Nathan a besoin de quelqu'un comme toi dans sa vie. De toi, en fait.

Molly regarda autour d'elle, elle n'avait aucune envie que Nathan entende ce genre de propos.

— Détends-toi, fit Vicki, il est allé voir s'il y a assez de gaz pour le barbecue. C'est la première chose dont il aurait dû s'occuper. Mais bon, c'est Nathan tout craché.

— C'est-à-dire ?

— En dehors du boulot, c'est parfois l'homme le plus désorganisé de la terre. Cole en devenait fou, du temps où ils étaient colocataires, dit Vicki en se dirigeant vers la cuisine. Je t'apporte un verre ?

— Pourquoi pas ? Les autres ne vont pas tarder, dit Molly, prête à se détendre du moment que Vicki arrêtait de parler de Nathan. Je prendrai une bière.

— Ça arrive dans une seconde.

Molly se laissa tomber sur le petit canapé en rotin logé dans l'alcôve à l'avant de la cuisine, d'où elle pouvait voir la pelouse et la mer et, si elle tournait un peu la tête, Nathan qui, sous la galerie, faisait briller le couvercle en inox de son superbe barbecue dernier cri.

Elle prit la canette que Vicki lui apportait, se cala plus confortablement contre les coussins, et soupira :

— Ah ! c'est la vraie vie ! Je veux dire, quoi de mieux que de passer un après-midi avec les copains ?

— Relax, fit Vicki, qui l'observait. Tu es plus qu'une amie pour Nathan. Tu lui fais du bien, et il te fait du bien. J'ignore quelle vie tu as menée avant ton arrivée dans le service, mais depuis mon anniversaire, tu as changé. Et je mets ça en partie sur le compte de Nathan. J'ai raison ou pas ?

Molly hésita à se livrer. Cela devenait trop intime.

— Oui, tu as raison, répondit-elle finalement avec un soupir de bonheur.

Puis elle repensa aux jeux de Nathan avec ses neveux et

nièces, et son bien-être reflua. Il n'avait pas caché son désir de fonder une famille. Il avait été honnête, alors qu'elle avait menti – par omission.

— Molly ? Qu'est-ce qui ne va pas ? demanda Vicki.

Molly porta le regard sur l'homme qui bouleversait sa vie.

— Tout ça est un peu prématuré, on ne se connaît pas encore très bien, dit-elle. Allons voir si on peut aider.

— Molly, rassieds-toi, je te promets de m'en tenir là.

Molly désirait avoir des amis, pas seulement une liste de contacts sur son téléphone. Elle se rassit. D'ailleurs, elle aimait bien Vicki et ne voulait pas la blesser.

— Je vais mettre de la musique, dit cette dernière. Je me demande pourquoi Nathan n'en met pas tout le temps.

— Parce que j'aime m'entendre penser, dit celui dont elles parlaient, appuyé contre l'îlot central de la cuisine, une bière à la main, et un sourire en coin.

Il était si beau ! Molly en eut un coup au cœur. Il était drôle, attentionné, généreux. Il avait tout ce qu'elle désirait chez un homme. Mais il restait encore du chemin à parcourir avant qu'elle consente à une relation durable. Tandis que Vicki et Nathan bavardaient, elle devint songeuse. Elle s'était éprise de lui beaucoup trop vite. Elle lui faisait confiance comme elle avait autrefois fait confiance à Paul. Mais chez ce dernier, la générosité avait été remplacée par l'égoïsme. Elle devait prendre de la distance, mieux connaître Nathan, s'il restait présent dans le paysage. Il y semblait décidé. Mais si elle tombait amoureuse de lui…

— Tu comptes rêvasser longtemps comme ça ? lui dit-il soudain en lui tapotant l'épaule.

Elle se força à sourire.

— Tu as mieux à proposer ?

Il éclata de rire, et elle se sentit aussitôt d'humeur plus légère. Mais le compte à rebours avait commencé. Elle devait lui dire qu'elle ne pouvait pas avoir d'enfants.

— J'ai cru qu'ils ne s'en iraient jamais.

Nathan avait refermé la porte derrière Hank et Myra

avant de regagner la cuisine, où Molly achevait de mettre les derniers verres au lave-vaisselle.

— Ils sont vraiment partis ? fit-elle.

Elle était devenue de plus en plus distante à mesure que la soirée avançait. *Qu'y a-t-il, Molly ?*

— Tu prends un dernier verre ? demanda-t-il, envisageant une conversation dans l'alcôve accueillante et cosy.

— Non, merci.

— Un thé ?

— Non.

— Dodo ?

Secouant la tête, Molly ferma le lave-vaisselle et le programma. Puis elle s'appuya contre l'îlot, mains crispées.

Exception faite du bruit du lave-vaisselle en train de se remplir d'eau, le silence régnait dans la maison. Un trop grand silence. De mauvais augure. Nathan le combla à la hâte avant que Molly gâche le bien-être qui l'envahissait quand il était avec elle.

— Merci de ce que tu as fait ce soir, lui dit-il, car elle s'était occupée à tout, disposant la nourriture, débarrassant, veillant à ce que chacun ait à boire sans pratiquement avaler un verre pour sa part. On t'a formée à recevoir, c'est ça ?

— Oui. Vu le métier de ma mère, c'était mon lot quotidien.

Avait-elle jamais fait ce qu'elle avait voulu, été autorisée à être elle-même ? Ou bien le basket, le diplôme d'infirmière et tout ce qu'elle avait pu accomplir étaient-ils le résultat d'une pression extérieure ? Avait-elle passé son existence à faire plaisir aux autres ? Ce n'était certes pas ce qu'il attendrait d'elle. Au grand jamais.

— Tu peux agir à ta guise, maintenant, lui dit-il. Tu aurais même pu jeter ton verre à la figure de Carry quand il s'est mis à vous tenir des propos déplacés, à Myra et à toi.

— Il s'en est fallu de peu, crois-moi. Mais il avait trop bu, il se confondra en excuses lundi.

— Ce ne sera pas la première fois. Je me passerais bien de l'inviter, mais il fait partie de l'équipe, c'est même un des meilleurs. Et puis, chacun a ses problèmes.

Et toi, Molly, quel est le tien, ce soir ?

— C'est vrai, c'est l'un des meilleurs quand il est sobre, dit-elle, visiblement nerveuse, de l'inquiétude dans le regard.

— Parle-moi, lui dit-il.

Elle le dévisagea en haussant les sourcils.

— Tu es trop futé pour ton propre bien.

De nouveau, il eut un mauvais pressentiment. Il aurait parié qu'elle allait s'en prendre à lui. Ou le plaquer. Il sentit son cœur se serrer. Ils n'étaient pas en couple, alors comment aurait-elle pu le laisser tomber ? Décidément, il avait besoin d'un remontant. Il tendit le bras par-dessus Molly pour saisir une bouteille de vin. Elle tressaillit.

Il retira la main sans prendre la bouteille, recula.

— Jamais je ne te frapperais, dit-il. Jamais.

Ça faisait mal de voir qu'elle puisse penser le contraire.

— Je sais.

— Alors qu'est-ce qu'il y a ?

— Je suis désolée.

Il avait horreur qu'elle dise ça. Le ton de sa voix parlait de son désir de plaire, d'être en sécurité. Et elle n'avait pas besoin de se comporter ainsi avec lui !

— Tu ne me dois pas d'excuses. Pour quoi que ce soit. Mais j'aimerais comprendre. Avoir une explication.

— Tu as raison, je t'en dois une.

Il voulait tant retrouver la Molly qu'il apprenait à connaître ! Il se versa un petit verre de vin et retourna s'asseoir, lui laissant son espace vital. Il aurait voulu la serrer fort contre lui, jusqu'à ce qu'elle n'ait plus jamais peur.

— Je pensais qu'on s'était suffisamment rapprochés pour pouvoir parler de pas mal de choses, dit-il.

D'autant que tu t'es livrée sur ton ex.

— Je crois que je vais prendre un verre, finalement.

Il allait se lever pour la servir, mais elle l'arrêta d'un geste. Quand il la vit répandre autant de vin sur le plan de travail que dans son verre, il sut que c'était sérieux. Il posa son verre et attendit. Il avait l'estomac noué, son cœur battait la chamade.

Molly se percha sur un tabouret, sirota son verre, puis le

posa avant de réunir ses mains tremblantes entre ses genoux. Elle finit par lever les yeux.

Il aurait préféré qu'elle continue à lui opposer son silence. Elle avait dans le regard quelque chose qui lui soufflait que son monde, tel qu'il était devenu, était sur le point de se désintégrer. Il se hâta de dire :

— Tu peux me faire confiance, je ne te ferai jamais de mal.

— Nathan, je le sais. Sinon, nous n'aurions pas passé tout ce temps ensemble. Même si notre rapprochement est récent, j'ai confiance en toi. C'est moi qui n'ai pas été entièrement franche. Je ne suis pas près d'avoir des enfants. Et ils sont importants pour toi.

Pris de vertige, le cœur étreint, le souffle inégal, il ne la quitta pourtant pas du regard. Il tentait de comprendre.

— Tu disais vouloir des enfants.

— Oui, peut-être un jour. Pour le moment, j'essaye de me remettre d'aplomb après un mariage effroyable. Je ne sais pas ce que j'attends de l'avenir. Je ne suis pas assez sûre de moi. C'est trop tôt.

— Je comprends.

Du moins, il le comprenait autant que possible. C'était un peu comme pour lui, tombé amoureux d'elle après sa merveilleuse union avec Rosie. Mais contrairement à Molly, il n'avait pas connu la peur. Sa foi en Rosie n'avait pas été entamée. Il n'avait pas vu se détourner de lui ceux qui auraient dû le soutenir. Alors, il ne savait pas réellement ce que Molly portait en elle, ce qui la tourmentait.

Soudain, elle fut devant lui, le regard lançant des éclairs.

— Non, tu ne comprends pas ! cria-t-elle.

Il patienta, désireux de ne pas la bouleverser davantage. Elle inspira profondément et ajouta d'une voix plus basse :

— Tu as tenté de le faire, je sais. Mais je ne me comprends pas moi-même, alors comment le pourrais-tu ?

Il voulut la prendre entre ses bras protecteurs, mais, de nouveau, elle leva la main pour le stopper.

— Non. S'il te plaît. Je… je t'en prie, assieds-toi. En te voyant en famille, j'ai réalisé qu'il était déloyal de ma part de vouloir qu'on passe du temps ensemble alors que j'ignore si je serai prête un jour à me poser, moins encore à fonder une famille.

Elle déglutit.

— Je suis traumatisée, Nathan, et même si j'ai moins peur qu'avant, je ne suis pas sûre de pouvoir affronter l'avenir, j'en fais des cauchemars.

— Tu es plus forte que toutes les personnes que je connais, répondit-il presque en grognant, furieux contre l'homme qui avait fait tant de mal à sa belle et douce Molly.

— C'est ancré en moi, dit-elle d'une voix faible. Je dis que j'avance, mais un enfant de cinq ans fait de plus grands pas que moi.

— Tu en fais, c'est ce qui compte, dit-il.

Il brûlait de la serrer contre lui, de la consoler, et de ne plus éprouver la douleur sourde qui le tourmentait. Mais il voyait qu'elle l'aurait repoussé. Elle restait tendue, comme si elle redoutait de s'écrouler si elle se laissait un tant soit peu aller. Il aurait voulu l'aider à chasser ses démons, aussi, mais elle ne le lui permettrait pas. Molly menait ses combats seule.

— Tu as besoin de temps. Rien ne nous oblige à cesser de nous voir.

— Et si je ne me sens toujours pas capable d'une relation durable après avoir passé beaucoup de temps avec toi ? Non, Nathan. Tu mérites mieux. Tu peux aimer à nouveau, avoir la vie que tu veux. Tu as été honnête sur ton envie d'une famille. Je ne te volerai pas la possibilité d'avoir des enfants.

Il commençait à se pénétrer de ce qu'elle disait, en dépit de sa confusion intérieure, et à mesurer l'impact de ses déclarations. Il voulait des enfants depuis toujours. Ayant grandi heureux dans une famille nombreuse, il lui semblait naturel d'agrandir la tribu, comme l'avaient fait ses sœurs. Même après la mort de Rosie, il n'avait pas renoncé à ce rêve. Mais voulait-il cela au sacrifice d'un amour ? Il était déjà à moitié amoureux de Molly. À moitié ?

Ce n'était pas le moment de penser à ça. Il avait enfin accepté d'être intime avec une femme pour la première fois depuis Rosie. Et ça l'avait mené à quoi ?

Il ne voulait pas perdre Molly. Il voulait qu'ils fassent le chemin ensemble. Si au terme du voyage elle n'était toujours pas prête à s'engager, il devrait l'encaisser. Mais d'ici là, il voulait garder ses chances, tenter tout ce qui était possible.

— Pourquoi ne m'as-tu pas dit ça plus tôt ? Tu m'as confié tant de choses, il aurait été simple d'aller jusqu'au bout. Au moins, j'aurais été averti.

Il commençait à être en colère. Contre elle parce qu'elle avait manqué de confiance en lui, contre lui-même parce qu'il s'était épris d'elle et avait enfin décadenassé son cœur.

— Je n'ai pas tout de suite pris conscience de ce qui se passait, dit-elle. Je veux aimer, et avoir une famille. Si j'arrive à surmonter ce que j'ai vécu. J'ai peur de donner trop de signification à mes sentiments pour toi. Tu es totalement différent de Paul, et ça m'attire. Mais je ne veux pas me forger une image fausse de toi, et cela pourrait arriver. J'ai besoin de temps avant de m'engager. Je dois être sûre de ne pas commettre une autre épouvantable erreur.

Il eut mal, très mal. Ce n'était pas ainsi qu'il avait envisagé la fin de la soirée.

— Je serai toujours là pour toi, Molly. Je tiens à toi.

Bon sang ! Il aurait aimé dire qu'il irait de l'avant, qu'il lui serait reconnaissant de penser à lui pendant qu'elle essayait de s'en sortir, mais il n'y arrivait pas. Ce n'était pas la vérité. Il n'aurait pas non plus été malin de lui dire qu'il était en train de tomber amoureux d'elle. Cela ferait peser un poids sur elle, et elle était déjà très bouleversée. Il avait sa part de responsabilité, puisqu'il avait précipité les choses.

— Tu es sûre qu'on ne peut pas continuer cette relation, pour voir comment elle tourne ?

Il n'allait pas se mettre à genoux. Cela ne donnerait rien, et il avait sa fierté.

— Je suis désolée. J'ignorais comment ça tournerait. Si on sortirait une fois ou deux puis on continuerait comme avant, dans une relation plus amicale. Ou si on finirait par se déplaire.

— Arrête de t'excuser. Tu es franche, c'est tout.

— Je voulais avoir encore une semaine avec toi avant de te dire ce qui me tourmentait. Je… J'ai tellement cru à l'amour que je le croyais capable de triompher de tout. C'est dur d'admettre que je me trompais.

Elle avait donc été heureuse avec lui. C'était un comble. Molly O'Keefe avait désiré le fréquenter. Et elle venait de s'arranger pour que ça n'arrive pas.

Molly entra chez elle en chancelant, et s'effondra sur le sol. Elle avait menti à Nathan. Par omission, certes, mais c'était tout de même un mensonge. Il méritait pourtant mieux ! L'honnêteté était primordiale. D'un autre côté, si elle lui avait dit qu'elle avait une chance infime de tomber enceinte, et qu'il s'était dit prêt à tenter cette chance, elle aurait dû vivre avec la souffrance qui en aurait résulté, en cas d'échec. Un jour, il la remercierait.

Le cœur en capilotade, tourmentée par la culpabilité d'avoir laissé tomber Nathan, c'était un miracle qu'elle ait pu rentrer saine et sauve en voiture de Coogee. Mais ici, dans ce petit lieu solitaire, elle était chez elle. Alors qu'elle ne l'était pas chez Nathan.

Comment avait-elle pu s'éprendre de lui aussi vite ? Car elle l'aimait. Même si ce qu'elle lui avait dit contenait une part de vérité : il était possible qu'elle soit tout simplement en train de renouer avec la vie. Une vie fort précaire, à en juger par la douleur qui lui serrait le cœur. Avec Paul, elle avait cru à l'amour. Et elle s'était fourvoyée. Aussi avait-elle du mal à croire en elle-même, désormais.

Pourtant, au fond d'elle-même, un espoir inextinguible et l'amour qu'elle ressentait lui disaient que Nathan était l'homme de sa vie. Que les sentiments qu'il lui inspirait étaient réels. Et qu'il la protégerait quoi qu'il advienne.

— J'ai bien agi. Surtout pour lui, pensa-t-elle.

Elle devait s'en persuader, sinon, elle ne pourrait jamais affronter la journée du lendemain. Mais bon sang, elle souffrait ! Qui aurait cru qu'elle pourrait souffrir autant après avoir si peu fréquenté Nathan ? Elle s'était bel et bien éprise de lui. Et avait donc fait ce qu'il fallait en rompant avec lui avant qu'ils soient trop profondément engagés dans leur relation. Hélas ! elle y était déjà enlisée, en réalité.

L'écran de son téléphone s'alluma à l'arrivée d'un SMS.

Tu es rentrée sans encombre ?

Nathan. Attentionné jusqu'au bout.

Elle fondit en larmes. Quelque chose de merveilleux venait de se terminer. Nathan la prenait, à tort, pour une femme forte. Elle devait se comporter comme telle. Faire semblant jusqu'à ce que ça devienne vrai.

Elle pianota sur le clavier de son téléphone.

Oui. Merci.

Puis appuya sur ENVOI.

C'était elle qui avait lâché Nathan. Elle devait continuer à travailler avec lui, la fuite n'était pas une solution. Il lui faudrait donc encaisser le choc, tête haute.

Jusqu'à présent, elle avait cru que le plus dur, dans tout ce que Paul lui avait fait subir, était la perte de son enfant, et son infertilité presque certaine. Elle savait maintenant qu'elle s'était trompée. Quitter Nathan, c'était pire !

Elle se mit à pleurer de plus belle. Jamais encore son incapacité à mettre un enfant au monde ne l'avait dévastée à ce point. Pas d'enfants. Et pas de Nathan.

11.

— Peux-tu aller voir Lucy Charles ? demanda Molly à Nathan. Elle a un petit bouchon de plastique coincé dans l'oreille. C'est une adorable fillette de deux ans, même si elle pousse des cris de Sioux.

— Tu as essayé d'ôter le bouchon à l'aide d'un peu d'huile ? demanda Nathan, toujours professionnel avec elle, même s'il lui arrivait de demander des nouvelles du basket ou de la boutique solidaire.

Depuis un mois, elle s'était habituée à lui répondre normalement, même si son cœur s'emballait chaque fois qu'elle était près de lui.

— Non, elle ne se laisse approcher par personne.

Le charme de Nathan opérerait peut-être sur la petite, et il pourrait la soulager. Il tira le rideau du box d'où provenaient les hurlements.

— Bonjour, madame Charles. Je suis Nathan, le médecin. Bonjour, Lucy, dit-il en s'accroupissant près de la petite fille. Qu'est-ce qu'il y a là, sur ta chemise ?

Il désigna le lapin qui ornait son pyjama. Lucy le dévisagea, hoquetant à travers ses larmes.

— C'est un chat ?

Lucy fit signe que non.

— Un cheval, alors ?

Autre signe de tête négatif.

— Je ne vois vraiment pas ce que ça peut être. Il va falloir que tu me le dises.

— Lapin.

— Ah ? Et il a un nom ?

— Wobby.

— Je peux regarder son oreille ? Elle est si longue !

Lucy le considéra, puis regarda sa mère.

— Vas-y, ma chérie, montre l'oreille de Robby au docteur.

Sans toucher le vêtement, Nathan désigna le lapin.

— Regarde, il a quelque chose de coincé dans son oreille. Il va falloir que je tire dessus pour l'enlever.

Il mima le geste, puis regarda au creux de sa paume.

— Ça y est, je l'ai. Robby n'a rien senti du tout. Est-ce que je peux voir ton oreille, maintenant ?

Lucy secoua la tête.

— On ne te fait pas facilement marcher, hein, ma puce ? fit Nathan, qui dit à la maman : Je vais lui donner un léger calmant pour ôter ce bouchon. Elle sera somnolente une heure ou deux, mais il n'y aura pas d'effets secondaires.

Il envoya Molly chercher le sirop calmant, il voulait rester auprès de la fillette maintenant qu'il avait capté sa confiance. Nathan savait si bien s'y prendre avec les enfants ! pensa Molly en s'éloignant. C'était la raison qui l'avait poussée à prendre ses distances, mais ce n'était pas facile pour elle. Pourrait-elle continuer à travailler dans le service ? Elle le voulait. Elle désirait être forte – aussi forte que le croyait Nathan.

Lucy se calma presque tout de suite après avoir pris le sirop. Il ne fallut pas longtemps pour que le bouchon soit enlevé et qu'elle reparte avec sa mère. Molly alla voir si d'autres patients avaient besoin d'elle.

— Prête pour la pause ? lui demanda Vicki au détour d'un couloir.

— C'est déjà l'heure ?

— Bien sûr. Où étais-tu ? Dans la stratosphère ? Ou alors, juste à trois box d'ici, où un médecin de ma connaissance s'apprête à traiter un abcès.

— Tu as trop d'imagination, répondit Molly avec un coup au cœur.

Elle prit le chemin du vestiaire pour chercher le potage qu'elle avait apporté comme en-cas.

— Ça vaut mieux que de ruminer mes problèmes, dit Vicki.
— Tu as eu Cole, aujourd'hui ?
— Plusieurs fois. Les gars partent pour Randwick samedi.
— Il revient à Sydney ? Bonne nouvelle !
— Oui.

Si peu d'enthousiasme ? Molly n'insista pas. Alors que son potage chauffait au micro-ondes, elle ajouta :

— Passe prendre un café quand tu veux.
— À quelle heure va-t-on visiter l'appartement, demain ?
— 11 heures.
— J'assisterai peut-être aussi à ton match de basket.

Vicki n'allait pas chez l'esthéticienne ou tout récurer chez elle pour le retour de Cole ? Quelque chose n'allait pas, c'était clair. Molly frissonna. Son amie et elle formaient décidément un pitoyable duo.

Nathan était sidéré. Comment ? Quel appartement ? Molly déménageait ? Il disposait toujours d'un appartement indépendant ! *Oui, mais elle ne veut pas de toi dans sa vie, en dehors du boulot.* Il aurait dû se réjouir que Vicki l'escorte pour visiter un nouveau lieu, mais il n'avait qu'une idée en tête : *Pourquoi ne m'a-t-elle pas demandé de l'accompagner ?*

Au travail, Molly s'efforçait de rester amicale et abordable sans quêter d'attention spéciale, qu'il se gardait d'ailleurs de lui apporter pour ne pas la perturber. Pourtant, on aurait dit une étrangère. Présente mais inatteignable. Sa vie à lui était en suspens.

Molly lui manquait. Mais il devait aussi faire le point sur ce qu'il attendait de l'avenir. Il désirait une famille. Or, il voulait la fonder avec Molly. Et c'était impossible. Pour le moment du moins.

Mais un jour viendrait où Molly serait prête. Alors, que se passerait-il ? S'il s'était éloigné, à ce moment-là, comme elle tentait de l'y pousser, ils auraient manqué la relation aimante et merveilleuse qu'il croyait possible entre eux. Une question le taraudait, ces dernières semaines : « Suis-je prêt à tirer un trait sur l'amour pour avoir des enfants ? »

Une seule réponse lui venait à l'esprit : non. Pourtant, il hésitait à tenter de convaincre Molly de parier sur une vie à deux avec lui. La souffrance qu'il avait perçue en elle, quand elle lui avait dit d'un air désespéré qu'elle risquait de commettre une nouvelle erreur, l'en empêchait. Il ne voulait pas lui causer un surcroît de douleur.

Le samedi matin, Nathan se retrouva à tondre la pelouse avec une sorte de rage. Comment se déroulait la visite immobilière de Molly ? Elle n'avait fait aucune difficulté pour lui communiquer les rares informations fournies par l'agence, lorsqu'il l'avait questionnée. L'appartement était près de Bondi Beach. Il s'agissait d'une location. Elle n'était peut-être pas prête à acheter, à s'engager dans la durée. Comme avec lui…

Ayant fini de tondre la pelouse, il chercha à s'occuper. Il serait volontiers allé surfer, mais l'océan était au calme plat. Si seulement la smala et les enfants avaient été là ! Mais Allie l'avait averti qu'ils ne viendraient pas… Avec eux, il était dans sa « bulle de bonheur ». La famille était tout.

Une famille, ce n'est pas que les enfants. Il faut la compagne idéale. Pas seulement comme mère, mais comme partenaire et amante. Celle qui conquiert ton cœur.

Il secoua la tête. Alors qu'il avait enfin trouvé la femme qu'il voulait, à laquelle il avait commencé à donner son cœur, tout était allé de travers. *Est-ce que je lui ai fait peur ?*

Il se laissa tomber sur un tabouret de jardin et son regard se perdit dans le vide, vers l'océan. Était-ce pour cela que Molly avait pris ses distances ? Sa sincérité, lorsqu'elle avait dit qu'elle n'était pas sûre d'elle, minait cette hypothèse. Non, il pouvait se tranquilliser : il ne lui avait pas fait peur. Mais il y avait autre chose, derrière ses propos. Il l'avait deviné au regard qu'elle avait eu avant de partir, ce soir-là.

Était-il possible que son désir de paternité soit la source du problème ? Qu'elle craigne de lui faire défaut ? Car elle redouterait de ne pas être à la hauteur en tout avec l'homme auquel elle accorderait enfin son cœur. C'était couru, après ce que lui avait fait subir son ex.

Décidément, il se triturait la cervelle pour chercher des réponses que seule Molly pouvait lui donner…

Sortant son téléphone, il l'appela et écouta résonner les sonneries jusqu'à ce que sa boîte vocale prenne le relais. Il lui laissa un message : « Salut, Molly. Passe-moi un coup de fil si tu as un moment. Rien d'urgent. »

Elle s'en tint sans doute à cette affirmation, car elle ne le rappela pas. Pour finir, incapable de se concentrer sur la moindre tâche, il partit faire un tour en voiture. Ce fut en franchissant le pont du port qu'il réalisa où il se rendait. Oui, il avait besoin de ça, besoin de vérifier s'il était prêt à aller de l'avant.

La maison était petite, défraîchie. Le jardin de Rosie était devenu un fouillis de mauvaises herbes où traînaient des jouets d'enfants, et il eut un moment de tristesse en pensant à ce qu'il avait été. Un chien somnolait sur le porche. En le voyant vautré à l'endroit où Rosie avait aimé paresser au soleil, il n'eut que de la nostalgie.

Tu me manques, chérie, mais tu es partie. Et la maison aussi, avec tous nos espoirs et nos rêves. C'est le paradis d'autres gens, maintenant.

Comme Rosie, elle avait mué en autre chose, le laissant libre de se faire un avenir avec Molly. Rosie lui manquerait toujours, il continuerait à l'aimer « en sourdine », mais porter à jamais son deuil, c'était gâcher la vie qui lui était octroyée. Comme elle le lui avait dit au cours de l'ultime, affreuse, semaine : « La vie est précieuse, Nat. Saisis-la à pleines mains. Ne la dilapide pas en pensant à ce qui aurait pu être. Fais-le pour moi, sinon pour toi. »

En fait, Rosie, je le ferai pour moi. Et pour Molly, pensa-t-il. Et il y avait une nouvelle énergie en lui alors qu'il s'éloignait du passé.

La sono du groupe arrachait les tympans. Et le type au micro chantait faux.

— C’est horrible, dit Molly avec une grimace en sirotant sa vodka.

Vicki leva son verre vers elle en guise d’acquiescement.

— Au moins, il tient debout, contrairement au batteur.

Elles étaient à Randwick, banlieue de Sydney, dans un bar de proche de la base militaire. Molly avait proposé à son amie de l’y emmener en voiture, afin de voir Cole lorsque son unité rentrerait au petit matin. Après avoir pris une chambre dans un motel, elles étaient venues dîner dans ce pub. Même si Molly, l’estomac toujours noué depuis quelque temps, n’avait presque rien mangé.

Elle regarda la foule autour d’eux et regretta de ne pas être restée en ville. Elle n’était pas à sa place, ici.

— Allons-nous-en, fit-elle en posant son verre. Je ne supporte plus cet endroit.

— Rabat-joie, va ! fit Vicki, qui se hâta de la suivre dehors.

Elles consultèrent leurs téléphones.

— Rien, fit Vicki. Où est Cole ?

— Un appel manqué, dit Molly. Nathan.

— Que te voulait-il ?

— Aucune idée, répondit Molly après avoir écouté le message.

Elle aurait adoré lui parler, lui prendre la main, sentir sur sa joue ses lèvres viriles. Mais cela n’arriverait pas. Elle l’avait quitté. Tout était fini.

— Cole dit qu’il frappera à la porte du motel à 6 heures, dit Vicki, qui venait de recevoir un SMS alors qu’elles allaient se coucher.

— Je partirai un quart d’heure avant pour vous laisser le champ libre, dit Molly, programmant son alarme.

— Ne te précipite pas pour moi, grommela Vicki. J’ai mes règles. Les militaires ne retiennent jamais rien.

Molly eut un large sourire.

— Je ne veux quand même pas gâcher vos retrouvailles, dit-elle en se glissant dans le lit le plus proche.

Elle s’endormit aussitôt, pour se réveiller en sursaut quelque temps plus tard. « J’ai mes règles… » Elle prit son téléphone et afficha le calendrier. Le mois précédent, elle n'avait pas eu ses règles, car on avait dû lui enlever une trompe de Fallope – conséquence de ce que lui avait infligé Paul. Elle aurait dû les avoir… la semaine précédente. Son cycle menstruel n'était pas régulier, la nature lui rappelait la perte qu'elle avait subie. Mais… Mais et si… ? Non, ce n'était pas du domaine du possible. Pourtant, elle se leva, les jambes tremblantes, incapable de se rendormir. Elle ne le pourrait pas tant qu'elle ne serait pas fixée. Elle devait savoir si elle était enceinte.

Elle se leva, se doucha et se prépara, puis quitta le motel à 5 h 30 en laissant derrière elle un petit mot :

Passe un merveilleux week-end. On se verra au boulot.

Il était trop tôt pour acheter un test de grossesse, et elle tenait à être chez elle pour le faire. Elle roula vers Bondi Junction, s'efforçant de se concentrer sur la conduite, et pas sur ce qu'elle ferait si le test s'avérait positif. Elle ne devait surtout pas prendre de décision précipitée, dictée par l'émotion, qu'elle regretterait ensuite.

Bon sang, c'était dingue ! Elle envisageait un test positif alors que c'était hautement improbable. Le gynécologue ne lui avait pas caché qu'elle avait une très faible chance de tomber enceinte.

Une fois à Bondi, lorsqu'elle eut enfin acheté le test, elle monta chez elle, redoutant la réponse, presque trop effrayée pour vouloir être fixée. Presque.

— Réponds, Molly, bon sang ! cria Nathan, lâchant son téléphone qui atterrit sur le banc avec un bruit mat. J'ai besoin de te parler. S'il te plaît, acheva-t-il à voix plus basse.

Son téléphone sonna, et il reprit espoir. Mais c'était le nom d'Allie qui s'affichait à l'écran. Il l'ignora, il n'avait pas envie de ses conseils. Sa sœur lui avait rapporté que la tribu disait monts et merveilles de Molly. Il y avait des semaines que son propre instinct lui soufflait la même chose. Si seulement il l'avait écouté !

Attrapant les clés de contact de son 4x4, il gagna le garage, s'immobilisa. Si Molly ne répondait pas à ses coups de fil, quelle chance y avait-il qu'elle lui ouvre sa porte ? Son regard tomba sur le bolide de course rutilant qui n'avait pas roulé depuis des semaines. Depuis qu'il avait emmené Molly chez lui, avait suggéré une virée dans cette voiture et vu s'illuminer son regard si vert. Soudain, il sut quoi faire.

Salut, Molly. Partante pour cette virée en bolide rouge que je t'ai promise il y a des semaines ? Je vais dans les Montagnes Bleues, et j'aimerais de la compagnie.

Il envoya le message avant de changer d'avis. Et au lieu de tourner en rond en attendant la réponse, décida d'emballer un pique-nique et de partir pour Bondi Junction.

Au milieu de la matinée, Molly renonça à sa promenade et rentra, alluma machinalement la bouilloire. Son estomac n'était pas d'humeur à prendre du thé, ni quoi que ce soit d'autre. Mais elle devait se nourrir. Elle portait un enfant. Elle avait aussi besoin de sommeil, mais elle était trop nerveuse pour dormir. Une nuée d'interrogations tournoyait dans son esprit. Et toutes se rapportaient à Nathan. Le père de son bébé. Il devait être mis au courant, et vite. Elle n'allait pas lui cacher la vérité. Il saurait tout, cette fois.

Son téléphone sonna. Un message de Nathan.

Moi aussi, je voudrais de la compagnie, pensa-t-elle. *Particulièrement la tienne.* Mais voudrait-il encore la voir lorsqu'elle lui aurait annoncé la nouvelle ? Ou penserait-il qu'elle n'avait parlé que pour renouer avec lui, et pour de mauvaises raisons ?

Il n'y avait qu'un moyen d'être fixée. L'ancienne Molly se serait dérobée face à la confrontation, mais la nouvelle Molly, la future mère, devait se montrer plus forte qu'elle ne l'avait jamais été. En tout premier lieu, en parlant à Nathan.

S'affalant sur une chaise, elle considéra l'écran prisonnier de sa main tremblante. Puis elle répondit :

Oui.

Elle ajouta :

Je pourrai conduire ?

La réponse ne tarda pas.

Je te l'ai promis non ? Je serai là dans dix minutes.

Dix minutes ? Mais que mettre ? C'était le rendez-vous le plus important de sa vie, il fallait qu'elle soit à son avantage. Sensationnelle, même. Allons donc, elle allait assommer Nathan avec sa nouvelle, il se ficherait pas mal de ce qu'elle porterait !

Tu bats déjà en retraite ? pensa-t-elle, bondissant vers son armoire. La robe verte à fleurs était trop ample. Le pantalon écru et le chemisier rouge ne convenaient pas…

Elle continua à déballer des vêtements, et fut surprise par la sonnerie de l'interphone. Elle courut répondre qu'elle descendait dans une minute, regagna sa chambre à toute vitesse et enfila un jean et un pull crème. Comme elle ne parvenait pas à discipliner ses boucles, elle attacha ses cheveux à la diable puis gagna la porte d'entrée sans prendre la peine de se maquiller. Elle n'irait nulle part. Elle ne pouvait pas rouler avec Nathan jusqu'aux Montagnes Bleues comme si tout allait pour le mieux dans le meilleur des mondes.

Nathan était appuyé contre son bolide, les bras croisés, le regard rivé sur elle dès qu'il la vit.

— Molly, tu m'as manqué.

Elle ne répondit pas qu'ils se voyaient au travail, ils savaient l'un et l'autre ce qu'il voulait dire.

— Tu es pâle et tu as les yeux cernés, dit-il. C'est préoccupant.

— Tu n'as pas l'air très vaillant non plus.

Elle le regarda de plus près, et se dit qu'elle faisait erreur. Il paraissait sûr de lui. Non, ce n'était pas ça. Nathan avait toujours de l'assurance. Là, il avait l'air *bien dans sa peau.*

— Je retire ce que j'ai dit. Tu parais en forme.

— Tu trouves ? Je ne dors pourtant pas très bien.

— Moi non plus.

Allez, parle ! s'intima-t-elle. *Avant qu'on soit montés en voiture et d'avoir à tout lui dire en route.* Mais les mots restaient coincés dans sa gorge.

— Monte, dit-il en allant lui ouvrir la portière côté passager.

Enfin, la voix lui revint.

— Nathan, j'ai à te parler d'abord.

— Moi aussi. Mais pas en pleine rue. J'aimerais t'emmener en montagne, où on pourra discuter tout à loisir. S'il te plaît.

Le voyage du retour promettait d'être long et glacial. Ou alors, ce serait le trajet le plus *grisant* qu'elle aurait fait de toute sa vie. Ou encore, sa dernière entrevue avec Nathan.

— Bon. Mais c'est toi qui conduis.

Ils roulèrent en silence, dans une tension croissante à mesure que les kilomètres défilaient. Nathan finit par se garer dans une aire de stationnement et coupa le contact.

— On marche un peu ?

— D'accord.

Il lui serait plus facile de dire ce qui l'étouffait si elle pouvait se donner du mouvement, au lieu d'être assise face à lui. Mais lorsqu'il la prit par la main et l'entraîna dans un chemin buissonneux, elle faillit fondre en larmes. Il lui avait tant manqué !

— Molly, j'ai vraiment tout foiré.

Pardon ? Elle tenta de libérer sa main, mais il la retint.

— S'il te plaît, écoute-moi.

— Nathan, il y a des choses que tu dois savoir d'abord, dit-elle, paniquée. Je n'ai pas été entièrement honnête avec toi.

— Arrête, Molly. Je pourrais en dire autant.

Quoi ? Il était honnête au point d'être parfois brutal. Ou bien l'avait-elle idéalisé ? Dans son désir de rencontrer l'homme de ses rêves et de chasser le passé, avait-elle fermé les yeux sur ses failles ? Non, elle ne pouvait pas le croire. Elle avait une confiance totale en lui. Elle était certaine qu'il ne se métamorphoserait pas en monstre après qu'elle lui aurait donné son cœur.

— Je t'écoute, fit-elle.

Il pivota vers elle, lui saisissant les mains.

— Je t'aime. Je crois que je t'ai aimée dès que j'ai posé les yeux sur toi.

Elle crut défaillir. Elle ne s'était pas attendue à ça !

— Je…

— Laisse-moi terminer. Oui, je t'aime de tout mon cœur. Mais je ne veux pas t'entraîner dans une relation à laquelle tu n'es pas prête. Je t'attendrai, Molly, aussi longtemps qu'il faudra. Et… si tu décides que je ne suis pas l'homme qu'il te faut, eh bien, je devrai l'accepter.

Des larmes jaillirent des yeux de Molly. Nathan l'aimait. L'homme dont elle s'était éprise lui déclarait son amour ! Ils pouvaient réussir leur couple, former une famille. Elle pouvait redevenir heureuse. Allait-elle d'abord lui dire qu'elle l'aimait aussi ? Ou lui parler du bébé ? Il ne devait pas croire qu'elle l'aimait à cause du bébé, et que c'était uniquement pour ça qu'elle avait besoin de lui.

— J'attends un enfant.

— Quoi ? fit-il, vacillant comme s'il avait reçu un coup au plexus solaire. Tu… *nous* attendons un enfant ?

— Oui.

Elle recula, libérant ses mains, et il la laissa aller.

— Je ne sais pas comment c'est arrivé, car nous avons toujours pris des précautions, et j'avais de très faibles chances de tomber enceinte.

— Ces préservatifs traînaient depuis un moment dans mon tiroir… Attends une minute. Pourquoi tes chances étaient-elles faibles ? fit-il.

Puis comprenant soudain de quoi il retournait :

— La cicatrice sur ton ventre. C'est lui qui t'a fait ça, hein ?

Elle hocha la tête.

— J'étais enceinte de quatre mois. Paul était jaloux. Il ne voulait me partager avec personne, pas même avec notre bébé.

— Oh ! Molly ! dit Nathan en la prenant dans ses bras. Cela aurait-il un rapport avec ta décision de ne plus me voir ?

Elle acquiesça de nouveau.

— Je n'ai plus qu'une trompe de Fallope et ça ne favorise pas la conception, selon le spécialiste. Il s'est apparemment trompé. Tu veux une famille, je ne pouvais pas t'en garantir une, alors je me suis tue. Je ne voulais pas que tu souffres plus tard, si je ne te donnais pas d'enfants. Si je t'avais dit la vérité, tu aurais pu avoir pitié de moi, faire comme si ce n'était pas un problème.

— Je n'agirais jamais ainsi !

— Je sais, mais il m'arrive de ne pas être sûre de te comprendre. Je suis certaine, en revanche, que mon amour pour toi est réel, et qu'il durera toujours.

— Tu m'aimes ?

Un sourire radieux éclaira le visage de Nathan, et les ultimes barrières que Molly avait érigées autour de son cœur s'effondrèrent.

— Tu m'aimes ! dit-il encore en la prenant par la taille et en la faisant tournoyer. Et je t'aime ! C'est tout ce qui compte.

Il ne pensait pas qu'elle avait dit cela parce que le bébé avait besoin d'un père. Il avait l'air si heureux ! Il était forcément sincère.

— C'est vrai. Grâce à toi, je redeviens moi-même, dit-elle juste avant qu'il s'empare de sa bouche.

Puis il marqua un arrêt, s'écarta sans la relâcher pourtant.

— Molly, s'il te plaît, dis que tu m'épouseras. Je te promets de t'aimer toujours. Éternellement.

— Oui, Nathan, je t'épouserai. Parce que tu m'aimes. Pas à cause du bébé.

— Oui, Molly, je t'aime de tout mon être. Et j'aime déjà le bébé aussi.

Le baiser suivant en entraîna un autre, puis encore un autre, et ils finirent par revenir vers la voiture, le panier et la couverture de pique-nique. Surtout la couverture et les épais buissons tout proches.

Six semaines plus tard

— Je vous déclare mari et femme, dit l'officiant. Nathan, vous pouvez embrasser la mariée.

La maison retentit de hourras et de rires alors que la famille et les amis entouraient les nouveaux mariés. Comme le baiser se prolongeait, Cole donna un coup de coude à Nathan.

— Ça suffit. Il y en a qui n'ont qu'un week-end de congé.

Nathan, légèrement essoufflé, redressa la tête et fit mine de foudroyer Cole du regard.

— Dieu merci ! Je ne pourrais pas te supporter plus longtemps !

Molly sourit jusqu'aux oreilles en suivant leur manège.

— En voilà assez, les garçons, dit-elle.

Cole l'étreignit longuement.

— Je suis si heureux qu'il t'ait trouvée.

— Et moi donc, murmura Molly, émue aux larmes.

— Il ne l'a pas trouvée, c'est moi qui les ai rapprochés, dit Vicki, un large sourire aux lèvres.

— Prends ça, Molly, tu vas tremper ta robe, dit Nathan en brandissant un mouchoir.

Molly éclata de rire.

— Un vrai mouchoir ? Plus personne n'en a !

Elle se tamponna les yeux, attentive à ne pas gâcher son maquillage. Non, elle ne rêvait pas. Elle était mariée. Elle avait trouvé l'amour, et avec l'homme idéal, cette fois. Alors qu'il allait vers un plateau de coupes de champagne, elle sentit son cœur se gonfler de bonheur.

— Molly Lupton, espèce de chanceuse ! dit son amie Lizzie, en l'étreignant à son tour. Je suis si contente pour toi !

— Je suis contente que tu aies pu venir ! dit Molly avec un soupir de soulagement.

— Ta mère paraît ravie, observa son amie de Perth.

Molly regarda, de l'autre côté de la pelouse, ses parents et la nouvelle compagne de son père, qui ne semblaient pas tout à fait sûrs d'être les bienvenus.

— Je sais, Lizzie. Nous avons toutes les deux commis des erreurs, et je ne veux pas grever l'avenir. Mes bébés auront droit à leurs grands-parents, comme moi j'ai eu Gran.

— *Mes* bébés ? Au pluriel ? fit Nathan qui l'avait rejointe, deux coupes de champagne à la main.

Molly se dressa sur la pointe de ses escarpins crème et lui murmura :

— Des jumeaux.

Il fourra les coupes dans les mains de Lizzie, saisit Molly par la taille et la fit tournoyer avec lui.

— Des jumeaux ! hurla-t-il. On aura deux petits monstres, pas un !

Molly avait prévu de garder le secret jusqu'à la fin des trois premiers mois de grossesse. C'était raté.

Quelques mois plus tard

Nathan se hâtait parmi la foule du samedi en jouant des coudes. Il ne se passait pas grand-chose aux urgences, où ne s'étaient présentés que des fêtards trop alcoolisés, lorsqu'il avait reçu l'appel de la maternité. Molly avait commencé à avoir des contractions à la trente-cinquième semaine de grossesse. C'était allé vite, les bébés se portaient bien.

Encombré de deux ours en peluche et d'un énorme bouquet d'iris, Nathan faisait de son mieux pour protéger les fleurs de la cohue. Enfin, il parvint à l'hôpital. Dans le hall, il évita l'ascenseur bondé et grimpa l'escalier quatre à quatre, traversa le couloir au pas de course. Il souriait jusqu'aux oreilles. *Je suis papa, je suis papa.*

Il se rua dans la chambre de Molly pour la serrer dans ses bras… oubliant qu'ils étaient déjà pleins. Les bébés étaient blottis contre leur mère, les yeux clos, avec de petits nez roses adorables.

— Je suis marié à la plus merveilleuse femme du monde, dit-il. Molly-la-belle, maman de deux Lupton.

— Contente que tu t'en souviennes, dit Molly, à la fois lasse et rieuse. Tu veux tenir quelqu'un ?

— Oui, toi, dit-il en posant les nounours dans un fauteuil et en brandissant l'énorme bouquet d'iris.

— Tu as pensé au vase ? Il n'y a que des biberons, ici.

Elle riait, maintenant, et il en était transporté de désir et de bonheur. Bon sang, il adorait cette femme. Son fils et sa fille étaient un cadeau de plus.

— Je t'aime, Molly Lupton, dit-il.

— Je sais. Je t'aime aussi. Et maintenant, les prénoms.

C'était leur débat en cours. Avec un peu de chance, il serait réglé à la maison le lendemain.

— Joshua et Karina ? fit-il.

— Joshua et Karina, fit Molly, en femme qui affirme une victoire.

Et aurait-il pu lui refuser quoi que ce soit ?

TRACI DOUGLASS

Les fiancés d'un week-end

Traduction française de
VIRGINIE CANTIN

BLANCHE

HARLEQUIN

Titre original :
A WEEKEND WITH HER FAKE FIANCÉ

1.

La sage-femme Carmen Sanchez s'épongea le front avec la manche de sa blouse.

— Encore un effort, et le bébé sera là ! dit-elle à Teena, sa patiente âgée de 28 ans, en lui souriant pour l'encourager. Vous allez y arriver...

— Non, je n'y arriverai pas, haleta Teena, en laissant retomber sa tête sur l'oreiller. Je suis trop fatiguée.

Au bout de quinze heures de travail, c'était tout à fait normal, mais il n'y avait qu'une seule issue possible : faire sortir le bébé. L'idéal aurait été que le mari de Teena soit là pour la soutenir, mais le pauvre homme travaillait sur un bateau de pêche, quelque part en mer de Béring, et était impossible à joindre.

— Je sais que vous êtes épuisée, Teena, dit Carmen, mais vous avez fait un travail formidable jusqu'à présent. Il ne vous reste plus qu'à trouver la force de pousser encore une fois lors de votre prochaine contraction, et vous aurez votre bébé dans les bras. N'avez-vous pas envie de le voir enfin ? Après tous ces longs mois ? Pensez au visage de votre mari quand il découvrira son fils.

Teena fondit en larmes et hocha la tête.

— Oui, d'accord.

Carmen ajouta d'un ton plus autoritaire :

— Poussez aussi fort que vous le pourrez quand je vous le dirai, compris ?

La patiente hocha la tête et prit une profonde inspiration.

C'était la première grossesse de Teena, et dès le début elle s'était révélée difficile, en raison d'une drépanocytose qui compliquait les choses. Carmen avait travaillé en collaboration avec un obstétricien et un hématologue pour surveiller sa patiente et assurer un accouchement sans danger.

Comme une nouvelle contraction arrivait, le temps parut s'arrêter, et Teena se mit à gémir.

— Oui ! C'est ça, c'est bien. Bien… Poussez !

Teena s'appuya sur ses coudes et se raidit, les muscles tendus. Enfin, la tête du bébé apparut, suivie de près par une épaule, puis deux. Enfin, le nouveau-né glissa entre les mains de Carmen, et sa patiente se laissa tomber en arrière, exténuée.

Carmen coupa le cordon ombilical, puis tendit le bébé à une infirmière qui l'enveloppa et aspira sa petite bouche et son nez. Bientôt, les gémissements du nourrisson remplirent la pièce, et Teena pleura de nouveau, cette fois de soulagement et de joie mêlés.

Une fois l'accouchement terminé, Carmen prit un moment pour profiter de cet émerveillement. Même après des années de pratique, la venue au monde d'une nouvelle vie l'étonnait toujours.

Elle se glissa dans le couloir et se dirigea vers le bureau des infirmières pour décompresser et remplir quelques dossiers en souffrance.

Avant d'avoir terminé le premier, elle fut interrompue.

— Ah ! La femme que je cherchais…

La voix masculine, grave et profonde, fit battre plus vite le cœur de Carmen, qui leva les yeux sur Zac Taylor. L'attirance qu'elle ressentait pour lui était d'autant plus gênante qu'il était infirmier urgentiste et qu'ils se voyaient beaucoup, à la fois dans le cadre de leur travail et grâce à des amis communs. De plus, ils avaient passé une nuit torride ensemble il y a quelques mois, après la fête de Noël – un peu trop arrosée – du personnel de l'Anchorage Mercy Hospital. Depuis, une certaine tension s'était installée entre eux, qui ne se dissipait pas.

Carmen n'était pourtant pas du genre à avoir des aventures d'un soir. Et l'amour romantique ne faisait même pas partie de ses préoccupations, ce qui rendait plus gênant encore le trouble qu'elle ne pouvait s'empêcher de ressentir en sa présence.

Non qu'elle ait quoi que ce soit contre les cœurs et les peluches, mais elle n'avait pas de temps à perdre avec de telles mièvreries. Pas avec une mère dans les premiers stades de la démence dont elle devait s'occuper. Certains jours, sa mère allait bien ; d'autres jours, elle ne reconnaissait pas sa propre famille. Pour Carmen, la lente déchéance de la seule personne qui ait jamais été là pour elle était une véritable torture. De plus, elle économisait pour envoyer sa jeune sœur à l'école d'infirmières de l'université d'Alaska, à l'automne prochain. Entre ses horaires de travail chargés et ses responsabilités familiales, Carmen s'estimait heureuse d'avoir encore assez de temps pour manger et dormir. Quant à sortir, à se distraire, il n'en était hélas ! pas question.

En vérité, vu son passé, il valait probablement mieux qu'elle reste seule, de toute façon. Elle avait grandi dans le plus grand dénuement, au cœur du quartier le plus pauvre de Port of Spain, à Trinité-et-Tobago, et avait appris très tôt l'autonomie et le sens du sacrifice.

Carmen se considérait comme une femme robuste, responsable et indépendante. Prudente, aussi. Elle n'avait pas besoin d'un homme pour être heureuse. Et si elle se sentait parfois seule, eh bien, c'était le prix à payer pour sa sécurité et sa tranquillité. De toute façon, elle ne pouvait compter sur personne d'autre qu'elle-même…

Le seul problème, en ce moment précis, c'est qu'elle avait besoin que Zac lui rende un service.

Elle se mordit la lèvre et le regarda à travers ses cils baissés tandis qu'elle terminait son travail.

Ce type était la tentation incarnée. Sexy et charmant à la fois. Et il lui plaisait d'autant plus qu'il répondait parfaitement à ses besoins : il avait une réputation de séducteur, ce qui signifiait qu'on ne pouvait pas envisager une relation sérieuse et durable avec lui. Mais pour régler des problèmes plus… ponctuels, il faisait parfaitement l'affaire.

— Salut, Zac ! lança Priya Shaw en sortant d'une autre salle d'accouchement, au bout du couloir.

Carmen se raidit. Priya était sa collègue et amie. Elle était également sa concurrente directe pour le poste de sage-femme en chef dans une nouvelle clinique californienne ultramoderne. Le poste était rémunéré le double de son salaire actuel, et si elle l'obtenait, elle pourrait placer sa mère malade dans un établissement de soins spécialisés et assumer les frais de scolarité de sa sœur.

— Salut, Priya, dit Zac, sans quitter Carmen des yeux.

Il s'accouda le comptoir, à côté d'elle, et l'odeur de son savon parfumé, mêlée à celle de son corps viril, l'enveloppa soudain, affolant ses sens et la rendant beaucoup plus vulnérable qu'elle ne l'aurait voulu.

— Dis à Lance que je l'appellerai plus tard pour ce week-end, lança Zac à Priya.

Celle-ci rabattit derrière son oreille ses longs cheveux bruns et attrapa un dossier.

— Entendu, répondit-elle avant de se diriger vers une salle d'accouchement.

Priya était fiancée à Lance Marranto, le meilleur ami de Zac, ce qui ne faisait que compliquer les choses pour Carmen. Mais elle trouverait un moyen de contourner cette difficulté.

Mais d'abord, elle devait finir de remplir ce dossier.

Carmen soupira en regardant son écriture. Ses lettres d'ordinaire bien régulières étaient un peu tremblantes à cause de la fatigue. Le long accouchement de Teena avait brûlé le peu d'énergie qu'il lui restait, d'autant qu'à cause de sa mère elle s'était couchée tard la veille et qu'elle avait dû se lever tôt pour assister au mieux sa patiente.

La mémoire de sa mère se dégradait plus vite ces derniers temps, et la pauvre avait mal à se rappeler qu'elle était en Alaska, et non sur son île natale, sous les tropiques. L'avant-veille, elle avait voulu sortir en pleine nuit se promener sur la plage, et Carmen avait dû se lever plusieurs fois pour l'arrêter. On n'était qu'au début du printemps, et les étendues sauvages des environs d'Anchorage n'étaient guère propices à la promenade pour une femme de soixante-cinq ans – surtout la nuit…

Heureusement, Carmen avait presque terminé sa garde. Tout ce qu'elle voulait, c'était faire ses transmissions aux infirmières de service chargées de Teena et rentrer chez elle pour prendre une douche et faire une longue sieste. C'est Clara qui devait s'occuper de leur mère jusqu'au lendemain.

Elle ne put réprimer un bâillement.

— Longue journée ? demanda Zac.

Ses stupides fossettes le rendaient beaucoup trop craquant…

— Longue nuit, aussi. Ma patiente a finalement accouché ce matin, après quinze heures de travail, répondit-elle en étirant les bras au-dessus de sa tête.

Elle remua ses pieds douloureux, puis ferma son dossier et le mit de côté.

— Pourquoi ? ajouta-t-elle.

— On vient d'amener un patient aux urgences, et j'ai quelques minutes à tuer. J'ai pensé que tu voudrais prendre un café. On dirait que tu en as besoin. Si tu conduis maintenant, tu vas t'endormir au volant.

Il la gratifia du sourire sexy qui la faisait toujours vibrer. Aucun homme ne devrait avoir le droit d'être aussi beau, songea-t-elle. Sérieusement. À la lumière des plafonniers, sa peau mate, qui tranchait sur le bleu de sa blouse d'infirmier, attirait davantage encore le regard.

— Est-ce que cette technique de drague, qui consiste à dire aux femmes à quel point elles sont affreuses, fonctionne bien, d'habitude ?

Carmen fronça les sourcils, se rappelant que Zac était un ami, et devait absolument le rester, du moins si elle voulait que son plan fonctionne.

— Arrête, répondit-il sur le ton de la plaisanterie, je sais que tu as besoin d'une dose de caféine.

Elle aurait voulu refuser, mais il avait raison ! En plus, elle voulait lui demander un service, alors pourquoi ne pas saisir l'occasion ?

— Très bien. Allons boire un café.

Il rit.

— Tu es mignonne quand tu es de mauvaise humeur.

Elle le poussa vers l'ascenseur, leurs chaussures grinçant sur le sol en linoléum brillant. Pendant qu'ils attendaient, son pouls s'accéléra. Mais ce n'était pas à cause de Zac. Pas tout à fait, en tout cas. Non, elle se sentait nerveuse à l'idée de lui demander de l'aide. Elle détestait solliciter les autres, surtout pour régler un problème dont elle était seule responsable.

Si seulement elle s'était tue quand le directeur de la clinique californienne avait mentionné les fiançailles de Priya et Lance ! Si seulement elle avait pu éviter de mentir et avait réfléchi un peu avant de lancer : « Oui, moi aussi je vais me marier ! »

Elle ne put s'empêcher de sourire en se rappelant la déclaration qu'elle avait faite lors de l'entretien.

Car en vérité, elle n'était pas près de se marier. Cela faisait des mois qu'elle n'était pas sortie avec un homme !

Hélas ! la propriétaire de la clinique avait sauté sur cette occasion pour l'inviter, elle et son fiancé, à assister au prochain colloque national sur la profession de sage-femme, où le nom de la candidate retenue pour le poste serait annoncé.

C'est pourquoi Carmen avait absolument besoin d'un fiancé pour le week-end…

Hélas ! il ne lui restait plus beaucoup de temps, et elle n'était parvenue qu'à une seule conclusion : Zac Taylor était parfait pour le rôle. Il était intelligent, drôle, et les relations durables ne l'intéressaient pas.

Exactement ce dont elle avait besoin.

Ils entrèrent dans l'ascenseur, et les portes se fermèrent avant que quelqu'un d'autre les rejoigne. Elle résista à l'envie de se tourner en sentant le regard de Zac sur elle. Elle avait probablement mauvaise mine après avoir travaillé toute la nuit, mais ce n'était pas comme si elle essayait d'impressionner qui que ce soit, et encore moins lui !

Ils faisaient partie d'un groupe de collègues, médecins et sages-femmes, auxquels venaient s'ajouter quelques pompiers et leurs proches. C'était une bande très sympathique, et la dernière chose qu'elle souhaitait était gâcher l'ambiance en donnant libre cours à l'attirance qu'elle ressentait pour Zac.

Car Zac était un ami, se rappela-t-elle. Un ami à qui elle s'apprêtait à demander un service.

Ils prirent leurs boissons, puis trouvèrent une table tranquille dans la cafétéria ensoleillée, loin des autres clients. Carmen ne put retenir un rire ironique lorsqu'elle entendit les premières notes de la chanson *Smooth Operator*. Rien ne résumait mieux la personnalité de Zac, séducteur impénitent à la réputation sulfureuse.

— Qu'est-ce qui te fait rire ? demanda celui-ci en se penchant en arrière sur sa chaise et en étirant ses longues jambes.

— Rien. Je suis fatiguée, c'est tout, dit-elle. Tu as bientôt terminé ta garde, toi aussi ?

— Non. J'aimerais… enchaîner sur une nouvelle garde.

Il but son thé glacé. Zac travaillait presque aussi dur qu'elle, faisant des heures supplémentaires quand il le pouvait.

— Et… tu as des projets pour le week-end prochain ?

— Je ne sais pas encore…

Zac se pencha vers elle, au-dessus de la paille qui dépassait de son verre, avant d'ajouter :

— Pourquoi ?

Elle se sentit rougir. Pour faire diversion, elle se mit à jouer avec une mèche cuivrée échappée de sa queue-de-cheval serrée sur la nuque. Elle avait beau tenter de les apprivoiser, ses cheveux frisés restaient rebelles.

— J'ai un… truc.

— Un truc ? répéta Zac en haussant un sourcil.

— Un colloque national. Le week-end prochain. J'espérais que tu pourrais m'accompagner, si tu n'as rien de prévu.

Elle serra son gobelet si fort que le carton faillit plier.

Calme-toi. Il n'y a aucune raison d'être nerveuse. Ce n'est pas un vrai rendez-vous.

Se rappelait-il la nuit qu'ils avaient passée ensemble ? Sans doute, mais comme il n'en avait jamais parlé avec elle, elle supposait qu'il préférait l'oublier. Ils avaient tous les deux trop bu, et depuis plusieurs conquêtes avaient dû se succéder dans son lit.

À cette pensée, elle sentit une étrange douleur lui serrer le cœur. Ce qui était ridicule. Et stupide. Elle ne voulait pas plus s'engager avec Zac qu'il ne voulait s'engager avec elle.

Alors pourquoi tout cela lui causait-il plus de stress que de mettre des triplés au monde ?

— Tu veux dire que…

Zac se pencha en avant, et posa sur elle son regard sombre.

— … tu m'invites à partir avec toi pour le week-end ?

Il avait l'air aussi choqué qu'elle l'était par cette proposition.

— Oui. Non. Enfin, euh… pas exactement. Je t'invite à passer le week-end avec moi… si tu acceptes de te faire passer pour mon fiancé.

Des secondes s'écoulèrent, qui lui parurent des heures, avant que Zac lève vers elle un regard incrédule.

— Ton fiancé ? finit-il par dire. Tu peux me donner des détails ?

— Quel genre de détails ?

— Pourquoi, par exemple ?

Elle poussa un long soupir, puis se jeta à l'eau.

— Parce qu'une nouvelle clinique ouvre ses portes à Big Sur, en Californie, et que j'ai posé ma candidature pour le poste de sage-femme en chef. Si je l'obtiens, ce serait une belle promotion. Mais Priya veut ce job elle aussi, et c'est un plus pour la clinique qu'elle et Lance se marient. Non pas qu'être marié fasse partie des critères de sélection mais… comme je ne voulais pas être en reste, j'ai prétendu que j'allais me marier, moi aussi.

Elle marqua une courte pause, puis se força à continuer.

— Je sais à quel point ça paraît stupide, mais une fois ces mots prononcés je n'ai pas pu les rectifier sans me ridiculiser ou risquer d'être écartée pour avoir menti. À l'occasion du colloque national des sages-femmes, la clinique doit annoncer la nomination de la candidate retenue, et on m'a demandé de venir avec mon fiancé, au cas où…

Elle leva les yeux vers Zac, son cœur battant plus fort contre ses côtes à mesure que son embarras grandissait.

— La manifestation se tiendra dans le Yukon, à l'Étoile Arctique, un complexe hôtelier de luxe. Tous les frais sont pris en charge, y compris le transport…

Zac s'était raidi, remarqua-t-elle, et l'expression de son beau visage avait changé. Incapable de supporter son silence, elle murmura :

— Dis quelque chose…

— Quoi ? Tu veux que je mente pour toi, c'est ça ? Que je fasse semblant d'être quelqu'un que je ne suis pas ?

Elle grimaça au son de sa voix.

— Je comprends que tu sois déçu. Honnêtement, ce n'est pas ce que j'attendais de moi non plus mais maintenant je suis coincée. Je t'en prie, Zac, j'ai vraiment besoin de ton aide…

Comme il ne répondait toujours pas, elle abattit ses dernières cartes :

— C'est un quatre-étoiles. Il y a un room service, une salle de massage, un spa… Tu ne devrais pas t'ennuyer pendant que je participe aux réunions. Et nous n'aurions à faire semblant d'être un couple qu'en présence d'autres personnes. C'est tout à fait anodin, je t'assure.

— Anodin ? Les mensonges ne sont jamais anodins.

Zac expira lentement, et elle vit tressaillir un muscle sur sa mâchoire. Elle aurait voulu lui demander pourquoi cette idée le dérangeait tant, alors qu'il avait l'habitude d'être avec une femme différente chaque semaine, mais ce n'était vraiment pas le moment…

— Donc si je comprends bien, je suis censé passer trois jours avec toi dans un hôtel de luxe et jouer le rôle de ton fiancé pendant que tu participes à un colloque de sages-femmes ?

— Oui. C'est bien résumé.

Il resta silencieux un long moment, jouant avec sa tasse de café, puis la regarda enfin.

— Je ne suis pas sûr que ce soit une bonne idée.

Mince ! Ça ne se passait pas bien du tout. Elle aurait dû attendre d'être bien reposée pour lui demander ce service !

— Je sais que ma demande est un peu… limite, mais je ne demanderais pas si je n'étais pas vraiment dans le pétrin.

Et si tu as peur que je dérape et que j'essaye de te séduire, rassure-toi ! Tu n'es pas mon genre.

À peine eut-elle prononcé cette phrase qu'elle la regretta, d'autant que la réponse ne se fit pas attendre.

— Tu n'as pas toujours dit ça.

Il s'en souvenait !

Elle ouvrit la bouche pour répondre, puis la referma, se contentant de serrer plus fort encore son gobelet en carton.

— Cette nuit-là était une erreur, parvint-elle finalement à répondre. Nous avions tous les deux trop bu et… nous sommes allés trop loin. Mais depuis, nous sommes passés à autre chose et nous sommes amis, rien de plus. S'il te plaît… C'est juste pour trois jours. Et c'est sans engagement de part et d'autre.

— Tu n'arrêtes pas de dire ça, mais… Tu ne peux pas demander à quelqu'un d'autre ? À ce type, en radiologie ? Comment s'appelle-t-il, déjà ?

Carmen s'éclaircit la voix.

— Jeff. Non. Je ne peux pas. Cela s'est mal terminé, entre nous. J'ai découvert qu'il me trompait avec la réceptionniste de son service.

Il prit une gorgée de thé, puis laissa échapper un soupir.

— Écoute, ça ne te ressemble pas. Je croyais que tu n'avais que l'embarras du choix, en matière d'hommes.

Aussi flatteur que soit son compliment, Carmen se sentit soudain plus fatiguée qu'elle ne l'était avant d'avoir pris son café.

— Détrompe-toi. Je t'ai demandé ce service parce que je me sens à l'aise avec toi, mais je n'insisterai pas. Si tu refuses, je contacterai l'un de ces services d'escorts en ligne et…

— Tu passerais le week-end avec un inconnu trouvé sur Internet ? la coupa Zac. Tu te rends compte à quel point c'est dangereux ! Dans ces conditions, je préfère y aller moi-même…

— Très bien.

Le soulagement de Carmen fut de courte durée.

— Il y a autre chose… Lance et Priya seront là aussi. La clinique a affrété un jet privé pour l'occasion, et ils voyageront avec nous. Il faut que nous accordions nos violons avant de partir.

Il se redressa sur sa chaise.

— Tu plaisantes ? En plus de mentir à tes futurs patrons, tu veux que je mente aussi à mon meilleur ami ? Je te signale que Lance est convaincu que je suis célibataire. Si ce n'était pas le cas, il l'aurait sûrement remarqué, tu ne crois pas ?

— Tu réfléchis trop. Échangeons toutes les informations nécessaires et gardons notre calme. Tout se passera très bien.

Elle garda le regard baissé pour qu'il ne puisse pas y lire le doute qui s'était emparé d'elle. Elle avait besoin qu'il y croie pour y croire elle-même.

— D'accord. Admettons que ça fonctionne le temps d'un week-end et que tu obtiennes le poste. Comment feras-tu ? Tu arriveras au travail un matin en racontant que tu n'as plus de fiancé ? Comment expliqueras-tu à tes nouveaux employeurs que j'ai disparu de ta vie ?

— Je gérerai ça en temps voulu.

Elle n'avait franchement pas la tête à ça en ce moment, préférant se concentrer sur l'obtention du poste. Elle s'inquiéterait des détails plus tard.

— Nous devons trouver un moyen de faire croire à Lance et Priya que entretenons une liaison secrète, depuis des mois. Nous pourrions leur dire qu'après la fête de Noël nous nous sommes revus…

Pour elle, en tout cas, ce n'était qu'un demi-mensonge. Elle n'avait jamais vraiment oublié Zac ni ce qu'elle avait ressenti cette nuit-là, entre ses bras.

— Nous devons les convaincre que très vite, c'est devenu sérieux entre nous et que nous sommes prêts à franchir la prochaine étape.

Zac s'assit et secoua la tête.

— Ce ne sera pas aussi facile que tu le penses. Lance me reproche de l'avoir un peu laissé tomber, ces derniers temps.

— Laissé tomber ? Depuis quand ?

— Je ne sais pas. Quelques mois. J'ai été très occupé, c'est tout. As-tu pensé à tous ces petits détails que les gens en couple savent l'un de l'autre ? Les anniversaires, les couleurs et les plats préférés, les animaux de compagnie, les petites manies ? Crois-moi, si tu ne sais pas tout de moi, Lance s'en apercevra tout de suite.

Elle sentit son inquiétude monter en flèche. Elle était allée trop loin pour faire machine arrière, désormais, mais elle n'avait pas le droit à l'erreur.

— Nous mettrons tout cela par écrit, chacun de son côté, puis nous échangerons nos informations et apprendrons tout par cœur.

— Par écrit ? dit Zac, sceptique.

— Pourquoi pas ? Pour trois jours, inutile de connaître tous les détails. Alors, c'est d'accord ?

— Je pense que c'est une erreur, mais… d'accord, lâcha Zac à contrecœur.

Carmen se détendit. Il ne lui facilitait pas les choses, mais elle était contente qu'il ait fini par accepter. Après avoir consulté sa montre, elle se leva et jeta son gobelet vide à la poubelle.

— Je te remercie. Je t'enverrai les détails du vol par SMS. Et j'espère que tu me diras plus tard pourquoi tu es si réticent à m'accompagner.

— N'y compte pas !

Une fois seul, Zac regretta d'avoir accepté la proposition de Carmen. Jamais il ne pourrait lui dire la vérité, car son passé était un secret qu'il ne voulait partager avec personne.

Malgré son désir de renouer le fil de son histoire avec elle, il savait qu'il ne devait pas retourner à l'Étoile Arctique, un endroit qu'il avait passé les douze dernières années à fuir.

Pourquoi fallait-il que le colloque se déroule précisément dans cet établissement, propriété de celui qu'il voulait à tout jamais bannir de son existence ?

Son père…

L'homme qui avait trompé sa mère et trahi la confiance de sa famille.

L'homme à qui Zac refuserait d'accorder son pardon aussi longtemps qu'il vivrait.

C'est à cause de lui que Zac ne faisait confiance à personne et gardait tout le monde à distance de crainte d'être à nouveau blessé. Parce qu'il avait fini par croire qu'il lui ressemblait, qu'il n'était lui-même qu'un menteur et un tricheur…

Et peut-être l'était-il, à en juger par la vie qu'il menait. Une vie de fêtes et de conquêtes, à en croire les ragots qui circulaient sur son compte – et qu'il cultivait avec soin pour éviter qu'on découvre qui il était vraiment.

Alors qu'il était reparti de zéro et s'était créé un avenir tout neuf, voici que le destin s'acharnait contre lui, et le pire c'est qu'il ne pouvait s'en prendre qu'à lui-même.

Pourtant, il n'aurait pas pu dire non à Carmen. Il la considérait comme son amie, même s'il n'avait pas tout à fait réussi à oublier l'incroyable nuit qu'ils avaient passée ensemble, après cette fête de Noël.

Ça n'avait pas d'importance. De toute façon, elle et lui, ça ne marcherait jamais. Elle était bien trop bien pour lui. C'était vrai à l'époque, et ça l'était encore aujourd'hui, ce qui ne l'empêchait pas d'avoir toujours envie d'elle…

Perdu dans ses pensées, il ne vit pas Lance s'approcher de sa table, un sandwich et une bouteille d'eau à la main.

— Salut ! Je croyais que tu étais de garde, aujourd'hui ?

Sans y être invité, il se laissa tomber sur la chaise en face de Zac, qui remarqua que ses beaux yeux bleus étaient cernés. Ces derniers temps, les pompiers d'Anchorage travaillaient d'arrache-pied pour préparer la saison touristique.

— Susan s'occupe de la radio. Elle m'enverra un texto quand elle aura besoin de moi.

Zac regarda par la fenêtre, autant pour se ressaisir que pour éviter le regard de son meilleur ami, qui lisait en lui comme dans un livre ouvert.

— Dis-moi, Lance, as-tu déjà fait quelque chose de tellement stupide, de tellement risqué que tu t'es demandé si tu ne devais pas aller consulter un psy ?

Après avoir réfléchi quelques instants, Lance répondit :

— Tu as rencontré Priya, n'est-ce pas ? Je n'arrive toujours pas à croire qu'elle ait dit oui quand je lui ai demandé de m'épouser. Elle est trop bien pour moi, mec !

Zac éclata de rire.

— C'est vrai. Pourtant, les choses se sont bien terminées pour vous, non ?

— C'est vrai…

Soudain, Lance s'interrompit, son sandwich en l'air.

— Attends. On parle de femmes, là ? Ne me dis pas que le grand Zac Taylor, grand séducteur devant l'Éternel, est enfin tombé amoureux ?

Zac leva les yeux vers son ami. Non. Il n'était pas amoureux. C'était de la folie. Bien sûr, il aimait bien Carmen, et ils étaient amis. Un peu plus, même, mais… ce week-end, il l'accompagnerait pour lui rendre service. Rien d'autre. Il ne fallait surtout pas…

La voix de Lance le ramena à la réalité.

— Eh bien ? Tu vas me dire son nom ou pas ?

Zac secoua la tête.

— Il n'y a pas de nom, parce qu'il n'y a pas de femme.

Son ami fronça les sourcils, sans le quitter des yeux.

— Non, non. J'y crois pas, mec. Il se passe quelque chose, j'en suis sûr…

— Pourquoi tu te soucies tant de ma vie privée ? lança Zac, agacé. Occupe-toi donc de tes affaires.

— N'essaye pas de changer de sujet ! rétorqua Lance, avant de poursuivre avec un sourire : J'ai raison, n'est-ce pas ? Tu as rencontré quelqu'un. Je le savais ! Tu es différent depuis la fête de Noël. Plus… réservé.

En effet, Zac aimait rester discret. Le scandale provoqué par la révélation de la liaison de son père avait été largement relayé par les tabloïds, et il avait détesté tous ces projecteurs braqués sur lui. Il n'avait que seize ans à l'époque et n'avait pas su gérer la situation. Il avait eu un accident avec la nouvelle voiture de sport que ses parents lui avaient offerte et avait blessé sa petite amie de l'époque. Elle s'était complètement rétablie, mais Zac s'en voulait encore de s'être montré aussi insouciant.

Pressé de chasser ces mauvais souvenirs, il tenta une nouvelle fois de changer de sujet.

— Priya et toi êtes prêts pour le mariage ?

Heureusement, cette fois, Lance mordit à l'hameçon.

— Je suppose… qu'elle s'occupe de tout. Je suis à ses ordres.

Il alla jeter sa bouteille d'eau vide, puis revint s'asseoir.

— J'ai même accepté de l'accompagner à un colloque, le week-end prochain. Elle a postulé pour un nouveau job, et si elle l'obtient, on devra déménager en Californie. Je ne suis pas vraiment prêt à quitter l'Alaska, mais je pense que la plage et le surf, ce n'est pas mal non plus…

Zac acquiesça d'un vague signe de tête. Il ne se sentait pas la force de révéler à son ami que lui et Carmen seraient présents au colloque, et que cette dernière briguait également le poste en Californie.

— Je ne sais pas ce que tu mijotes, ajouta Lance en se levant, mais tu verras : un de ces jours, tu te feras passer la corde au cou, comme les autres ! Allez, à plus tard !

2.

« Appel à toutes les unités... Un accident de la circulation s'est produit à l'intersection d'Arctic Boulevard et de la 58e Avenue ouest. Une femme de 37 ans, enceinte de 8 mois, se plaint de douleurs thoraciques. Terminé. »

— Ici FA 14, bien reçu, dit Zac au volant. Nous serons sur place dans deux minutes.

Toutes sirènes hurlantes, il accéléra pour se frayer un chemin à travers la circulation dense de midi, heureux d'avoir autre chose à faire que de se concentrer sur Carmen. Plus le week-end approchait, et plus il craignait d'avoir commis une terrible erreur.

À quoi pensait-il donc quand il lui avait promis de l'accompagner dans le seul endroit au monde où il ne voulait jamais remettre les pieds ? Et, qui plus est, de se faire passer pour son fiancé ?

En plus de la menace imminente que représentait la proximité avec son père, il y avait aussi le fait que Carmen et lui n'avaient pas vraiment rompu le lien, après la nuit qu'ils avaient passée ensemble. Ils ne l'avaient pas fait consciemment, mais il se sentait différent, plus vivant, dès qu'elle était dans les parages. En vérité, c'est pour ça qu'il n'était sorti avec personne, depuis cette fameuse fête de Noël. Même s'il refusait de l'admettre, depuis leur aventure, il ne s'était pas intéressé à une autre qu'elle.

Ce qui l'effrayait plus que tout au monde.

Parce que s'ils s'engageaient tous les deux dans une relation plus sérieuse, comment pourrait-il être sûr qu'il ne finirait pas par la trahir, tout comme son père avait trahi sa mère ? Bien sûr, depuis, sa mère avait pardonné, et ses parents avaient trouvé un terrain d'entente, mais Zac ne pouvait pas attendre la même chose de Carmen, s'il commettait une faute. Ou plutôt quand il la commettrait, car était donné ses ascendants il ne faisait aucun doute qu'il s'écarterait un jour ou l'autre du droit chemin.

Susan, sa partenaire, était occupée à préparer le matériel médical, à l'arrière de l'ambulance. Elle lui lança :

— Tout va bien ? Tu as encore ce regard…

Il jeta un coup d'œil dans le rétroviseur et répondit :

— Quel regard ?

— Je ne sais pas… Tu as l'air soucieux. Pourquoi ?

Zac soupira, s'arrêta derrière l'une des quatre voitures de police déjà présentes sur les lieux et détacha sa ceinture de sécurité.

— Et toi ? Pourquoi est-tu si curieuse ?

— Tu as raison, dit Susan en sortant par l'arrière du véhicule, ce ne sont pas mes affaires. J'aurais cru que tu serais content de ne pas être de garde ce week-end. À ta place, je le serais, en tout cas ! J'adorerais avoir trois jours devant moi pour partir en vadrouille !

Ils se faufilèrent à travers la foule de badauds et de policiers jusqu'à l'endroit où trois véhicules accidentés bloquaient deux voies – un camion devant, suivi d'une petite voiture et d'une berline familiale. D'après les dommages et la position des véhicules, il était évident qu'il ne s'agissait pas d'une collision frontale.

— Tu as quelque chose de prévu ? demanda Susan comme ils s'arrêtaient près de la voiture du milieu.

Oui.

— Non.

Zac laissa tomber sa sacoche au sol et se présenta au policier qui se tenait devant lui.

— Zac Taylor, de l'équipe d'urgence. On nous a appelés pour une femme enceinte qui se plaint de douleurs à la poitrine…

— Par ici, dit le policier avant de les conduire auprès

de deux femmes debout près du trottoir, l'une âgée d'une soixantaine d'année, et l'autre, très enceinte, qui se tenait le ventre, appuyée à un réverbère.

— Je m'en occupe, dit Susan en s'approchant de la femme enceinte.

Zac, lui, se dirigea vers la femme plus âgée. Elle était pâle comme un linge et tremblait de tous ses membres.

— Avez-vous été impliquée dans l'accident, madame ?

Elle hocha la tête.

— Oui. J'étais dans cette voiture, répondit-elle en désignant le dernier véhicule.

— Etes-vous blessée ?

— Non.

Sa voix n'était guère plus qu'un murmure, et elle était visiblement sous le choc. Soudain, Zac remarqua du sang sur sa main gauche, qui coulait d'une plaie assez profonde. Il saisit son bras pour l'empêcher de bouger.

— Venez dans l'ambulance, madame, je vais vous faire un pansement, et vous pourrez vous reposer un peu, d'accord ?

— Cette jeune femme est enceinte, dit la femme tandis qu'il la guidait vers le véhicule. Je veux m'assurer que le bébé va bien. J'étais derrière elle, et elle a pilé. Je ne m'étais pas rendu compte que je la suivais d'aussi près…

Susan était déjà en train d'allonger la femme enceinte sur un brancard. Alors qu'il aidait sa patiente à monter à l'arrière, Zac perçut des bribes de leur conversation.

« J'ai été frappée par l'arrière et j'ai embouti la remorque du camion, devant moi. »

Vu l'état des véhicules, les choses auraient pu être bien pires pour tout le monde, songea Zac.

Une fois les deux femmes en sécurité, Susan vérifia les constantes de la patiente enceinte tandis qu'il s'occupait du doigt lacéré de l'autre conductrice. Celle-ci avait repris des couleurs depuis que Zac lui avait donné un verre d'eau, mais elle continuait de s'inquiéter pour la femme enceinte, en face d'elle.

— Tout s'est passé si vite…, murmura-t-elle.

Zac vit Susan brancher un doppler portable sur le ventre

de la femme enceinte pour surveiller le rythme cardiaque fœtal. L'intérieur de l'ambulance fut rapidement rempli d'un bruit sourd très réconfortant. Susan lui fit signe de la tête que tout allait bien, mais ils allaient quand même transporter la patiente à l'hôpital.

— Gardez la plaie propre et sèche, et changez le pansement tous les jours jusqu'à ce que ça soit cicatrisé, conseilla Zac à sa patiente. Autre chose ?

Elle secoua la tête.

— Dans ce cas, je crois que les policiers à l'extérieur ont quelques questions à vous poser…

— Sa tension est à 10-7, dit Susan.

— C'est bien ? demanda l'autre femme à Zac.

— Très bien. La tension est généralement un peu basse quand on est enceinte.

Après avoir confié sa patiente aux policiers, Zac verrouilla les portes arrière de l'ambulance, puis s'installa au volant et appela les urgences par radio pour les prévenir de leur arrivée.

— Anchorage Mercy, ici véhicule 14, en route pour votre établissement avec une femme de 37 ans, enceinte de 38 semaines, impliquée dans un accident de voiture. Serons là dans cinq minutes. Terminé.

— Bien reçu. Un obstétricien vous attend, confirma l'infirmière de traumatologie. Des blessures visibles ?

— Ma sage-femme travaille dans cet hôpital, intervint la femme enceinte. Carmen Sanchez. Je veux la voir !

Zac acquiesça. Évidemment, il fallait que ce soit Carmen…

Heureusement, la circulation était moins dense, et ils arrivèrent rapidement à l'hôpital. Alors qu'ils se dirigeaient vers l'une des salles de traumatologie, Zac transmit les informations à l'équipe des urgences :

— Le ventre de la patiente a heurté le volant pendant l'accident. Le rythme cardiaque fœtal était normal pendant le transport, aucun saignement, aucune crampe, bien que la patiente se soit plainte de douleurs thoraciques après l'accident. Antécédents de trois fausses couches et d'une mortinaissance.

— Merci, je connais ses antécédents, dit Carmen, apparue à côté de lui alors qu'ils arrivaient dans une salle où les attendait l'obstétricien de garde, le Dr Tom Farber. Il leva la main pour saluer Zac.

— On prend le relais…

Le rideau se referma brusquement, et Zac resta planté là, tandis que Susan gloussait à côté de lui.

— Encore ce regard… Ne t'inquiète pas. Carmen est trop bien pour toi, de toute façon. Bon, je vais ranger un peu l'ambulance !

Zac se réfugia au poste des infirmières. Ce n'était pas dans ses habitudes, mais il voulait attendre un peu et s'assurer que tout allait bien avec le bébé.

Du moins était-ce l'excuse qu'il avait trouvée…

— Tu es toujours là ? lança Carmen quand elle sortit de derrière le rideau, vingt minutes plus tard.

Elle s'en voulut de se montrer aussi abrupte, mais elle n'ait pas bien dormi depuis leur conversation à la cafétéria, l'esprit assailli par mille pensées confuses. Et voilà maintenant qu'il venait la distraire au travail !

Instinctivement, elle s'approcha de Zac, qui se tenait pourtant déjà beaucoup trop près d'elle. Le week-end arrivait à grands pas, elle venait d'enchaîner trois gardes de douze heures en trois jours, et avec cette nouvelle patiente à prendre en charge sa nuit déjà longue allait encore s'allonger.

— Je croyais que tu avais un rendez-vous galant, ce soir…

— Eh non ! répondit-il. Je ne suis plus sur le marché maintenant, tu t'en souviens ? rétorqua-t-il, tout sourire. Mais depuis quand te soucies-tu de mon emploi du temps ?

— Ton emploi du temps ne m'intéresse pas, répondit Carmen, mais je ne veux pas alimenter les ragots. Tu sais à quel point les gens sont bavards. Je suis sûre que Lance a déjà tout raconté à tout le monde.

Un léger bruit de toux le fit reculer d'un pas, et elle s'écarta aussitôt en apercevant Tom, de l'autre côté de la vitre.

— Désolé, je ne voulais pas vous déranger…

— Tu ne nous déranges pas du tout, répondit Carmen, trop vite. Alors, votre avis, docteur ?

— Je pense qu'elle peut rentrer chez elle. Aucun signe de détresse fœtale. Le rythme cardiaque du bébé est normal et élevé. La tension artérielle de la mère est bonne aussi. Pas de taches ou d'effacement vaginal à l'examen. Je suis pour signer le bon de sortie, sauf si tu n'es pas d'accord.

— Si, si. Très bien.

Carmen faisait de son mieux pour rester professionnelle, même si elle était encore troublée par ce bref échange avec Zac. Si elle commençait comme ça, comment allait-elle survivre au week-end qui l'attendait ?

— Je vais aller lui parler, répondre à toutes ses questions, et la renvoyer chez elle. Merci, Tom.

— Tout le plaisir est pour moi.

Avant d'entrer dans l'ascenseur, Tom lui jeta un dernier coup d'œil et ajouta :

— Amusez-vous bien, les enfants !

— Nous n'y manquerons pas, merci, dit Zac avec un signe de la main.

— N'y compte pas trop ! lança Carmen. Ça m'étonnerait qu'on s'amuse beaucoup, ce week-end.

— Pourquoi j'y vais, alors ? soupira Zac. Ah oui ! Pour aider une amie. Ce ne sera pas une partie de plaisir pour moi non plus, crois-moi.

— Ah oui ? Et pourquoi pas ? Un séjour gratuit dans une station de luxe, tous frais payés, ça ne se refuse pas, non ?

Comme il ne répondait pas, elle leva les yeux du dossier qu'elle était en train de remplir et remarqua que son expression enjouée était devenue sérieuse.

— Qu'est-ce qu'il y a ?

— Rien d'important.

Il détourna le regard, et elle vit une ombre passer sur son beau visage. Mais avant qu'elle ait pu l'interroger, une des infirmières s'approcha du bureau et entama une conversation avec lui.

Carmen ressentit une petite pointe de jalousie, et se le reprocha aussitôt. Elle n'avait aucun droit sur Zac Taylor. Il avait accepté de l'accompagner ce week-end pour lui rendre service, rien de plus.

Elle soupira et revint à son dossier, faisant de son mieux pour ignorer Zac – sans succès, hélas ! En voyant Tom et Wendy si heureux avec leur nouveau bébé et Sam, la fille que Tom avait eue de son précédent mariage, Carmen espérait qu'un jour elle connaîtrait le même bonheur, si tant est que son emploi du temps chargé lui permette de rencontrer quelqu'un.

Carmen signa les papiers de sortie et les remit à l'infirmière en lui demandant de faire savoir à la patiente qu'elle serait là dans un instant pour répondre à ses questions.

Comme Zac ne faisait pas mine de partir, elle lui jeta un coup d'œil en biais en frottant sa nuque raidie.

— Tu n'as pas d'autres interventions de prévues ?

— C'est assez tranquille, aujourd'hui, comme tous les mardis. Susan et moi, nous tuons le temps en attendant le prochain appel.

De nouveau, elle frotta sa nuque douloureuse.

— Laisse-moi faire…

Il repoussa doucement sa main et commença à masser les nœuds de son cou et de ses épaules avec ses doigts longs et forts. Heureusement que le bureau la retenait, sinon, elle se serait laissée aller contre lui.

— Tu ne devrais pas travailler autant.

— Je n'ai pas le choix, dit-elle en se forçant à s'éloigner de lui. Je ne travaille pas que pour subvenir à mes propres besoins.

— Ah bon ? comment ça ? demanda Zac. Je sais que nous devons échanger des fiches d'information, mais si nous voulons faire semblant d'être ensemble, j'aimerais en savoir un peu plus sur toi et ta famille. Sinon, nous ne serons pas crédibles…

Ce rappel lui fit l'effet d'un verre d'eau glacée lancé au

visage, et Carmen se redressa brusquement. Elle devait garder la tête froide et rester calme et rationnelle si elle voulait réussir.

— Ma mère et ma sœur vivent avec moi. Ma mère est malade et a besoin de soins vingt-quatre heures sur vingt-quatre. Ma sœur voudrait s'inscrire à l'université d'Alaska pour devenir infirmière, mais tout cela coûte cher. C'est pour ça qu'il faut à tout prix que je décroche ce poste en Californie... Maintenant, excuse-moi, mais je dois retourner auprès de ma patiente...

Elle commença à s'éloigner, mais il lui emboîta le pas.

Pourvu qu'il laisse tomber le sujet de sa vie privée ! songea-t-elle. Elle n'aimait pas parler d'elle. Elle n'aimait surtout pas ressentir une attirance aussi forte pour un homme qui lui donnait envie de s'ouvrir à lui, de se reposer sur lui. Tout cela était totalement impossible.

Les hommes n'étaient pas fiables. Elle l'avait compris le jour où son père les avait quittées, sa mère, sa sœur et elle. Carmen avait presque élevé Clara, car sa mère était contrainte d'occuper trois emplois pour subvenir à leurs besoins.

Carmen avait dû grandir vite, et faire preuve d'autonomie. C'est peut-être pour cela que la profession de sage-femme lui convenait si bien. Elle aimait qu'on ait besoin d'elle. Elle avait l'habitude qu'on l'appelle à l'aide, et dans ce cas elle oubliait ses états d'âme et se mettait au travail.

Au lieu de regagner dans la salle de traumatologie, elle s'engagea dans un nouveau couloir, décidant de brûler un peu d'énergie avant de se remettre au travail. Comme elle poussait la porte donnant sur l'escalier, Zac demanda :

— Je croyais que tu allais voir ta patiente ?

— Oui. Dans une minute...

Son téléphone sonna dans sa poche, et elle y plongea la main.

— Après ça...

Si elle ne s'éloignait pas vite de Zac, elle risquait de faire quelque chose de stupide. Le pousser contre le mur pour l'embrasser à perdre haleine, par exemple...

Comme il la regardait en silence, plus sexy que jamais, elle lança :

— Tu voulais me dire autre chose ?

Zac recula légèrement, avant de répondre :

— C'est normal de se confier, parfois, tu sais.

Elle rit et secoua la tête, faisant de son mieux pour paraître désinvolte.

— Peut-être devrais-tu suivre toi-même ton conseil, au lieu de me faire taire chaque fois que je te pose une question personnelle. À plus tard, Zac.

Alors qu'elle s'engageait dans l'escalier, elle l'entendit répondre :

— C'est un défi ? Ça tombe bien, j'adore les défis !

Une fois seule, Carmen s'appuya contre le mur, le cœur battant, tandis que des souvenirs de la nuit qu'ils avaient passée ensemble défilaient dans sa tête. Leurs corps enlacés entre les draps, elle criant son nom dans l'extase…

Les mains tremblantes, elle sortit son téléphone portable et rappela sa sœur alors qu'elle montait l'escalier menant au troisième étage.

Clara décrocha à la deuxième sonnerie.

— Que se passe-t-il ?

— J'ai peut-être fait une grosse bêtise.

Avant qu'elle ait pu les retenir, les mots étaient sortis de sa bouche. Elle sentait qu'elle devait en parler à quelqu'un, sous peine d'exploser.

— Attends ! s'écria Clara dans l'écouteur. Qu'as-tu fait ?

— C'est au sujet du job pour lequel je postule, en Californie. Comme mes futurs employeurs potentiels sont très famille, et qu'ils ont été favorablement impressionnés par Priya et ses fiançailles avec Lance, je me suis sentie obligée de leur mentir pour avoir une chance supplémentaire. J'ai besoin de cette promotion, Clara, nous en avons besoin pour payer les soins de maman et tes frais de scolarité.

— Et tu crois que demander à un homme avec qui tu as

eu une aventure de jouer le rôle de ton fiancé te permettra de décrocher ce job ?

Elle avait parlé à sa sœur de l'aventure d'un soir, car de toute façon elle n'aurait pas pu lui cacher. Celle-ci avait raison : son idée n'était peut-être pas la meilleure qui soit, mais quel choix avait-elle ? Issue d'une famille aisée, Priya avait reçu une formation de pointe dans les meilleurs établissements tandis que Carmen, elle, avait dû travailler la nuit pour financer ses études et pour faire venir sa famille aux États-Unis une fois son diplôme en poche.

— Zac est au courant de tout, et il est d'accord, expliqua Carmen.

— Vraiment ? dit Clara d'un air dubitatif. Je ne veux pas que tu sois malheureuse, tu sais…

— Tout ira bien, je te le promets, conclut-elle, autant pour se convaincre elle-même que pour rassurer sa sœur.

3.

Le jeudi, en fin de matinée, Zac prit une profonde inspiration au moment de pénétrer dans l'aéroport international Ted Stevens d'Anchorage. Des dizaines de personnes se pressaient dans le hall, mais son regard fut immédiatement attiré vers la jeune femme à la peau cuivrée et aux cheveux bouclés qui, de l'autre côté de la barrière de sécurité, consultait sa montre.

Vêtue d'un jean, d'un col roulé vert émeraude, d'une parka et de bottes en daim noires, Carmen était bien différente de la femme qu'il voyait tous les jours à l'hôpital. Plus jeune encore, et beaucoup plus sexy…

Soudain, il se rappela pourquoi il était ici. Ce n'était pas des vacances. Il ne s'agissait pas de sexe, mais de travail.

— Désolé, je suis en retard, dit-il en s'avançant vers elle, avant de poser son sac par terre.

Elle le toisa, vérifia de nouveau sa montre, puis se dirigea vers l'escalator le plus proche en lui lançant par-dessus son épaule :

— En effet, tu es en retard. J'espère que tu feras mieux pendant le reste du week-end. Et tu es trop habillé, aussi.

— Je ne savais pas quoi porter. Nous n'en avons pas discuté, répondit-il. Tu as le numéro de la porte ?

Il se sentit soudain mal à l'aise, dans son jean foncé et son blazer en tweed, avec sa chemise blanche ouverte au col.

— Pas besoin, lui dit-elle. Nous prenons un jet privé, tu t'en souviens ?

— Ah oui ! c'est vrai…

Une hôtesse de l'air les attendait près d'un guichet et les escorta jusqu'à un petit avion blanc aux lignes pures, frappé du logo de la clinique californienne. Le propriétaire de la clinique devait avoir un compte en banque bien garni, car ce genre de bolide des airs coûtait plus de 60 millions de dollars.

À l'époque, avant que la trahison de son père fasse s'effondrer le monde autour de lui, Zac avait accumulé suffisamment d'heures de vol pour devenir lui-même pilote. Mais c'était dans une autre vie…

— Nous y voilà, dit l'hôtesse de l'air en s'arrêtant en bas d'une passerelle. Bon vol.

— Merci.

Carmen monta les marches devant lui, et Zac s'efforça de ne pas fixer le jean qui moulait parfaitement son joli derrière. Quand elle s'arrêta juste avant la porte de l'avion et se tourna vers lui, il faillit la heurter tant il était distrait.

— Tu es prêt ? demanda-t-elle. Tu as apporté ton dossier ? Nous pourrons le revoir pendant le vol, puisque nous n'avons pas eu le temps avant. Je crois que Priya et Lance sont déjà à bord.

Zut ! Il aurait voulu arriver plus tôt, mais Susan l'avait appelé, et il avait mis du temps à choisir ses bagages. En plus, il y avait eu des travaux sur la route… Bref, on aurait dit que le monde entier s'était ligué contre lui.

Était-ce un signe qu'il fallait renoncer ? Hélas ! il était trop tard maintenant.

— On va devoir bluffer pour s'en sortir, ajouta Carmen.

Cela n'était pas un problème pour lui. Même s'il ne jouait pas souvent au poker, il savait commet tromper son monde. Encore une chose que son père lui avait apprise…

Il mit la main dans la poche de sa veste et en sortit la bague qu'il avait achetée tout à l'heure. Puis il plongea son regard dans celui de Carmen, prit sa main gauche et glissa l'anneau à son doigt.

— Nous serons plus crédibles ainsi, tu ne crois pas ?

Comme elle ne répondait pas, il leva les yeux et la vit en train d'admirer le solitaire en platine serti d'un beau diamant. Il avait opté pour un bijou véritable, dans l'espoir de tromper les plus sceptiques… Il le rendrait à leur retour. Ce n'était pas un problème.

— Elle est magnifique, murmura Carmen.

— Toi aussi, répondit-il avec un clin d'œil. On y va ?

Il la poussa doucement vers l'intérieur du jet. S'ils ne s'installaient pas tout de suite, il risquait de l'attirer dans ses bras et de l'embrasser, ce qui n'était pas du tout une bonne idée. Ils n'avaient même pas encore quitté Anchorage que déjà il avait déjà du mal à ne pas fantasmer sur elle. Comme il l'avait fait lors de cette nuit de Noël…

Dès qu'ils montèrent à bord de l'avion, Lance et Priya se précipitèrent à leur rencontre.

— J'avais raison ! s'écria Lance dès qu'il aperçut la bague qui brillait au doigt de Carmen. Pas étonnant que tu ne m'aies pas dit ce que tu faisais ce week-end, Zac. Espèce de cachottier !

— Jusqu'à la dernière minute, je n'étais pas sûr de pouvoir partir. Mais tu as eu du flair, bravo ! dit Zac en rangeant son sac de voyage dans un compartiment, avant de s'installer. J'ai dû jongler avec mon emploi du temps, mais je n'aurais manqué ce rendez-vous pour rien au monde, n'est-ce pas, ma chérie ?

Elle frémit quand il posa sa main glacée sur la sienne mais elle réussit à plaquer un sourire sur ses lèvres avant de sussurer :

— Merci, mon doudou…

Elle lui caressa tendrement la joue avant d'ajouter à l'intention de Lance et Priya :

— Zac et moi cherchons à passer plus de temps ensemble en dehors du travail, et j'ai pensé que ce week-end était une occasion parfaite. Avec tout le stress du mariage…

— Attendez une minute, dit Priya, stupéfaite. Vous êtes en train de me dire que… vous êtes fiancés ? Comment diable as-tu pu garder ce secret aussi longtemps ? Je ne savais même pas que tu voyais quelqu'un depuis… Jeff, et encore moins Zac.

Zac était presque sûr que son sang ne circulait plus dans ses doigts tant Carmen les serrait fort. De plus, ce stupide diamant lui meurtrissait la peau, mais il s'était engagé et avait l'intention de faire de ce week-end un succès.

— Nous avons délibérément gardé notre liaison secrète, dit-il. Tu sais à quelle vitesse les ragots se répandent à l'hôpital, et ma Carmen tient à préserver sa vie privée. De plus, nous voulions nous assurer que les choses étaient solides entre nous avant de l'annoncer au monde entier.

Dubitatif, Lance fronça les sourcils.

— Mais tu ne m'en as jamais parlé non plus, et je suis ton meilleur ami ! En fait, je ne vous ai jamais vus ensemble, à part lors de cette folle soirée de Noël. Mais… vous êtes sortis ensemble, ce soir-là ? C'est ça, n'est-ce pas ?

Lance se pencha vers l'avant, son regard se posant tour à tour sur Zac et Carmen, et ajouta :

— Bien joué, mec ! Et tu es d'accord pour déménager en Californie si elle obtient ce boulot, c'est ça ? Je n'aurais jamais cru qu'un jour tu quitterais ton Alaska bien-aimée.

Zac sentit une chaleur inconfortable envahir tout son corps, mais il résista à l'envie de se lever de son siège. Lance avait raison sur toute la ligne, et l'idée de s'éloigner de l'État qui l'avait vu naître lui déchirait le cœur. Mais ce n'était qu'un jeu, se rappela-t-il, et il le jouerait jusqu'au bout, car c'était ce qu'il avait convenu dès le départ avec Carmen.

D'ailleurs, les mensonges étaient plus crédibles lorsqu'on y mêlait un soupçon de vérité. Cela aussi, il le savait grâce à son père.

Ce n'est pas la même chose. Je ne suis pas comme lui. Pas du tout.

Il jouait la comédie pour aider une amie, rien de plus. Mais… son père n'avait-il pas invoqué les mêmes raisons – et prétendu avoir menti pour protéger son fils et sa femme, et juré que cela ne s'était produit qu'une seule fois ?

Alors que de douloureux souvenirs se réveillaient, menaçant de le submerger s'il ne descendait pas aussitôt de cet avion pour courir se réfugier chez lui, une hôtesse de l'air vint s'assurer qu'ils étaient prêts à décoller et à commander leurs boissons. Le commandant de bord annonça qu'il effectuait les ultimes vérifications en attendant l'autorisation de la tour de contrôle.

Zac se concentra sur les consignes de sécurité qu'un steward était en train de réciter, et lorsque le premier agent de bord revint avec ses boissons, il s'était ressaisi. Le fait que Lance et Priya aient reçu l'ordre de faire pivoter leurs sièges, les soustrayant, Carmen et lui, à leur regard, acheva de le rassurer, du moins pour le moment.

Il laissa échapper un long soupir, heureux de cet instant de répit. Quand l'avion s'élança sur la piste, Carmen posa instinctivement la main sur son bras. Il se demandait si elle avait peur en avion. Ils n'en avaient pas vraiment discuté. Comme ils n'avaient pas vraiment discuté de beaucoup de choses, d'ailleurs…

Zac se tourna vers elle et dit à voix basse :

— Ça a marché, tu as vu ?

Lâchant enfin sa main, elle prit une gorgée de vin.

— Tu trouves ? On aurait dit que tu allais t'évanouir pendant que Lance te parlait !

— Je vais mieux, maintenant. Comme nous n'avions rien préparé, j'ai été un peu pris au dépourvu, c'est tout.

Menteur !

Il regarda Lance et Priya, devant eux. Leurs têtes se touchaient presque, et ils discutaient très probablement d'eux et de leurs fiançailles impromptues, songea-t-il.

En vérité, la perspective d'aller se jeter dans la gueule du loup le secouait plus qu'il ne voulait l'admettre. Si sa mère avait pardonné à son père, lui n'avait pas été capable de faire de même. Le cœur brisé, il avait quitté le domicile familial par égard pour elle. Il aimait sa mère plus que tout, et pour ne pas perturber davantage sa vie en se disputant constamment avec son père, il était parti.

Elle lui manquait tous les jours, cependant, et même s'il aimait à penser qu'il avait guéri de cette ancienne blessure, ce n'était peut-être pas aussi vrai qu'il le prétendait.

Dès que le voyant de sa ceinture de sécurité s'éteignit, il se libéra et se tourna vers Carmen.

— Où est ton dossier ? Je veux être prêt pour la prochaine fois…

Il se leva, sortit son propre dossier de son sac et lui tendit une feuille. Rédiger cette brève liste et la ranger dans un classeur lui avait paru ridicule, mais il ne voulait pas que Lance et Priya tombent dessus par hasard.

— Ce n'est pas grand-chose, mais c'est tout ce que je peux partager avec toi.

— Tout ce que tu peux partager ? répéta-t-elle en déchiffrant la liste, avant de lever de nouveau les yeux vers lui. Tu travailles pour la CIA ?

— Non. Il y a juste des choses personnelles que je ne dis pas aux gens.

— Je ne suis pas les *gens*, murmura-t-elle. Je suis censée être ta fiancée.

— « Censée », insista-t-il. Ce vol ne dure qu'une heure. C'est peut-être le bon moment pour me dire tout ce que je dois savoir sur ton compte.

Elle termina son verre, puis prit son propre classeur dans son cabas posé à ses pieds.

— Contrairement à toi, je n'ai pas de secrets. Tout ce qui me concerne est écrit là…

Il lut le papier, puis haussa un sourcil.

— Tu as même imaginé tout un scénario pour nos débuts ? Je t'ai couru après pendant des années, et tu as finalement eu pitié de moi ?

— C'est mieux que la vérité, non ? Même si Lance l'a déjà devinée, la fine mouche…

Il sourit, la tête appuyée contre son siège.

— Tu te souviens de cette nuit-là ? Tu portais une petite robe rouge décolletée dans le dos et aussi…

Elle lui frappa le bras.

— Arrête ! gronda-t-elle. Tu n'étais pas mal non plus, avec ton jean et ton T-shirt moulants ! Très sexy, sur la piste de danse.

— Tu me trouvais sexy ? C'est pourtant toi que tout le monde regardait ! Tu te souviens de notre slow ? Je ne peux plus entendre cette chanson sans penser à toi…, dit-il en fermant les yeux.

— C'était quoi, déjà ? Oh ! c'est vrai… *Havana* de Camila Cabello.

Il s'écarta légèrement d'elle, conscient de s'aventurer sur un terrain dangereux en flirtant, mais incapable de s'arrêter. Pas une seule nuit ne passait sans qu'il rêve d'elle à cette fête, sublime dans sa petite robe qu'il brûlait de lui arracher pour lui faire l'amour toute la nuit…

Malgré lui, il soupira :

— Tu étais très belle, ce soir-là…

En guise de réponse, elle posa sur lui ses beaux yeux brillants de plaisir.

À cet instant, le steward se pencha pour remplir à nouveau leurs verres, et le charme fut rompu.

Carmen reprit l'étude de son dossier.

— Mieux vaut se concentrer là-dessus tout de suite. Comme tu l'as dit, le vol ne dure qu'une heure.

Zac se redressa et reprit sa lecture. Son père avait quitté la famille quand Carmen n'était encore qu'une enfant. Elle avait été élevée par une mère célibataire et s'était occupée de sa jeune sœur. Ensuite, elle avait fait ses études d'infirmière. Pas étonnant qu'ils s'entendent si bien. Ils se ressemblaient beaucoup. Sauf que son père à lui n'avait pas bougé. C'est Zac qui avait dû partir.

— Alors, dis-moi ce qui ne figure pas dans cette liste, dit-il en se tournant vers elle.

Elle lui jeta un coup d'œil en biais et lâcha :

— Je te l'ai dit, tout est là.

— Non, il manque quelque chose.

— Ah oui ? quoi ?

Elle croisa les bras, attirant son attention sur ses seins, mais il détourna rapidement le regard. Pas assez vite, cependant.

— Pourquoi m'as-tu choisi pour ce week-end ? demanda-t-il, la gorge serrée.

D'autres souvenirs de cette nuit de fin d'année l'assaillirent de nouveau. Les courbes de ses hanches, si douces sous ses paumes, ses soupirs alanguis, le goût de ses seins sur sa langue…

Non, non. Garde ton sang-froid, bon sang !

Carmen était à l'opposé du genre de femmes avec qui il couchait normalement. D'habitude, il aimait les femmes qui aimaient faire la fête, et qui partaient sans se retourner après une ou deux nuits. Carmen, même si elle s'en défendait, faisait rimer « amour » avec « toujours ».

Savoir qu'elle n'était pas son genre aurait dû l'aider à garder ses distances ce week-end. Hélas ! ce n'était pas le cas.

— Je te l'ai dit, à la cafétéria. Tu es un ami, et je te fais confiance. Comme nous avons des atomes crochus, j'ai pensé que ça rendrait toute cette mascarade plus crédible. N'y vois rien de plus…

Elle consulta de nouveau sa liste.

— Tu es capricorne ? J'aurais plutôt dit lion, ou peut-être scorpion.

— Scorpion ? Pourquoi ?

— Parce que tu aimes manifestement tes petits secrets.

— Je n'aime pas les secrets. Mais je tiens à préserver mon intimité, répondit-il d'un ton ferme. Et, crois-moi, je sais de quoi…

— Querelle d'amoureux ? interrompit une voix féminine.

Priya et Lance s'étaient de nouveau tournés vers eux et, visiblement, ils étaient prêts pour une nouvelle série de questions.

Ce week-end s'annonçait très long et très éprouvant…

— Allez, dis-moi tout ! commença Lance. Comment vous êtes-vous rencontrés ? Ça dure depuis combien de temps et comment diable avez-vous réussi à garder le secret si longtemps ?

— Eh bien…

Carmen leva la main pour l'arrêter.

— Nous nous sommes rencontrés à la fête de l'hôpital et nous avons continué à nous voir après. Récemment, les choses sont devenues plus sérieuses, et nous nous sommes fiancés.

Priya était perplexe.

— Si vite ? demanda-t-elle. C'est bizarre, parce que le

mois dernier, tu m'as dit que tu n'avais pas l'intention de t'engager avec qui que ce soit. Que ta carrière et ta famille étaient trop importantes pour toi et te prenaient tout ton temps. Ça a changé ?

— Non, répondit Carmen, ou plutôt… oui. Je viens de changer de perspective, en fait. Parfois, il suffit de rencontrer la bonne personne et…

Priya n'avait pas l'air convaincue. Elle se tourna vers Zac.

— Hmm… C'est à propos du boulot ? Est-ce que cela a quelque chose à voir avec le poste à la clinique ?

Zac toussa pour couvrir sa gêne. Rien de tel que de voir sa ruse éventée avant même qu'elle ait fonctionné.

— Non, bien sûr que non !

— Ne sois pas ridicule, ajouta Carmen. Mes qualifications parlent d'elles-mêmes, tout comme les tiennes. Je n'ai pas besoin d'un homme pour trouver un boulot.

Elle leva le menton d'un air de défi, puis reprit :

— Ce week-end est l'occasion pour Zac et moi de passer du bon temps ensemble loin de l'hôpital. Pas vrai, mon doudou ?

Zac eut à peine eu le temps de hocher la tête qu'elle se penchait vers lui pour l'embrasser. Ses lèvres étaient si douces, si tendres sur les siennes qu'il en oublia son rôle de fiancé docile et, l'attrapant par le cou, approfondit ce baiser.

Un bip sonore qui retentit dans la cabine le ramena à la réalité, et il s'écarta d'elle à contrecœur.

— Les voyants des ceintures de sécurité viennent de s'allumer, dit-il à Lance et Priya. Vous feriez mieux de vous rattacher. Nous allons traverser une zone de turbulences…

Priya et Lance les fixèrent tous les deux d'un air soupçonneux avant de faire pivoter leurs sièges, leur laissant un peu d'intimité.

Zac se tourna vers Carmen.

— Ça va ? Parle-moi un peu plus de ce travail. Pourquoi maintenant ?

— Cela fait presque dix ans que je travaille à Anchorage Mercy, alors j'ai envie de changer, et comme une occasion se présente, j'ai décidé de la saisir.

— À cause de l'argent ? C'est un poste de chef d'équipe, n'est-ce pas ?

— Oui. J'ai beaucoup travaillé toute ma vie et je ne veux pas risquer de perdre ce que j'ai gagné. C'est pourquoi il est important d'éviter les… complications.

Zac hocha la tête, amusé. Il pensait qu'elle parlait de sexe. Mais pour lui, le sexe n'était pas compliqué. Seul l'engagement pouvait poser problème, il l'avait appris grâce à – ou plutôt, à cause de – son père.

Ils restèrent assis en silence pendant un moment, puis Carmen se tourna nouveau vers lui.

— Il n'y a rien sur ta famille ou ton passé, remarqua-t-elle.

— Parce que ce n'est pas important. Mais si tu tiens absolument à tout savoir, sache que mon père est dans les affaires et ma mère femme au foyer. Nous sommes fâchés. Je ne leur ai pas parlé depuis des années. Ma famille est la dernière chose qui me définit. Je suis un homme libre.

— Je vois, dit Carmen, mais tu vas devoir m'en dire davantage, au cas où on me poserait des questions plus précises. Je me suis mise à nu pour toi…

« Mise à nu ? »

Cette expression fit naître dans son esprit une foule d'images plus érotiques les unes que les autres. Elle s'était penchée vers lui, et il huma avec délices son parfum capiteux. Quelques centimètres de plus et il pourrait l'embrasser de nouveau, la goûter pour voir si elle était aussi délicieuse que…

Une secousse l'éloigna brusquement d'elle. L'avion venait d'entrer dans une zone de turbulences, les secouant durement.

— Veuillez vous assurer que vos ceintures de sécurité sont bouclées, dit l'hôtesse de l'air en passant.

Carmen s'adossa à son siège, repoussant les boucles de son visage rougi.

— Qu'est-ce qui ne va pas ?

Elle eut un sourire triste, les yeux tournés vers le hublot.

— Yuh cyah play mas if yuh fraid powder.

Zac fronça les sourcils en bouclant sa ceinture de sécurité.

— C'est un dicton trinidadien ?

— Oui. Ça veut dire qu'il ne faut pas se mêler de quelque chose si on ne peut pas faire face aux conséquences.

Touché !

Elle avait raison. L'alchimie qui les poussait l'un vers l'autre avait toujours été explosive, mais ils avaient pu y résister en s'évitant, en restant chacun sur son territoire. À Anchorage, cela était facile, mais maintenant qu'ils étaient coincés dans cet avion, quelque part au-dessus du Yukon gelé, sans échappatoire, il songea qu'il avait peut-être fait le mauvais choix en acceptant de se prêter avec elle à cette comédie qui devait durer tout un week-end.

Ravalant sa frustration, Carmen se tourna vers le hublot et évita le regard de Zac aussi longtemps qu'elle le put – jusqu'à ce que son cou lui fasse mal et que ses fesses soient engourdies d'être restées si longtemps au même endroit.

Ce week-end ne serait pas aussi tranquille qu'elle l'avait prévu… Dès qu'elle posait les yeux sur cet homme, elle sentait une douce chaleur envahir son corps et le souffle lui manquer. Comment faire semblant de former un couple avec lui, alors qu'elle brûlait de resserrer encore le lien puissant qui les unissait déjà malgré eux ?

Si l'avion ne les avait pas secoués, un peu plus tôt, elle l'aurait embrassé de nouveau, sans retenue. Elle le désirait, comprit-elle soudain, comme elle n'avait jamais désiré aucun homme.

Cela n'avait aucun sens ! Elle était une personne sensée, prudente, qui ne se laissait pas guider par ses pulsions. Elle était une soignante, quelqu'un sur qui on pouvait se reposer, et beaucoup de personnes dépendaient d'elle. Aussi séduisant soit-il, elle ne pouvait pas céder à l'élan qui la poussait vers Zac et abandonner son bon sens.

Elle avait passé sa vie à faire passer les autres avant elle, à attendre son heure. Cependant, elle n'était pas une solitaire dans l'âme. Elle aimait les rencontres, le contact, mais avec les hommes elle ne laissait jamais les choses aller trop loin, de crainte d'être abandonnée.

Avant Jeff, sa dernière relation sérieuse avait duré deux ans. Jusqu'à ce que Steve la quitte sous prétexte qu'ils avaient des projets trop divergents. Au fond d'elle cependant, Carmen craignait de connaître la vraie raison : elle ne méritait pas de connaître l'amour. Si elle avait été meilleure, plus intelligente, plus dévouée, moins indépendante, Steve serait peut-être resté. Son père aussi…

Elle soupira et regarda les nuages duveteux, au-dessous d'eux. Elle se sentait déchirée. Une partie d'elle-même voulait décrocher ce nouveau poste, prouver sa valeur, mais une autre partie s'en voulait d'avoir recours au mensonge pour y parvenir.

Hélas ! il était trop tard pour revenir en arrière, maintenant.

Il ne restait plus qu'à tenter de tirer le meilleur parti de cette situation pour le moins étrange et inconfortable.

Tout à coup, elle se tourna vers Zac et dit d'un ton résolu :

— Écoute, je sais que c'est difficile, mais… il s'agit juste de faire semblant. Nous sommes amis, et nous ne pouvons pas prendre le risque de gâcher notre amitié.

— D'accord, dit Zac sans la regarder.

— Nous devrons continuer de travailler ensemble, à l'hôpital, après ce week-end. Alors ne rendons pas les choses plus difficiles qu'elles ne le sont déjà, d'accord ?

— D'accord.

Elle prit une profonde inspiration et fixa le plafond de la cabine.

— Dans ce cas… faisons semblant.

Il referma son dossier et se tourna de nouveau vers elle.

— Alors, je recommence : parle-moi de ce poste, en Californie.

Elle le regarda, surprise.

— Tu veux vraiment en savoir plus… maintenant ?

— Non. Ce que je veux, c'est finir ce que nous avons commencé tout à l'heure, en nous embrassant. Mais comme je ne peux pas…

Elle se força à ignorer ce qu'il venait de dire et se concentra sur sa question, à laquelle elle répondit le plus sérieusement du monde.

— La personne qui sera choisie devra superviser une équipe de quatre sages-femmes, avec la possibilité d'agrandir l'effectif à mesure que le service prendra de l'ampleur. Et ils ont aussi prévu un important dispositif de formation.

Les épaules de Zac se détendirent un peu.

— C'est tout à fait dans tes cordes.

— Oui, j'ai l'intention de présenter pendant le colloque un projet visant à aider les sages-femmes à élaborer une méthode nouvelle de dépistage des troubles de l'humeur et de l'anxiété périnatale.

Elle n'avait parlé de son plan à personne d'autre qu'à sa sœur, mais il serait peut-être bon qu'elle s'exerce sur lui avant de le présenter à ses nouveaux patrons potentiels.

— J'aimerais aussi développer des stratégies d'aiguillage et d'intervention pour répondre aux situations les plus délicates, ainsi qu'un suivi pour assurer la continuité des soins.

— Waouh ! dit-il, impressionné, c'est super !

— Merci. Espérons que les recruteurs seront de ton avis.

Carmen consulta sa montre. Plus qu'une demi-heure avant l'atterrissage. Nerveuse, elle jeta un coup d'œil au compartiment à bagages, au-dessus de leurs têtes.

— Zac ?

— Oui ?

— Tu n'as apporté qu'un sac ?

— Oui, pourquoi ?

— As-tu pensé à prendre un smoking pour la soirée ?

Il leva brièvement la tête, puis répondit d'un air distrait.

— Oh ! oui ! J'ai fait envoyer le reste de mes affaires à l'hôtel. J'ai pensé que ce serait plus facile comme ça.

Elle n'y avait même pas pensé.

— Je ne savais pas que c'était possible.

— C'est très facile. Les hommes d'affaires font ça tout le temps, et ils ne sont pas les seuls. Le personnel de l'hôtel s'assure que les bagages arrivent dans la bonne chambre après l'accueil des invités.

Il jeta un coup d'œil vers elle, comme s'il s'était rendu compte qu'il en avait trop dit, puis détourna rapidement le regard.

— De toute façon, c'est juste un week-end, tout se passera bien.

— Oui, tu as raison, c'est juste un week-end, répéta-t-il. Et moi, je suis Julia Roberts !

— Comment ?

Il sourit.

— Julia Roberts. Dans Pretty Woman ? Sauf que cette fois, les rôles sont inversés et que c'est toi qui es là pour exaucer le moindre de mes désirs. Alors donne-moi ta carte de crédit pour que je puisse aller faire du shopping…

Elle éclata de rire. Zac était plein de surprises, et il ne manquait décidément pas de fantaisie. Mais il n'était pas pour elle. Point final.

Comme il fermait les yeux, sans doute pour profiter de ces derniers instants de calme avant l'atterrissage, elle l'imita et se renfonça dans son siège.

4.

Une demi-heure plus tard, Zac était assis à côté de Carmen dans la limousine qu'ils partageaient avec Priya et Lance. Comme ils atteignaient une crête, l'Étoile Arctique se dressa soudain devant eux. Même après toutes ces années, c'était toujours un spectacle impressionnant, reconnut-il.

Il lutta contre une montée d'adrénaline en pénétrant dans l'imposant hall tout de bois et de verre du chalet principal, et s'efforça de se concentrer sur les lumières qui brillaient aux fenêtres des pavillons privés, plus loin, dans la prairie.

C'était là qu'il avait grandi.

Des souvenirs des jours heureux lui revinrent soudain en mémoire : les délicieuses odeurs des bons petits plats que préparait sa mère, les soirées de jeux et de rires, les moments de réconfort et de paix… Mais il les chassa bien vite. Cette époque était révolue, et il valait mieux l'oublier.

— Ah ! tu es là ! lança Carmen en le prenant par le bras. C'est magnifique, n'est-ce pas ?

Il acquiesça d'un signe de tête, les yeux rivés sur ses lèvres. Oui, c'était magnifique, mais pas autant qu'elle.

— Oh !

Priya s'était approchée d'une table ronde en marbre, au centre de l'atrium. Un énorme vase en cristal taillé, débordant de lys blancs et de roses, y était posé. Elle se pencha pour humer une fleur, puis admira le vase.

— C'est du cristal de Baccarat. Ça vaut des milliers de dollars.

Elle avait raison. Le père de Zac n'avait pas lésiné sur les moyens pour décorer ses hôtels.

— Souris, s'il te plaît, lui glissa Carmen à l'oreille. Nous sommes censés être heureux et amoureux, rappelle-toi.

— Oui. Viens, allons nous enregistrer, répondit-il en l'entraînant vers le guichet, bientôt suivi par Lance et Priya.

— Mademoiselle Sanchez ? dit une jeune femme souriante en les voyant s'approcher. Je m'appelle Willow. Bienvenue à l'Étoile Arctique.

Elle se tourna vers Priya.

— Et vous devez être mademoiselle Shaw…

Elle leur serra la main, puis leur tendit des sacs cadeaux portant le logo de la clinique californienne.

— Nous sommes heureux de vous recevoir. Suivez-moi, s'il vous plaît. J'ai déjà pris la liberté de réserver vos suites, et le garçon d'étage est en train d'y livrer vos bagages en ce moment même. Je vais vous montrer vos chambres. N'hésitez pas à me faire savoir si vous avez besoin de quoi que ce soit pendant votre séjour. Mademoiselle Sanchez, vous et votre invité occuperez la suite Yupik. Et vous, mademoiselle Shaw, serez dans la suite Aléoutes.

Ils montèrent un grand escalier jusqu'au deuxième étage. Zac se rappelait que les ailes de l'hôtel formaient un immense carré de cinq étages entourant un jardin rempli de fleurs au printemps. Il adorait jouer là-bas quand il était enfant. Il y avait aussi une réserve où les jardiniers du domaine recueillaient les animaux sauvages blessés.

Le groupe s'arrêta pour attendre les ascenseurs qui menaient à leurs chambres. Il n'y avait que quatre suites au dernier étage, toutes nommées d'après les tribus indigènes d'Alaska.

Quelques minutes plus tard, ils poussaient la porte de leur suite.

— Merci, Willow, dit Carmen.

— Tout le plaisir est pour moi, répondit la jeune femme en lui remettant une carte magnétique. Appelez-moi si vous avez besoin de quoi que ce soit pendant votre séjour. Vous pouvez me joindre par la réception de 8 heures à 20 heures.

Votre concierge du soir sera Dustin, et vous pouvez aussi le joindre par la réception. Bon séjour à l'Étoile Arctique…

Sur ce, elle se tourna vers Priya et Lance pour les conduire dans la direction opposée.

— On se parle plus tard ! dit Lance en s'éloignant.

C'était précisément ce que Zac redoutait.

Il suivit Carmen à l'intérieur et constata que les propriétaires de la clinique californienne avaient pris soin de faire apporter une bouteille de champagne et des fraises, joliment présentées sur la table du salon.

Le design de la suite était tout aussi spectaculaire que le reste de l'hôtel. Hauts plafonds, grandes fenêtres surplombant le paysage, mobilier à la fois chic·et confortable, l'endroit comprenait un grand salon, une salle à manger avec une table de huit places et une kitchenette parfaitement équipée.

Un bref couloir menait à la chambre équipée d'un lit king size, d'un coin salon avec une causeuse, une chaise et une table près des fenêtres, d'un dressing et un balcon privé. La salle de bains était aussi grande que la chambre à coucher, avec un jacuzzi, un pan entier de mur couvert de miroirs et une spacieuse douche en verre.

S'il cet établissement n'avait pas appartenu à son père, Zac aurait pu y rester indéfiniment. Pourtant, il avait hâte de regagner son petit appartement d'Anchorage. Son salaire d'infirmier n'était pas énorme, mais il lui permettait de payer ses factures et même de s'offrir quelques folies. Il avait renoncé à son héritage en rompant tous ses liens avec sa famille, et cela ne lui manquait pas. Pas trop, en tout cas.

Ils trouvèrent leurs bagages soigneusement posés sur des étagères. Les vêtements qu'il avait fait livrer plus tôt – son smoking et d'autres chemises et costumes – avaient été suspendus dans le grand placard de l'entrée.

L'argent n'achetait pas le bonheur, mais il rendait la vie un peu plus facile, parfois.

— Tu es bien silencieux, dit Carmen en caressant du doigt les draps de coton égyptien du lit. Tu regrettes d'être venu ?

— Non, répondit-il en ouvrant son sac, je suis fatigué, c'est tout.

— Hmm…

Carmen retira ses bottes, puis sa parka.

— Le verre de bienvenue est à 19 heures, ce qui nous laisse trois heures à tuer.

— Parfait. J'ai besoin de temps pour me détendre avant de retrouver Lance et Priya.

Il s'approcha d'elle.

— Tout va bien ? Tu as l'air… nerveuse.

Carmen s'assit sur le lit et hocha la tête.

— Oui, c'est juste que… j'ai un peu mal au ventre, c'est tout.

Il toucha son front.

— Tu ne vas pas tomber malade, n'est-ce pas ? J'ai fait envoyer ma trousse de travail avec mes affaires. Donne-moi une minute, je vais chercher un thermomètre…

— Non, tout va bien, juste un peu de stress. C'est idiot, non ? Après tout, c'était mon idée, mais c'est beaucoup moins évident que je ne le pensais, et…

— Non. Ce n'est pas idiot du tout.

Il lui saisit doucement le poignet.

— Respire, respire… Pas de pression. Imagine-toi qu'on s'attarde avec les collègues après le boulot. On est peut-être au Snaggle Tooth, en train de boire un verre après une soirée de garde. On parle, on rit, on se détend… Wendy fait un horrible karaoké avec Tom. Jake et Molly ont amené les jumeaux. C'est cool…

Elle hocha la tête et riva son regard au sien.

— Bien. Tu vas être géniale ce week-end. Tu es intelligente, drôle et la meilleure sage-femme que j'aie jamais rencontrée.

Carmen sentit son pouls ralentir enfin.

— Maintenant, va prendre un bon bain chaud pour te détendre. Nous reparlerons de tout ça plus tard.

Allongée dans la baignoire avec des bulles jusqu'au cou, Carmen s'efforça de chasser le trouble que Zac avait une fois de plus fait naître elle, et échoua lamentablement.

Pourtant, il ne servait à rien de fantasmer sur lui, et de se remémorer sans cesse la nuit qu'ils avaient passée ensemble. Car cela ne se répéterait pas ici. Ce n'était pas sans raison qu'elle avait établi des règles ; il était grand temps qu'elle s'y tienne. Pour son propre bien, et sa protection.

Elle aimait que sa vie soit bien réglée, planifiée, organisée. Lorsqu'elle vivait encore à Trinité, elle établissait des budgets et des plannings pour gérer au mieux la maison et s'assurer qu'ils avaient assez d'argent pour finir le mois. Lorsqu'elle était à l'école d'infirmières, ses talents d'organisatrice lui avaient aussi été utiles pour concilier vie professionnelle et obligations familiales.

Malheureusement, ces compétences ne lui servaient à rien, dans la situation actuelle. Elle avait bien essayé de régenter sa relation avec Steve, qui lui avait reproché d'écouter sa tête au lieu de faire confiance à son cœur.

La seule fois qu'elle avait cédé à son instinct, c'était cette fameuse nuit, après la fête, et elle s'en était mordu les doigts. En fin de compte, peut-être aurait-elle dû être franche avec les propriétaires de la clinique de Californie et leur dire la vérité, au lieu de leur mentir.

Désemparée, elle se pencha pour appuyer sur le petit bouton qui actionnait les jets, puis ferma les yeux pour faire le vide dans son esprit. L'eau lui dispensa ses bienfaits, soulageant les nœuds dans les muscles de son dos et de ses omoplates, et elle ne tarda pas à sombrer dans un demi-sommeil.

Elle imagina Zac dans la chambre à coucher, si près d'elle qu'elle pouvait voir les petites taches d'or dans ses yeux, l'ombre de la barbe sur sa mâchoire, et sentir son souffle quand il se penchait vers elle…

Puis elle se rappela la chaleur de sa peau sous ses doigts, la dureté de ses muscles pressés contre sa poitrine, ses gémissements profonds alors qu'il avait atteint le plaisir ultime…

Bzz, bzz, bzz, bzz…

Le son de son portable qui vibrait sur le bord de la baignoire la ramena à la réalité. Se rappelant soudain qu'elle avait réglé son alarme, elle éteignit les jets, enfila un peignoir et traversa la chambre en direction du dressing.

Assis au bord du lit, Zac se passa la main dans les cheveux. Pourquoi était-il si impatient qu'elle sorte de la salle de bains ? Ce n'était pas une escapade romantique. Ils étaient là pour travailler, elle en vue de décrocher le poste de ses rêves et lui pour jouer le rôle de son fiancé.

Pourtant, quand il la vit dans ce peignoir, il fut pris d'un désir soudain de le lui arracher pour l'entraîner vers le grand lit et caresser ses seins, avant de descendre jusqu'à son joli nombril et…

Non ! C'était ridicule. Il se comportait comme un adolescent.

Frustré, il se leva et saisit le prospectus de l'hôtel sur la table de nuit. Il y avait plein de choses à faire pour s'occuper, et son père avait apporté beaucoup d'améliorations au cours des douze années qui s'étaient écoulées depuis que Zac était parti. Et s'il ne voulait pas sortir, il pouvait regarder la télé, commander un massage, consulter ses e-mails et surfer sur Internet…

Mais rien de tout cela ne l'intéressait. Il se sentait trop agité pour rester enfermé ici, surtout avec Carmen qui s'habillait dans le dressing. De plus, il n'était pas du genre à s'asseoir et attendre. Il aimait faire des choses, être actif.

Il se leva d'un bond, puis enfila chaussettes et chaussures avant de sortir de la chambre. Espérant brûler un peu d'énergie, il emprunta la cage d'escalier et, une fois au rez-de-chaussée, se dirigea vers la réception.

Le hall d'entrée était plus occupé que jamais, rempli d'invités au colloque. Tant mieux, parce qu'il ne voulait pas risquer d'être reconnu, songea-t-il en scrutant la foule à la recherche de visages familiers. Heureusement, il n'en trouva aucun.

D'ordinaire, son père était présent lors de toutes les grandes manifestations organisées à l'hôtel, mais cela avait peut être changé. Il avait probablement plus important à faire dans ses autres établissements.

— Comment est votre chambre, monsieur ? demanda Willow comme il s'approchait du guichet. Que puis-je faire pour vous aider ?

— Tout va très bien. Merci.

Il jeta un coup d'œil autour de lui, puis baissa la voix.

— L'autre concierge dont vous avez parlé tout à l'heure, celui qui travaille la nuit, Dustin. Son nom de famille n'est pas Lewis, par hasard ?

Elle a souri.

— C'est le cas. Vous le connaissez ?

— Possible…

Zac laissa échapper un soupir. Dustin Lewis avait trente ans de plus que lui, mais il avait été un bon ami pendant son adolescence et, en cet instant, il lui apparaissait comme la seule personne en qui il pouvait avoir confiance.

— Vous avez dit qu'il est de garde à 20 heures ?

— Oui, monsieur. Mais d'habitude, il arrive un peu plus tôt. Il aime bien discuter avec les autres membres du personnel avant son service. Voulez-vous que je l'appelle ?

— Non, merci, répondit Zac, mais si vous me dites où il pourrait être, je peux le trouver moi-même.

— Près de la piscine, peut-être. Il aime bien s'asseoir là et regarder le coucher du soleil. C'est au bout du couloir, sur la droite…

— Merci encore.

Il quitta le chaos du hall d'entrée, passa la porte vitrée indiquée par Willow et entra dans l'atrium en verre qui abritait le bassin olympique. En sentant l'odeur du chlore, il se rappela que c'est dans cette piscine qu'il avait appris à nager, avec ses parents. Son père lui avait montré comment plonger. Il se souvenait encore de la joie sur le visage de ce dernier quand il avait terminé son premier cinquante mètres en moins de cinq minutes. C'était une époque merveilleuse… Jusqu'à ce que tout tourne mal.

Zac trouva Dustin sur un des transats entourant la piscine déserte à cette heure, en train de regarder le ciel, au loin. Il n'était n'était même pas encore 17 heures, mais en mars la nuit tombait très tôt dans le Grand Nord.

Soucieux de ne pas l'effrayer, il s'arrêta à quelques pas de lui et s'éclaircit la voix.

— Ça fait longtemps, Dustin…

Dustin se retourna lentement, et son sourire s'élargit.

— Zachary Taylor ! s'exclama-t-il aussitôt. Quelle surprise ! Approche, mon garçon. Que viens-tu faire ici ?

Zac embrassa son ami, puis s'assit sur le bord d'un transat, face à lui.

— Je vis à Anchorage maintenant. Je travaille comme infirmier urgentiste dans un hôpital.

— Infirmier ? J'ai toujours su que tu étais intelligent, et que tu ferais quelque chose de bien dans la vie.

Dustin hocha la tête, puis son sourire s'estompa à mesure que son expression redevenait sérieuse.

— Ton père sait que tu es ici ?

— Non.

Zac pencha la tête et se frotta la nuque.

— Et je préférerais qu'il ne l'apprenne pas. S'il te plaît, ne lui dis pas que tu m'as vu, d'accord ?

— Tu peux compter sur moi. En plus, tes parents ne vivent plus ici. Ils ont emménagé dans ce nouvel endroit qu'il a acheté à Chicago il y a environ un an, dans la suite du *penthouse*, d'après ce que j'ai compris, expliqua Dustin. Mais parle-moi de toi. Es-tu marié ? As-tu des enfants ?

— Ni l'un ni l'autre, répondit Zac d'un air distrait, soulagé de savoir qu'il pourrait passer le week-end sans croiser ses parents.

Dustin hocha légèrement la tête.

— Hmm… Dommage… pour les enfants, je veux dire. J'ai toujours pensé que tu ferais un bon père.

— Vu le modèle que j'ai eu, j'en doute ! répliqua Zac en haussant les épaules.

Il regarda le ciel qui s'assombrissait, strié d'or, de pourpre et d'indigo.

— Et toi, que deviens-tu ? Comment va Martha ?

Une ombre de tristesse passa sur le visage de Dustin.

— Ma Martha est décédée l'année dernière, d'une rupture d'anévrisme. Ça a été un choc…

— Je suis vraiment désolé, murmura Zac en se penchant pour poser sa main sur l'épaule de Dustin. Je l'ignorais.

— Comment aurais-tu pu être au courant ? Tu n'étais

pas là. Mais les enfants et les petits-enfants vont bien. En janvier, une petite-fille, Zoey, est venue agrandir la famille.

— Félicitations ! dit Zac comme son ami lui montrait des photos sur son téléphone, elle est magnifique ! Elle a tes yeux.

— Oui. Et mes poumons, aussi. Elle pleure parfois si fort qu'on l'entend jusqu'en Sibérie.

Zac sourit.

— Joli ! Dustin, tu m'as manqué, tu sais… Autrefois, on se voyait tous les jours.

— Tu devrais peut-être revenir plus souvent, alors.

Dustin remit son téléphone dans sa poche. C'est alors que Zac remarqua la gaze blanche enroulée autour de son poignet.

— Tu es blessé ? demanda-t-il.

— Comment ?

Dustin fronça les sourcils, puis regarda le pansement.

— Oh ! ça ! Ce n'est rien du tout. Je me suis coupé en préparant le dîner l'autre jour. Rien de grave.

À voir la tache de sang séché sur la gaze, Zac avait plutôt l'impression qu'il s'agissait d'une plaie profonde.

— Et comment va ton diabète ? demanda-t-il.

Dustin balaya sa question d'un revers de la main.

— Très bien, très bien… Tu te prends pour mon médecin maintenant, mon garçon ?

— Non.

Zac avait saisi l'irritation dans la voix de son ami et décida de laisser tomber – mais pas avant d'avoir ajouté une dernière chose…

— Mais je suis un soignant qualifié. Je m'inquiète pour toi, c'est tout. Si tu veux que je jette un coup d'œil à cette coupure, dis-le moi. Les plaies guérissent plus lentement à cause du diabète, tu sais ?

— Oui. Je te remercie, mais je suis parfaitement capable de prendre soin de moi. Je le fais depuis assez longtemps, maintenant.

Zac s'adossa à son transat pour regarder le soleil se coucher et les premières étoiles apparaître dans le ciel.

— Alors, mes parents ne sont pas du tout là ce week-end ? demanda Zac une nouvelle fois, pour se rassurer.

— Je n'ai pas dit ça. Seulement, ils ne vivent plus ici en permanence.

Dustin s'allongea de nouveau dans sa chaise longue et jeta un coup d'œil à Zac.

— Tu sais comment est ton père, il n'aime rien laisser au hasard. Avec le grand colloque qui doit avoir lieu ici ce week-end, je ne serais pas du tout surpris qu'il vienne voir comment ça se passe. Mais dis-moi… si tu n'es pas venu pour le voir et te réconcilier avec lui, que fais-tu ici ? Tu manques terriblement à ta mère, tu sais. Elle n'en parle jamais, mais je le sais…

Sa mère lui manquait aussi, songea Zac, attendri. Mais il se ressaisit bien vite et répondit :

— Je… J'aide une amie.

— Hmm… Tu as toujours pensé aux autres. Si tu veux éviter ton père, je te conseille de rester vigilant. Je ne connais pas son emploi du temps, mais il aime bien se cacher parmi les invités.

Espérons qu'avec tous les autres participants au colloque, lui et Carmen pourraient se cacher, eux aussi, songea Zac.

— Comment va ma mère ? demanda-t-il.

— Très bien. Ils vont bien tous les deux, pour autant que je sache. Il n'y a pas beaucoup de changements par ici, Zac, tu le sais, répondit Dustin en désignant la fenêtre. Mêmes montagnes, même neige, même paysage majestueux. C'est ce que j'aime dans cet endroit. C'est réconfortant de penser que tous les lieux restent immuables, quoi que nous fassions. Ça m'aide à combattre la solitude.

— Je comprends, murmura Zac, songeur.

— Penses-tu encore à ce qui s'est passé autrefois avec ton père ? Je comprends qu'il t'ait déçu en ayant une liaison avec cette autre femme. C'est ton père, et tu l'idolâtrais. Il a commis des erreurs, comme nous tous, Zac. C'est humain. Peut-être que tu devrais…

— Je vais te laisser, le coupa Zac en bondissant de son transat. Il faut que je me prépare pour la réception de ce soir.

— Je t'accompagne, dit Dustin en se levant à son tour.

À l'époque, son ami le dominait d'une tête, remarqua Zac. Maintenant, ils étaient de la même taille, car Dustin s'était voûté en vieillissant.

— Mon service commence bientôt, dit-il.

Zac le suivit hors de l'atrium.

— Si tu changes d'avis à propos de cette coupure, mon amie et moi sommes dans la suite Yupik. Viens quand tu veux, je te referai ton pansement.

— D'accord. Quant à toi, si tu tombes sur ton père, essaye de te montrer compréhensif. La vie est trop courte pour entretenir de vieilles rancœurs. C'est ma Martha qui me l'a appris.

— Certaines blessures sont trop profondes pour guérir, dit Zac, s'arrêtant à la porte qui donnait sur la cage d'escalier.

— Oui, mais personne n'est parfait. Pas même toi, mon garçon, alors essaye d'éviter les ennuis tant que tu es là, conclut Dustin avant de tourner les talons et de se diriger vers la réception.

La vérité, c'est que ses ennuis avaient déjà commencé, à la minute même où il avait accepté de faire ce voyage avec Carmen. Avec le recul, il songea qu'il aurait été plus sage de refuser mais hélas ! il ne pouvait pas revenir en arrière, maintenant.

Tout ce qu'il pouvait espérer, c'était en finir au plus vite avec ce maudit week-end.

5.

Durant le dîner de bienvenue, Ellen Landon, soixante ans, propriétaire de la clinique de Big Sur, était assise entre Carmen et Priya.

Carmen n'avait vu que des photos d'elle sur Internet, et elle admirait sa prestance. Bien que proche de l'âge de la retraite, Ellen Landon ne montrait aucun signe de fatigue. Aussi active et dynamique que beaucoup de gens plus jeunes qu'elle, elle ne semblait pas près de vendre son établissement.

En face d'Ellen, à la table ronde recouverte d'une nappe blanche, entre Zac et Lance, se trouvait son épouse, une gynécologue et obstétricienne nommée Elizabeth Nguyen. Leur clinique, très novatrice, était considérée comme l'une des meilleures de l'État de Californie, et on y formait d'excellentes sages-femmes.

Travailler avec ces deux pionnières serait un honneur, sans compter le tutorat d'Ellen et de son équipe qui, à lui seul, était très convoité. Bien sûr, l'augmentation de salaire et la promotion au poste de chef d'équipe seraient aussi bienvenues…

— Je suis si heureuse que vous soyez ici toutes les deux, dit Ellen en souriant tour à tour à Carmen et Priya, et c'est un plaisir de rencontrer vos proches, aussi. Depuis combien de temps vous et votre fiancé sortez-vous ensemble, Carmen ?

— Pas longtemps, madame Landon, répondit Carmen, évitant le regard de Priya, pareil à celui d'un faucon. Nous sortons ensemble depuis quelques mois.

— Oui, c'est arrivé si vite, remarqua Priya. Vous nous avez pris par surprise.

— Et comment ! dit Lance de l'autre côté de la table. Si j'avais su que votre histoire avait commencé le soir de la fête de Noël, j'en aurais parlé aux collègues et…

— C'est exactement pour cela qu'on ne te l'a pas dit ! lança Zac d'un ton léger.

— C'est merveilleux. J'adore les histoires secrètes ! Et s'il vous plaît, appelez-moi Ellen, lança leur hôtesse, apparemment inconsciente de la tension qui régnait autour de la table. Félicitations pour vos fiançailles, Carmen. C'est une période tellement excitante ! Je me souviens quand Liz et moi avons planifié notre mariage. Nous avions tant de choses à faire… et si peu de temps. Et vous, Priya, depuis combien de temps êtes-vous avec Lance ?

— Presque un an, répondit Priya sans quitter Carmen des yeux. Nous prenons le temps de nous connaître, sans nous précipiter. Je préfère planifier, pour ne rien rater d'important. Ça doit être difficile pour toi, Carmen, des fiançailles aussi précipitées ! J'ai toujours pensé qu'on se ressemblait, toi et moi, pour ce qui était de l'organisation. Je veux dire, il y a telllement de choses à faire, tant de détails à régler…

Carmen plaqua sur ses lèvres son plus beau sourire pour tenter de dissimuler le malaise qui l'avait envahie.

— Oui, tu as raison. J'aime tout planifier. Mais l'amour ne prévient pas…

— Hmm…, dit Priya d'un air légèrement soupçonneux. Quelle date avez-vous fixée pour le mariage ?

— Oh ! rien n'est encore arrêté ! Nous profitons du moment présent.

— Bien sûr…

Priya n'avait pas du tout l'air convaincue. Elle jeta un coup d'œil rapide à Lance, puis regarda de nouveau Carmen.

— Et pour la robe ? Les fleurs ? Le lieu ? Vous devriez commencer à planifier tout cela avant même de fixer une date. Quelle est la couleur préférée de Zac ?

Carmen se souvint de la fiche que Zac lui avait préparée et répondit sans hésitation :

— Le bleu.

— Sa nourriture préférée ?

— Tout ce qui est mexicain.

— Son film préféré ?

— Piège de cristal.

Carmen était stupéfaite. C'était pire que les quizz du jeu télévisé préféré de sa mère ! Elle chassa avec peine la boule qui s'était formée dans sa gorge. Sous la table, Zac lui prit la main et la serra.

— Qu'est-ce que le film préféré de Zac a à voir avec notre mariage ? demanda-t-elle.

— Rien, répondit Priya avec un sourire sournois. Je demandais, juste…

— Comment trouvez-vous vos suites ? voulut savoir Ellen.

— La nôtre est magnifique, répondit Carmen, soulagée par cette diversion. Toute cette station est incroyable, n'est-ce pas, doudou ?

— Oui, magnifique, dit Zac sans la quitter des yeux, et très agréable.

Carmen sentit une vague de chaleur parcourir tout son corps mais cette fois-ci cela n'était pas dû à la gêne, mais à l'homme qui se tenait près d'elle. Ce qui était mauvais signe. Très mauvais signe, même.

Elle était là pour impressionner Ellen Landon, pas pour flirter avec Zac.

— Monsieur Taylor ? dit Ellen, êtes-vous formé au secourisme ?

— Oui, madame, je suis le meilleur infirmier urgentiste d'Anchorage ! plaisanta-t-il avant de prendre une gorgée de scotch. Et appelez-moi Zac, je vous en prie.

— Très bien, Zac.

Ellen hocha la tête.

— Vous devriez échanger des anecdotes avec ma femme. Elle me raconte toujours des histoires affreuses au sujet de ses gardes aux urgences.

— Avec plaisir, dit Zac en se tournant vers Liz. Vous travaillez dans un grand établissement ?

Reconnaissante que les projecteurs soient désormais braqués sur quelqu'un d'autre, Carmen prit une grande inspiration et lissa du plat de la main sa petite robe noire. Mis à part les fines bretelles qui laissaient voir ses épaules, elle était plutôt sobre, mais les regards appuyés que lui jetait Zac lui donnaient l'impression qu'il pouvait voir au travers.

Heureusement, un serveur offrit une diversion bienvenue en apportant le premier plat de leur repas gastronomique – carpaccio de courgettes aux crevettes grillées –, lui épargnant une autre série de questions de la part de Priya.

Pendant qu'ils mangeaient, Ellen entra dans le vif du sujet :

— Vos deux curriculum vitae sont très intéressants, mais ce sont les présentations que chacune d'entre vous a soumises sur l'orientation que vous aimeriez donner à la clinique pour l'avenir qui m'ont le plus intriguée.

Elle prit une bouchée de carpaccio avant de continuer :

— C'est grâce à cela que chacune d'entre vous a été retenue. Cependant, il n'y a qu'un seul poste disponible, car notre budget ne nous en permet pas davantage pour l'instant. J'aimerais donc que vous parliez plus en détail de vos plans pour le programme de formation. Priya, voulez-vous commencer ?

— Je concentrerais pour ma part mes efforts sur la prévention du diabète gestationnel et des troubles hyperactifs grâce au dépistage et à la prise en charge en début de grossesse, expliqua Priya. D'après mon expérience, la pathogenèse est multifactorielle et comprend notamment des éléments liés au mode de vie comme la nutrition, la gestion du stress ou encore l'activité physique…

Pendant que sa collègue exposait ses idées pour la nouvelle clinique californienne, Carmen grignotait son carpaccio. Elle avait à peine pris quelques bouchées qu'elle sentit la cuisse de Zac contre la sienne. Soudain, un délicieux frisson l'envahit, et elle se revit dans sa suite, après son bain, vêtue de son seul peignoir alors tandis qu'il était torse nu…

— Et vous, Carmen ? demanda Ellen, pouvez-vous nous parler de votre programme de formation, s'il vous plaît ?

Concentre-toi.

— Bien sûr !

Elle dut fournir un effort surhumain pour chasser de son esprit les images troublantes qui l'avaient envahie et aborder des sujets sérieux. Il était temps d'éblouir son hôtesse avec ses idées brillantes et novatrices, et elle n'avait pas le droit à l'erreur, se rappela-t-elle.

— Mon principal objectif serait de donner aux sages-femmes les moyens d'améliorer le dépistage des troubles de l'humeur et de l'anxiété périnatale. J'aimerais développer les interventions brèves et les stratégies d'orientation en réponse aux situations émergentes et mettre au point un suivi pour assurer au mieux la continuité des soins.

— Ces deux idées sont excellentes, dit Ellen. Je cherche quelqu'un qui soit capable de concevoir et de mettre en œuvre les nouveaux cours de formation pour sages-femmes que vous évoquez, Carmen, et aussi pour développer un programme novateur de prévention visant à réduire l'incidence et la gravité des pathologies dont vous parlez, Priya.

— Je connais bien ces pathologies, dit Carmen avec assurance.

Elle s'était exprimée d'un ton très professionnel, qui, heureusement, ne reflétait pas les émotions qui l'agitaient en cet instant. Cela ne la gênait pas du tout d'aborder le sujet de prédilection de Priya. Après tout, même si cette dernière était une amie, elles étaient en compétition pour ce poste, et elle voulait montrer à Ellen qu'en l'engageant elle aurait une collaboratrice compétente dans les deux domaines.

— Les articles que j'ai lus suggèrent d'inclure des dépistages standardisés et des programmes de prévention fondés sur le niveau de risque des patientes, avant de traiter des aspects logistiques et éducationnels liés au mode de vie. Grâce à mes propres recherches, j'ai identifié au moins trois stratégies de prévention élaborées à partir de données probantes pour réduire le risque de diabète gestationnel et de troubles hypertensifs chez les patientes. Je serais ravie de pouvoir vous présenter un plan détaillé et complet lors de mon entretien final.

Pour ne pas se laisser distancer, Priya se lança dans un discours sur la prise en charge du prolapsus des organes pelviens tout au long de la vie des patientes. Au moment où elle cessa de parler, leur plat principal – du bœuf braisé aux oignons glacés et confit de raisins – était servi.

Zac était charmant, comme d'habitude, et même si le reste du week-end devait être un enfer, Carmen savait qu'au moins il aurait parfaitement joué son rôle de fiancé énamouré. De temps en temps, cependant, elle le surprenait en train de scruter la foule, comme s'il cherchait quelqu'un. Ce qui était étrange, puisqu'aucun d'eux n'était jamais venu dans cet hôtel de luxe.

Puis elle se rappela que Lance avait mentionné que Zac ne voyait personne en ce moment. Est-ce qu'il cherchait quelqu'un ici ? Il était beau, intelligent et drôle, et la femme qui saurait le séduire aurait bien de la chance de…

Non.

Penser à cela ne la mènerait nulle part et ne ferait que la déprimer. Ce qui était idiot, parce qu'elle et Zac n'étaient pas vraiment en couple. Elle n'avait pas le droit d'être jalouse, même s'il était censé faire semblant d'être *son* fiancé pendant le week-end.

Alors pourquoi cela me dérange-t-il autant qu'il regarde les autres femmes ?

Peut-être parce qu'au fond d'elle, elle aurait bien voulu rencontrer un homme qui la regarde, *elle*…

Enfin, on servit le dessert – un gâteau aux noisettes et au chocolat meringué –, et un petit orchestre commença à jouer. Plusieurs couples des tables environnantes se dirigèrent vers la piste de danse, et Zac lui tendit la main.

— Carmen, m'accorderais-tu cette danse ?

Elle s'excusa et se laissa guider par Zac, qui la prit dans ses bras et commença à évoluer parmi les autres couples qui ondulaient en rythme. Tout cela semblait un peu surréaliste – dans son smoking chic, on l'aurait cru tout droit sorti de la couverture d'un magazine.

Quand il la serra davantage contre lui, elle huma son odeur de savon, de bois de santal et d'un soupçon de vanille. Délicieux… Son premier instinct fut d'enfouir le visage dans son cou et d'inhaler profondément. Puis, se rappelant soudain où ils étaient, elle resta à une distance respectable.

— Le dîner s'est plutôt bien passé, je crois, dit-il contre sa tempe.

— Oui. Heureusement que nous avions préparé des fiches.

— C'est vrai… Même si les miennes étaient plutôt succintes.

Elle frissonna en sentant ses jambes contre les siennes.

— D'ailleurs, j'ai mémorisé plein d'infos, au cas où, ajouta-t-il.

Elle rit.

— Ah oui ? C'est quand, mon anniversaire ?

— Le 12 août.

— Ma chanson préférée ?

Il tendit l'oreille et sourit.

— Celle qui passe en ce moment, *The Way You Look Tonight*, mais tu préfères la version de Michael Bublé. Pourquoi crois-tu que je t'aie demandé de danser ?

— Très bien.

Elle appuya le front contre sa poitrine pour qu'il ne voie pas à quel point il l'avait touchée.

— Et ma couleur préférée ?

— Le violet. Ou plutôt, le bleu lavande.

— Second prénom ?

— Celui de ta mère, Ramona.

— Tu es bon, dis donc !

— C'est ce que toutes les femmes disent, plaisanta-t-il.

Elle se pencha en arrière et lui frappa le bras.

— Quelle délicatesse !

C'est alors qu'elle le vit saluer de la tête un homme aux cheveux blancs, debout près de l'entrée de service.

— Qui est-ce ?

— Dustin, le concierge de nuit. Je l'ai rencontré tout à l'heure, pendant que tu étais en train de t'habiller.

Il la guida vers un coin plus calme de la piste de danse et se pencha légèrement pour lui glisser à l'oreille.

— Cela ne figure pas dans nos fiches, mais sache que je suis heureux qu'aucun autre homme d'Anchorage Mercy ne puisse te voir ici, ce soir. Parce que tu es belle, Carmen, et que je ne veux pas partager…

Carmen serrée, très serrée contre lui, Zac ondulait au son de la musique dans la pénombre, loin des regards indiscrets de leurs voisins de table.

Honnêtement, à ce moment-là, Carmen aurait pu demander à n'importe quel homme de faire tout ce qu'elle voulait. Sa robe aurait dû être interdite dans les 50 États du pays. La soie noire moulait ses courbes, laissant deviner sans peine ce qui se trouvait au-dessous. Les minuscules bretelles, sur ses épaules, retenaient à peine la robe, au décolleté en V, qui lui arrivait à mi-cuisse et révélait ses jolies jambes bien galbées.

Elle portait un chignon ce soir, bien que quelques boucles aient réussi à s'en échapper, et ses beaux yeux d'un vert mordoré brillaient d'intelligence et de détermination. C'était une femme avec qui il fallait compter, et si belle que la regarder était presque douloureux.

— Je t'ai dit à quel point tu étais belle, ce soir ?

— Tu l'as fait, merci. Tu n'es pas trop mal non plus.

Il sourit. Quel plaisir d'être ici avec elle ! Si les choses avaient été différentes – s'il avait été un homme meilleur –, il lui aurait demandé d'être à lui, et pas seulement pour le week-end. Hélas ! c'était impossible.

— Merci, parvint-il à répondre.

Une fois le slow terminé, l'orchestre joua un autre air, l'un de ses préférés, cette fois, et il ne put s'empêcher de l'attirer un peu plus près, jusqu'à ce qu'elle pose la tête sur sa poitrine et que le doux parfum de jasmin de ses cheveux lui chatouille le nez.

— J'aime danser avec toi, dit-il simplement.

— Moi aussi, chuchota-t-elle. C'est sympa.

« Sympa » n'était pas vraiment l'adjectif qu'il aurait choisi pour exprimer ce qu'il ressentait en la tenant dans ses bras. Il aurait voulu la soulever et la porter dans leur chambre pour lui faire l'amour toute la nuit... Hélas ! les couples autour d'eux commençaient à quitter la piste de danse et Zac recula, brusquement ramené à la réalité.

— Euh... nous devrions retourner à notre table, pour que tu puisses éblouir un peu plus encore tes futures employeuses.

— Oui, sans doute, soupira Carmen.

Il n'y avait plus qu'Ellen et Liz à leur table, occupées à parler de leurs lieux de villégiature préférés, situés dans le monde entier. Pendant son enfance, Zac avait beaucoup voyagé avec son père pour visiter tous ses hôtels. Il n'avait jamais pensé que cela lui serait utile, mais si cela pouvait aider Carmen à décrocher l'emploi de ses rêves, il prendrait volontiers part à la conversation.

— Où sont Priya et Lance ? demanda Carmen en s'asseyant.

— Priya ne se sentait pas bien, tout à coup, dit Ellen. Lance l'a emmenée se rafraîchir. J'espère que ce n'est rien.

— Je vais aller voir, dit Carmen.

Avant qu'elle puisse se lever, Lance et Priya étaient de retour. Priya avait l'air un peu pâle, et Lance n'avait guère meilleure mine.

— Tout va bien ? demanda Carmen.

— Oui, très bien, merci, répondit Priya sans lâcher la main de Lance. De quoi parlions-nous ?

— Destinations de vacances.

Lance s'écria.

— Génial ! Quelqu'un est-il déjà allé en Italie ?

— Oui, dit Zac. Florence est l'un de mes endroits préférés, après Barcelone.

— Et toi, Carmen ? demanda Priya. As-tu beaucoup voyagé ?

— Pas vraiment. J'étais toujours trop occupée à travailler pour partir en vacances.

— Eh bien, maintenant, vous pouvez peut-être prévoir un beau voyage pour votre lune de miel ! suggéra Ellen. Liz et moi sommes allés en Amérique centrale et en Amérique du Sud pour le nôtre. Rio, le Costa Rica, Belize… C'était merveilleux !

— Oui, ce serait bien, dit Carmen d'un ton rêveur en se tournant vers Zac.

Un brouhaha se fit entendre près de la porte, et Zac vit ses parents entrer dans la salle. Aïe ! Il était temps de partir.

Il se leva et tendit le bras à Carmen.

— Nous devrions retourner dans notre chambre, dit-il abruptement. Vous commencez tôt demain, et tu dois te reposer, ma chérie. Ellen et Liz, ce fut un plaisir de vous rencontrer toutes les deux, et merci encore pour ce merveilleux week-end…

Ellen se leva pour lui serrer la main.

— Heureuse que ça vous plaise, Zac. Ne manquez pas de profiter de certaines commodités pendant que vous êtes ici, car nous allons occuper Carmen pendant les prochains jours.

— Je n'y manquerai pas, merci, susurra Zac en la gratifiant de son plus charmant sourire. Prête, chérie ?

Carmen lui jeta un regard confus.

— Mais que…

Pour la faire taire, il l'embrassa. Quand il releva la tête, il vit qu'elle avait rougi et que leurs voisins de table les regardaient d'un air attendri.

— Je pense que nous allons nous reposer, nous aussi ! lança Priya. Une longue journée nous attend, demain.

Elle prit la main de son fiancé, tandis qu'Ellen concluait en enlaçant Liz :

— Je suppose que nous allons tous nous coucher tôt, alors. À demain matin…

Une main sur ses reins, Zac entraîna Carmen vers les ascenseurs.

— Qu'est-ce qui te prend, tout à coup ? demanda-t-elle.

— Rien. Rien du tout ! dit-il, mais j'ai besoin d'air. Si nous allions faire une petite promenade avant de nous coucher ? N'oublie pas que tu seras enfermée toute la journée, demain, pour le colloque…

— Oui, pourquoi pas ? acquiesça-t-elle, un peu perplexe.

— Super ! lança-t-il en appuyant sur le bouton de l'étage qui desservait leur suite. Allons nous changer, nous sortirons ensuite.

6.

Carmen ne savait pas exactement où ils iraient lorsqu'elle sortit de la salle de bains, peu de temps après, vêtue d'un jean et d'un pull bleu à col roulé.

— Je suis prête. J'espère que je suis assez chaudement habillée.

— J'ai pensé que nous pourrions simplement explorer un peu les environs de l'hôtel, dit Zac.

Il lui prit doucement les mains alors qu'elle retirait les épingles de son chignon, et elle frissonna quand il glissa les doigts dans ses boucles.

— Relâcher un peu la pression, se détendre… discuter.

— Discuter de quoi ? lui demanda-t-elle comme il l'aidait à mettre son manteau. Nous devrions peut-être rester ici. Tu as raison. Je me lève tôt demain.

Comme il soupirait et se passait la main sur le visage, elle remarqua autour de ses yeux de légères rides de tension qui n'existaient pas auparavant. Il avait l'air aussi nerveux qu'elle l'avait été pendant le dîner. Peut-être qu'un peu d'air frais ne ferait pas de mal, après tout !

— Reste ici si tu veux, Carmen, dit-il, mais moi, j'ai besoin de respirer.

Il avait raison. Cet interrogatoire, à table, avait été assez pénible, et elle ne pourrait pas trouver le sommeil avant d'avoir évacué tout ça.

— Très bien. Allons-y ! Tu as faim ?

— Mais… nous sortons de table !

— Tu as à peine touché à ta nourriture. Tu sautes souvent des repas, comme ça ?

Surprise, elle cligna des yeux. Personne ne lui parlait jamais d'elle, et la plupart des gens ignoraient ses besoins. C'est elle qui était là pour aider les autres.

— Non, pas souvent. Mais j'étais nerveuse à l'idée de rencontrer Ellen. Je suis surprise que tu l'aies remarqué.

— Je remarque tout chez toi.

Il sourit avant de replacer une mèche rebelle derrière son oreille.

— J'ai remarqué aussi que même si tu prenais beaucoup ton verre à vin, tu ne buvais que rarement. Que tu détournais le regard quand tu étais gênée…

Elle déglutit avec peine, le cœur battant la chamade.

— Je ne suis pas gênée. Je… je n'aime pas parler de moi, c'est tout.

— Moi non plus, murmura-t-il comme ils arrivaient au rez-de-chaussée.

La nuit était claire et belle, très étoilée, les sentiers entourant l'hôtel bien entretenus. La neige crissa sous ses bottes alors qu'ils s'avançaient dans la forêt silencieuse, qui embaumait le pin.

Après une dizaine de minutes de marche, Carmen ne pouvait plus contenir sa curiosité.

— Tu m'as dit que tu voulais parler, tout à l'heure. Et si tu m'expliquais pourquoi tu étais si méfiant, à la fin du dîner ? On aurait dit que tu t'attendais à voir ton pire ennemi faire irruption dans la salle.

— Mais non…

Carmen ralentit comme ils approchaient d'un petit torrent partiellement gelé.

— Tu es sûr de savoir où tu vas ? Je ne veux pas passer la nuit ici, à tourner en rond.

— Fais-moi confiance.

Zac lui prit la main et la conduisit jusqu'à un endroit où ils purent facilement franchir le torrent. Ses doigts étaient chauds autour des siens.

— Ce n'est plus très loin. Ne t'inquiète pas, je ne te

laisserai pas te perdre dans la toundra sauvage. Une fille des îles comme toi ne tiendrait pas une heure, seule ici.

— La « fille des îles » est plus forte qu'elle n'en a l'air ! rétorqua-t-elle. Quand on est capable de repousser par la force les avances d'un étudiant ivre mort, on peut survivre à tout, crois-moi !

Zac la regarda.

— Cela t'est arrivé ? Quand ?

— Quand j'étais serveuse dans un hôtel à Port of Spain. Les étudiants aisés avaient l'habitude d'y venir passer les vacances de printemps. Nous avions un service de sécurité, mais certains clients croyaient que nous faisions partie des prestations…

Elle frémit au souvenir de la nuit où l'un de ces types s'était approché d'elle, dans le parking de l'hôtel.

— Mais j'ai pris des cours d'autodéfense au centre de jeunesse de mon quartier, quand j'étais adolescente. Quelques coups de coude bien placés font des miracles…

— Je suis désolé, murmura Zac. Certains hommes se conduisent vraiment comme des monstres.

— Où as-tu fait tes études ? demanda-t-elle pour changer de sujet.

— À l'université de l'Alaska, à Anchorage.

Elle sourit.

— C'est là que j'ai obtenu mon diplôme. Quelle était ta matière principale ?

— Médecine.

— Tu as commencé médecine ? Pourquoi as-tu fini infirmier urgentiste, alors ?

— Je n'ai pas *fini* infirmier, répondit-il, sur la défensive. J'ai *choisi* ce métier, ce n'est pas la même chose. J'adore ce que je fais et, comme je l'ai dit, je suis le meilleur infirmier urgentiste d'Anchorage. J'adore être en première ligne, aider les gens dans les pires moments de leur vie. Avoir un titre devant mon nom n'y changerait rien. Tu te sens « moins bien » qu'une autre parce que tu es sage-femme et non gynécologue-obstétricienne ?

— Non, bien sûr que non ! Désolée. Je ne voulais pas t'offenser.

Il soupira.

— Moi aussi, je suis désolé. Je ne voulais pas te brusquer.

Le silence se fit alors qu'ils atteignaient le sommet d'une petite colline, et elle découvrit, en contrebas, des rangées de cages remplies d'animaux, bordées de grands bâtiments.

En entendant des hurlements de loups, elle se tourna vers Zac.

— Un zoo ? Au milieu d'un complexe hôtelier ?

— C'est un centre de remise en forme animal, en quelque sorte. Tous les animaux recueillis ici sont originaires de la région. Certains ont été blessés et sont soignés avant d'être relâchés dans la nature. D'autres sont des résidents permanents, incapables de vivre comme avant. Les gardiens les montrent aux enfants dans les écoles locales. Allez, viens. Allons voir ça.

Elle le suivit jusqu'aux enclos, étonnée qu'il en sache autant sur cet endroit. Ils passèrent devant des cages renfermant des wapitis, des orignaux et des rennes.

— Dis-moi… comment savais-tu où se trouvait et endroit ?

— J'ai lu la brochure de présentation de l'hôtel, expliqua-t-il en s'avançant pour caresser le museau d'un orignal. J'ai pensé que ça te plairait. J'adore être dehors.

— Moi aussi. À Trinité, je passais toutes mes heures libres à la plage, à observer les mouettes, les dauphins et les pélicans jouer au large.

— Tu dois regretter le soleil et la mer, non ?

— Parfois, mais ce qui m'importe, c'est d'avoir ma famille auprès de moi.

— Et la Californie ? Si tu obtiens le poste, tu déménageras. Te suivront-ils ?

— C'est l'idée…

Carmen le regarda par-dessus son épaule.

— Ça ne te dérange pas, de ne pas être proche de ta famille ?

— Pas vraiment. Ma mère me manque parfois, avoua Zac, mais j'aime être indépendant.

— Tu ne te sens pas seul, parfois ? Douze ans sans voir sa famille, c'est long.

Prendre soin de sa mère atteinte de démence était parfois difficile, et il arrivait qu'elle et Clara se disputent, mais Carmen ne pouvait pas imaginer vivre sans elles.

— Pas vraiment. Je veux dire, c'est pour ça que j'ai des amis, non ?

— Ils vivent à Anchorage ?

— Qui ?

— Tes parents.

Il haussa les épaules et répondit :

— Non. Mais même si c'était le cas, je ne voudrais pas voir mon père.

Elle perçut un accent douloureux dans sa voix.

— Eh bien, je suis désolée pour ce qui s'est passé entre vous deux. Et pour ta mère ? Tu dois beaucoup lui manquer.

— C'est à cause d'elle que je suis parti. Elle a pardonné à mon père d'avoir eu une liaison. Pas moi, car il lui a brisé le cœur. Elle a pu surmonter ça, mais pour maintenir la paix, je suis parti.

Soudainement, il fit demi-tour.

— Nous devrions rentrer, il commence à faire froid.

Ils marchèrent quelques instants en silence, puis, une fois au sommet de la colline, s'arrêtèrent pour regarder une nouvelle fois les animaux. C'est alors qu'un reflet vert dans le ciel attira l'attention de Carmen. Elle avait vu plusieurs aurores boréales depuis son arrivée à Anchorage, mais jamais d'aussi belle. Bientôt, tout le ciel fut strié de vert, de bleu et de rose.

— C'est beau à couper le souffle, chuchota-t-elle, fixant le ciel nocturne.

— Oui…

Le temps sembla s'arrêter lorsque Zac la prit dans ses bras avant de poser les lèvres sur les siennes une fois, deux fois, puis de prendre sa bouche avec fougue.

Elle avait juré de ne plus l'embrasser, de s'en tenir avec lui à une relation strictement platonique, mais c'était si parfait ! Trop parfait. Quand elle fit courir les doigts sur son torse pour les poser autour de son cou, un gémissement lui échappa, et elle sentit qu'il était aussi excité qu'elle. S'ils avaient été dans leur suite, elle l'aurait poussé sur le lit et aurait donné libre cours à la passion qui la dévorait, mais malheureusement ils étaient dehors, dans la neige. Les loups hurlaient, et ses orteils étaient engourdis par le froid.

Finalement, elle se força à reculer et à rassembler ce qui restait de son bon sens. Ils avaient déjà passé une nuit ensemble, et elle ne voulait pas recommencer. Elle savait très bien que des hommes comme lui ne désiraient pas s'engager. Mais elle non plus, n'est-ce pas ? C'est d'ailleurs pour ça qu'elle l'avait amené ici…

Elle avait beaucoup de projets – entre autres, professionnels –, et entamer une relation sérieuse avec un homme ne l'aiderait pas à atteindre ses objectifs. Quant à son son cœur, eh bien… il attendrait.

— Viens, retournons à l'hôtel, dit Zac.

Zac n'était pas stupide. Il comprit tout de suite que leur baiser était une erreur. Carmen méritait un homme qui puisse se consacrer entièrement à elle, un homme sans secrets.

Et ce n'était pas lui.

Hélas…

Il avait accepté de l'accompagner ce week-end, persuadé que ce serait simple. Qu'il pourrait éviter sa famille et son passé tout en lui apportant son aide. Il découvrait maintenant que ce ne serait pas le cas.

Il devait à tout prix s'en tenir à leur plan initial : jouer son rôle et garder ses pulsions pour lui. Il s'était un peu ouvert à Carmen ce soir, mais ce serait tout. Peu importait qu'elle fût drôle, pleine de surprises, sensuelle, et lui sous le charme… Il devait se montrer prudent avec elle, sous peine de perdre plus que la raison s'il commettait la même erreur qu'il y a quelques mois, à la fête.

Il en avait assez, des aventures superficielles, assez de jouer les séducteurs. Il attendait davantage, même s'il savait au fond de lui-même qu'il ne l'obtiendrait jamais, car il n'était pas de ceux qui faisaient de bons maris. Certes, il n'avait pas eu de relation avec une femme depuis sa nuit avec Carmen, mais ce n'était pas vraiment un choix conscient de sa part. C'était un heureux hasard, et ça ne voulait certainement pas dire qu'il était tombé amoureux d'elle, n'est-ce pas ?

Il avait grandi avec des gens qui le comparaient constamment à son père, lui disant à quel point ils se ressemblaient. Pendant des années, Zac l'avait pris comme un compliment, aspirant à suivre l'exemple paternel. Jusqu'au jour où celui-ci avait été forcé de révéler sa liaison – qui faisait la une des tabloïds – à sa femme et à son fils.

En l'espace d'un instant, le monde de Zac avait basculé, passant du paradis à l'enfer. Cet homme, son père, un homme qu'il adorait, n'était pas le modèle que Zac imaginait, mais un être humain comme les autres, égoïste, menteur, et prêt à sacrifier le bonheur de ceux dont il prétendait se soucier le plus au monde.

Oui, l'amour n'apportait que douleur et chagrin. Mieux valait se tenir à l'écart de tout ça.

Lorsqu'ils atteignirent le torrent, Zac prit la main de Carmen pour l'aider à traverser. Sa peau était douce et chaude dans la sienne, et il dut lutter contre une nouvelle vague de désir. Comme il accélérait l'allure, pressé de regagner l'hôtel, elle lui demanda :

— Pourquoi m'as-tu embrassée, tout à l'heure ?

Zac hésita, puis se tourna vers elle en souriant.

— Est-ce une question piège ?

— Non, mais j'ai l'impression que tu me caches quelque chose. J'ignore encore ce que c'est, mais j'ai bien l'intention de le découvrir…

Sur ces paroles, elle s'engagea d'un pas résolu sur le sentier qui menait à l'hôtel.

7.

Tôt le lendemain matin, un café à la main, Carmen assista à sa première réunion de la journée. La salle était remplie, et elle rejoignit Ellen et Liz, qui étaient assises à l'avant, à côté de Priya.

— Réduire le nombre de césariennes est une priorité pour les organismes de santé et les organisations professionnelles. Et la dystocie du travail est la cause principale des césariennes. Retarder l'admission à l'hôpital jusqu'à ce que le travail actif soit établi est une méthode qui permet de diminuer les diagnostics de dystocie du travail. Cependant, on manque de données probantes sur la meilleure façon d'y parvenir. Plusieurs modes d'interventions ont été étudiés, y compris les algorithmes d'admission et l'éducation des patientes et du personnel. Cette présentation montrera les résultats d'un projet d'amélioration de la qualité des soins dont le but était de réduire les admissions précoces et de soutenir la naissance physiologique par la mise en œuvre d'outils performants permettant de diminuer le taux de césariennes NTSV.

L'infirmière praticienne parlait d'un ton monocorde, et bien qu'elle trouve le sujet intéressant, Carmen craignait de manquer de caféine pour se tenir éveillée pendant les deux prochaines heures. Elle n'avait pas bien dormi la nuit dernière, trop troublée le baiser qu'elle avait partagé avec Zac pour trouver le sommeil. À quoi pensait-elle en répondant à son baiser ? C'était stupide. Ce n'était pas bien. Mais elle n'avait pas pu résister…

— Alors, qu'avez-vous fait Zac et toi après le dîner hier soir ? chuchota Priya. Lance et moi avons frappé à la porte de ta suite, mais personne n'a répondu.

— Nous sommes allées nous promener, dit Carmen en se concentrant de nouveau sur l'oratrice. Nous avions besoin d'un peu d'exercice.

— Ah oui ? gloussa Priya. Cela ne m'étonne pas…

Carmen se sentit rougir tandis qu'elle griffonnait frénétiquement sur son bloc-notes.

— Désolée, j'essaye d'écouter…

La conférencière poursuivait :

— Nous avons développé plusieurs outils novateurs, y compris un guide de triage précoce des patientes et une liste de contrôle pour le soutien du travail. L'algorithme de triage a réduit l'admission précoce de 41 % à 25 %, tandis que les naissances physiologiques ont augmenté de 2 %. Le taux de césariennes NTSV a légèrement diminué, passant de 22 % à 21 % au cours de ce projet de huit semaines…

Carmen s'efforça de ne songer à rien d'autre qu'à son travail jusqu'à la séance de questions-réponses qui eut lieu à l'issue de cet exposé, suivie d'une pause avant la séance suivante.

Comme elle sortait des toilettes et s'apprêtait à rejoindre Ellen et Liz, elle croisa Zac.

— Salut, quoi de neuf ?

— Tu as une autre conférence ?

Carmen consulta sa montre.

— Pas avant vingt minutes. Que veux-tu ?

— De l'aide.

Il la prit par le coude et la guida vers les ascenseurs.

— J'ai un ami qui a besoin d'une incision et d'un drainage, et il me faut de l'aide.

— Une incision et un drainage ? répéta-t-elle tandis qu'il appuyait sur le bouton de l'étage. Ici ? Tu as le matériel nécessaire ? Ton ami devrait peut-être aller à l'hôpital pour se faire examiner.

— C'est Dustin, le concierge que tu as vu hier soir. Il refuse d'y aller. En plus, il est diabétique.

— Mais… tu viens juste de rencontrer, non ?

Zac baissa les yeux.

— C'est une longue histoire… Disons que ce n'est pas la première fois que je viens à l'Étoile Arctique.

— Vraiment ? Quand y es-tu venu ?

Elle jeta un coup d'œil circulaire au décor luxueux. C'était peut-être le meilleur infirmier urgentiste d'Anchorage, mais il était loin d'avoir un salaire à trois chiffres.

— Il y a douze ans.

Sans plus de précisions, il ouvrit la porte de leur suite.

— Carmen Sanchez, voici Dustin Lewis. Carmen et moi travaillons ensemble à Anchorage. Elle est sage-femme.

— Enchanté de vous rencontrer, mademoiselle Sanchez, lui dit Dustin avec un sourire. Vous devez être là pour le colloque.

— En effet ? Et appelez-moi Carmen.

Zac alla chercher sa sacoche médicale dans la chambre à coucher, puis revint et déposa un scalpel jetable, de la gaze, des gants, un champ stérile, des boules de coton et un antiseptique sur la table, ainsi qu'une seringue et de la lidocaïne.

— Dustin, viens t'asseoir, s'il te plaît. Carmen va m'aider à nettoyer cette coupure sur ton bras. Elle n'est pas très belle, et si l'on ne fait rien, elle pourrait s'infecter et provoquer une gangrène. Une fois que nous aurons drainé et nettoyé la plaie, Carmen pourra peut-être te prescrire un antibiotique. As-tu des allergies ?

— Non. Pas d'allergies.

À contrecœur, Dustin s'assit et remonta la manche de sa chemise. Lorsqu'elle vit le bandage autour de son avant-bras, Carmen comprit que Zac avait vu juste. Du sang séché collait le pansement à la plaie, et la peau autour de la gaze était rouge et enflammée.

— Oui, je peux vous faire une prescription. J'apporte toujours mon ordonnancier avec moi, au cas où. Un instant, je vais me laver les mains.

Elle utilisa le savon antiseptique que Zac lui avait donné, puis enfila une paire de gants et posa une serviette absorbante sous le bras blessé de Dustin. En coupant les bandages souillés, elle constata que la coupure était bien infectée. Elle versa de l'antiseptique sur du coton et entreprit de nettoyer la plaie du mieux qu'elle pouvait, avant que Zac l'incise.

— Désolée, mais ça va peut-être faire un peu mal.

— Je ne ressens plus grand-chose à cause des lésions nerveuses causées par mon diabète, dit Dustin en haussant les épaules.

— Cela explique l'état de sa blessure, glissa Zac à l'oreille de Carmen.

Une fois la coupure nettoyée, elle jeta les morceaux de coton.

— Allons-y, Zac. Vous êtes prêt, Dustin ?

— Je sais que tu ne sens pas grand-chose, dit Zac en aspirant de la lidocaïne dans une seringue, mais j'endors un peu la zone au cas où, d'accord ?

— Comme tu veux, mon garçon, mais dépêche-toi, soupira Dustin. Tu sais que je n'aime pas les aiguilles.

Zac injecta la lidocaïne autour de la coupure, puis ouvrit le sachet renfermant le scalpel stérile.

— D'accord. Je vais drainer la plaie, maintenant. Tu devrais te sentir mieux après ça, Dustin.

L'intervention ne prit que quelques minutes, et une fois la plaie bandée Carmen se débarrassa de ses gants, puis alla chercher son ordonnancier dans son sac.

— Garde la plaie propre et sèche, et je la réexaminerai demain afin de m'assurer que l'infection a bien été enrayée, dit Zac. Va consulter ton médecin dès que possible ou sinon prends rendez-vous avec le médecin de l'hôtel ; il vient très régulièrement.

— L'apparence n'est pas la seule chose que tu aies héritée de ton père, mon garçon. Tu es aussi autoritaire que lui, dit Dustin en retroussant sa manche de chemise. Mais merci pour votre aide, et à vous aussi, Carmen.

Carmen sourit en lui remettant son ordonnance.

— Assurez-vous de les prendre avant les repas. Alors comme ça, vous avez bien connu la famille de Zac ?

Carmen perçut le regard désespéré que Zac jeta à Dustin.

— Oui, en effet, répondit celui-ci. Mais il faut que je me

sauve, maintenant… J'espère que vous apprécierez votre séjour à l'Étoile Arctique.

— Comptez sur nous, dit Carmen en le raccompagnant jusqu'à la porte tandis que Zac disparaissait dans la chambre.

Elle décida de profiter de son absence pour essayer d'en savoir plus. Appuyée contre le chambranle de la porte, elle reprit, plus bas :

— Écoutez, Dustin… Je ne veux pas être indiscrète, mais Zac et moi sommes amis, et j'ai remarqué que parler de sa famille le dérangeait vraiment. En vérité, je pense que le simple fait d'être ici le dérange. Pouvez-vous me dire pourquoi ?

Dustin la dévisagea pendant quelques instants, puis jeta un coup d'œil à la porte de la chambre à coucher avant de chuchoter :

— Ce n'est vraiment pas à moi de parler de la vie privée de Zac. Ce sont des questions que vous devriez lui poser. Je confirme cependant qu'il a beaucoup de souvenirs ici, certains bons, d'autres moins bons. Mais, encore une fois, ce n'est pas à moi de vous raconter ça. Désolé.

Carmen laissa échapper un soupir. Ni elle ni Zac n'avait bien dormi la nuit dernière. Il avait insisté pour lui laisser la chambre et s'était installé dans le grand canapé du salon. Ils étaient tous les deux fatigués, après cette journée chargée et leur marche nocturne, mais à en juger par le nombre de fois où elle l'avait entendu s'agiter, il n'avait pas mieux réussi qu'elle à trouver le sommeil.

Il avait accepté de l'accompagner ce week-end, et pourtant elle ne l'avait jamais vu aussi stressé. Pour se sentir moins coupable, elle songea qu'elle pourrait l'inviter à passer la soirée avec elle. Il n'y avait pas de dîner officiel de prévu, et elle avait quartier libre.

— J'aimerais lui proposer une balade, ce soir, confia-t-elle à Dustin, mais je ne connais pas la région, et je ne sais pas trop ce qu'il y a à faire à part rester à l'hôtel. Avez-vous une idée de ce qui lui plairait ?

Dustin la regarda un instant, puis dit :

— Allez jouer au bowling !

Elle fronça les sourcils.

— Au bowling ?

— Il aime beaucoup le bowling. J'étais plutôt doué pour ça, moi aussi, murmura Dustin en croisant les bras, doucement pour ne pas abîmer son bandage. Il y en a un au village, tout près d'ici. C'est le week-end, donc il y a probablement du monde, mais on peut réserver. Je peux m'en occuper, si vous voulez.

— Oh oui ! s'il vous plaît.

À Trinité, Carmen avait l'habitude d'emmener Clara jouer au bowling dans la ruelle, en bas de leur appartement, les soirs où leur mère travaillait tard. L'endroit était sympathique, et elles s'y sentaient plus en sécurité que seules chez elles. De plus, on y servait des repas chauds, et le patron leur offrait un plat de temps en temps. Jouer au bowling avec Zac lui rappellerait de bons souvenirs. Et si en plus il aimait cela, c'était encore mieux.

— Merci, Dustin.

— Tout le plaisir est pour moi. Profitez de votre journée. Et encore merci pour votre aide.

Une fois Dustin parti, Carmen consulta sa montre.

— Mince, je dois redescendre pour ma prochaine conférence ! lança-t-elle à Zac en prenant son sac à main. Ne prévois rien pour ce soir. J'ai quelque chose en tête…

Zac passa la tête dans l'entrebâillement de la porte.

— Ah bon, quoi ?

— C'est un secret. C'est à mon tour, cette fois…

— Il ne manquait plus que ça !

Son rire profond la suivit jusqu'aux ascenseurs.

Le reste de la journée se déroula dans un tourbillon de débats, d'échanges, de conférences, ponctués d'un entretien informel avec Ellen pendant le déjeuner. Carmen avait mal au crâne lorsqu'elle regagna la suite, vers 17 heures, où elle trouva Zac en train de travailler sur son ordinateur.

— Alors, quoi de neuf ? lança-t-elle en déposant son gros sac sur une chaise.

— Pas grand-chose. Je réponds à quelques mails en retard. C'est encore le moment de faire l'inventaire. Susan s'en occupe toute seule, dit-il en éteignant son ordinateur portable. C'est toujours assez stressant.

— Oui, j'en suis sûre… Je vais prendre une douche, puis nous pourrons sortir. Assure-toi de porter quelque chose de confortable.

— Pas de dîner officiel ce soir ? Pas d'entretien ?

— Non, non. J'ai eu une autre brève entrevue avec Ellen plus tôt. Nous sommes libres.

Elle retira son blazer et ses chaussures, puis retourna dans le salon. Les draps que Zac avaient utilisés la veille étaient soigneusement empilés au coin du canapé. S'efforçant de chasser les images d'elle et de Zac enlacés sur un lit, elle dit :

— Tu m'as emmené au sanctuaire des animaux hier soir. Ce soir, j'ai pensé qu'on pourrait dîner et aller au bowling.

Zac s'approcha d'elle en riant.

— Tu veux aller au bowling ?

— Bien sûr, pourquoi pas ?

— Aucune raison. Je n'aurais jamais imaginé que tu aimais ce genre de choses.

— Parfois, les gens sont pleins de surprises, conclut-elle avant de disparaître dans la salle de bains.

Une heure plus tard, Zac ouvrait la porte de la Strike City Alley. Il n'y était pas allé depuis le lycée, mais l'endroit était pareil à son souvenir. À droite, une arcade. À gauche, le snack-bar. Au centre, le comptoir où l'on louait des chaussures. Plus près des allées se trouvaient des casiers contenant des boules de toutes les couleurs et de toutes les tailles.

Il avait encore du mal à imaginer Carmen à l'aise dans un endroit comme celui-ci. Mais lorsqu'il se souvint qu'elle avait parlé à Dustin plus tôt, il se demanda si son vieil ami avait quelque chose à voir avec cela. Sinon, comment aurait-elle su ?

— Veux-tu dîner d'abord ? lui demanda-t-il alors qu'elle laçait ses chaussures.

— Comme tu veux. Nous avons une piste jusqu'à la fermeture.

— Super.

Zac alla au comptoir pour commander une grande assiette de nachos à partager et deux sodas. Une fois le repas prêt, il apporta le plateau à la grande table ronde où Carmen était assise. La musique pulsait des haut-parleurs, ajoutant encore à l'ambiance, et Carmen ne put s'empêcher de fredonner. Elle leva les yeux et le surprit en train de la regarder.

— Qu'est-ce qu'il y a ?

— Rien.

Son regard tomba malgré lui sur sa bouche. Pour tenter d'oublier leur baiser de la veille, il avait passé la majeure partie de l'après-midi à nager, à courir, à se faire masser, avant de retourner dans la suite pour vérifier ses mails. En vain. Elle agissait sur lui comme une drogue, et l'alchimie entre eux était addictive. Pourtant, il ne pouvait pas prendre le risque d'aimer Carmen, faute d'avoir le cœur brisé. Si seulement sa libido pouvait suivre ce programme !

Il fit de son mieux pour se concentrer sur leur assiette et demanda :

— Tu as déjà joué au bowling ?

— Oui. J'y emmenais ma sœur quand nous étions petites. J'étais plutôt bonne à l'époque…

— Vraiment ? La compétition risque d'être serrée, alors…

Elle sirota son soda et lui sourit, ses yeux verts brillant d'impatience.

— Quand tu veux !

Il secoua la tête.

— Pas encore. Finissons tranquillement notre dîner.

— D'accord, dit-elle en jetant un regard circulaire dans la salle. Cet endroit est bien plus sympa que celui que j'avais l'habitude de fréquenter à Trinité, qui sentait la fumée et l'alcool.

— Ça n'était pas vraiment un endroit pour les enfants, alors.

Malgré les problèmes de son père, Zac avait grandi dans

un milieu privilégié, contrairement à Carmen. En fait, il avait du mal à imaginer la pauvreté que Carmen avait connue.

— N'auriez-vous pas été plus en sécurité à la maison, ta sœur et toi ?

— Pas vraiment. Notre mère faisait du mieux qu'elle pouvait, mais l'immeuble dans lequel nous vivions n'était pas beaucoup mieux fréquenté. Et toi ? C'était comment, là où tu as grandi ?

Zac sentit une tension gagner ses épaules. Ce n'était pas n'importe qui, qui l'interrogeait ainsi sur son passé, c'était Carmen, son amie. Il ne voulait pas tout lui révéler, mais il se rendit compte, que pour la première fois depuis longtemps, il avait envie de partager quelque chose.

— C'était un bel endroit. Ma mère était aimante et attentionnée. Mon père travaillait beaucoup quand j'étais plus jeune, alors je ne le voyais pas souvent. Nous avions une belle vie.

Elle hésita, puis demanda :

— Mais… ton père a eu une liaison, n'est-ce pas ?

— Oui. Quand j'avais 16 ans. Tout a changé après ça. Il a trahi ma confiance, trahi ma mère. Je n'arrive pas à lui pardonner. C'était mon idole. Je voulais être comme lui plus tard, et j'ai toujours pensé que je lui ressemblerais. Un jour, il nous a annoncé qu'il avait fait une erreur et couché avec une autre femme. Mais une liaison est un acte délibéré, un choix conscient, pas une erreur ! Comment pardonner une chose pareille ?

— Je ne sais pas, reconnut-elle.

Il prit sa main.

— Parlons plutôt de tes parents…

— Je ne sais pas grand-chose sur mon père, reprit-elle. Il a quitté notre famille quand j'avais huit ans. Ma sœur Clara n'avait que deux ans et se souvient à peine de lui, mais moi, si. Il était riche. Sud-américain. Nous avons découvert qu'il avait une autre vie en Argentine dont nous ignorions tout. Une fois qu'il est parti, ma mère n'a plus jamais entendu parler de lui. Pas d'argent, pas de pension alimentaire. Rien.

Comme si nous n'existions pas. Comme s'il nous avait effacées de sa vie.

Zac mêla ses doigts avec les siens.

— Je suis désolé.

Elle soupira et s'adossa à son siège, retirant sa main.

— Nous étions mieux sans lui, de toute façon. Il ne nous méritait pas. Ma mère est une sainte. Je lui suis reconnaissante d'avoir pris soin de nous comme elle l'a fait, pour les sacrifices qu'elle a consentis. Et toi, qu'en est-il de ta mère ? Je sais que tu ne parles pas à ton père, mais tu dois beaucoup lui manquer, non ?

Il cilla légèrement.

— Elle a fait son choix et j'ai fait le mien. Par respect pour elle, je ne pouvais pas rester. J'ai donc déménagé à Anchorage pour faire mes études. Comme je l'ai déjà dit, j'avais d'abord prévu de devenir médecin, mais j'ai ensuite fait du bénévolat en tant qu'infirmier pour acquérir de l'expérience et je suis tombé amoureux du métier. C'était la bonne décision pour moi. Je n'ai jamais regretté.

— Hmm… Intéressant.

— Quoi ?

— Je ressens la même chose pour le métier de sage-femme que toi pour celui d'infirmier. Je ne peux pas imaginer avoir une autre carrière. J'aime assister à des naissances, aider une nouvelle vie à venir au monde. De plus, être sage-femme me permet de m'impliquer dans la vie de mes patientes. Je ne veux pas dénigrer les obstétriciens-gynécologues, mais ils ont habituellement une telle charge de travail qu'ils n'ont pas le temps de nouer des liens. Oui, je suis heureuse au travail.

Elle sourit et prit le dernier nacho dans l'assiette.

— C'est pour ça que ce poste en Californie me semble si parfait. Il m'offrirait une chance de pouvoir aider la prochaine génération à trouver sa place dans cette carrière que j'aime tant…

— J'espère que tu réussiras. Quant à moi, je me suis engagé à former des jeunes à partir du printemps prochain. On joue ?

— D'accord…

Zac se leva, puis conduisit Carmen jusqu'à leur piste. Carmen choisi une boule dans les casiers. Zac l'imita et, pendant qu'elle tapait leurs noms dans le système de pointage, regarda les quilles.

— On s'entraîne un peu ?

Elle eut un sourire arrogant.

— Vas-y, vas-y. Si tu crois que ça peut t'aider.

Après avoir pris une profonde inspiration pour chasser le désir qui s'était emparé de lui, il lança sa boule, réussissant à renverser toutes les quilles sauf une lors de cette première tentative. Peut-être qu'il n'avait pas perdu la main, après tout…

Il regarda Carmen, qui fit un strike avant de lui lancer d'un air de défi :

— À nous deux, maintenant !

Il crut percevoir un sous-entendu dans ses paroles et voir une étincelle briller dans ses yeux. Malgré lui, il répliqua :

— Quand tu veux, chérie…

— Prêt à prendre une bonne raclée, chéri ? répliqua-t-elle avec un clin d'œil.

Zac se défendit très honorablement, mais elle le battit quand même – et il adora l'affronter. En vérité, il ne se souvenait pas d'avoir passé une meilleure soirée depuis longtemps.

Ils prirent un taxi pour regagner l'hôtel, et Carmen, assise près de lui sur la banquette arrière, resta silencieuse pendant tout le trajet. Mais Zac ne s'en plaignit pas, trop occupé à savourer la chaleur de son corps tout proche.

Une fois à l'hôtel, ils traversèrent rapidement le hall d'entrée et se dirigèrent vers les ascenseurs.

Ce n'est que quand les portes se furent refermées sur eux que Carmen se tourna enfin vers lui :

— Écoute, je sais que nous sommes d'accord pour…

Avant qu'elle puisse finir sa phrase, il l'embrassa, incapable de se retenir. Aussitôt, elle enroula les mains autour de son cou tandis qu'elle s'arquait contre lui, la langue mêlée à la sienne. Il fut tenté d'appuyer sur le bouton d'arrêt et de la prendre là, contre le miroir de l'ascenseur, mais Carmen méritait mieux, et il avait bien l'intention de le lui donner…

Ding !

Quand les portes de l'ascenseur s'ouvrirent, il la prit par la main et l'entraîna sans un mot dans leur suite.

8.

À peine eurent-ils refermé la porte derrière eux que Zac lui arracha sa parka. Le reste de ses vêtements suivit, jusqu'à ce qu'il ne lui reste plus que son soutien-gorge et sa culotte. Tout son corps se consumait de désir pour lui.

Et, oui, peut-être que se donner une nouvelle fois à lui était une mauvaise décision, mais elle avait nié pendant trop longtemps l'alchimie qui les poussait l'un vers l'autre. Elle n'avait plus de raison de le faire, désormais. Demain, elle se remettrait à consacrer tout son temps aux autres, mais ce soir elle voulait être à lui, et rien qu'à lui.

Il enleva lui aussi sa veste et la jeta sur le côté, puis fit glisser son pull par-dessus sa tête, laissant son torse musclé nu. Il la suivit lentement des yeux alors qu'elle s'asseyait sur le lit.

— Je ne croyais pas qu'il était possible de te désirer plus fort encore, mais j'avais tort, murmura-t-il.

Elle le gratifia d'un sourire lascif puis lui fit signe d'approcher.

Ce dialogue muet ne fit qu'attiser la passion qui bouillait dans son sang. À la hâte, Zac retira son jean, puis s'agenouilla sur le sol, à côté du lit… Quand il prit ses hanches pour l'attirer au bord du matelas, elle frémit d'impatience.

Lentement, il fit glisser sa culotte de soie le long de ses jambes, puis approcha la tête de ses cuisses pour lui dispenser la plus intime des caresses… Pendant leur aventure d'un soir, il avait été un amant attentif, mais trop pressé. Maintenant, il semblait plus qu'heureux de prendre tout le temps du monde. Elle ferma les yeux, serrant les couvertures dans ses mains pour éviter de crier.

Lorsque Zac introduisit un doigt en elle, Carmen se cambra, et fut incapable de retenir plus longtemps un gémissement de plaisir.

— Tu es prête à m'accueillir…

Elle le serra plus fort encore contre elle.

— Zac… J'ai tellement envie de toi !

Sans se faire prier, il sortit un préservatif du tiroir de la table de nuit, le mit en place et la pénétra complètement d'un puissant coup de reins.

Elle répondit avec fougue à son assaut, se donnant à lui sans retenue. Ils furent bientôt tous deux au bord de la jouissance, trempés de sueur et gémissant de plaisir. Éperdue, Carmen aurait voulu que cette nuit dure toujours. Elle redoubla d'ardeur, et il la suivit jusqu'au point de non-retour, jusqu'à ce que le monde explose en un kaléidoscope de couleurs…

Zac n'était pas stupide. Dès que Carmen s'était lovée contre lui, il avait su qu'il avait commis une erreur en l'entraînant une nouvelle fois dans son lit. Pas à cause de leurs stupides fausses fiançailles, mais parce que c'était une femme qu'il respectait. Une femme qui était aussi une amie et une collègue, et qui le défiait sans cesse.

Une femme qu'il pourrait aimer.

Quel imbécile !

Il ne voulait pas l'aimer. Après le désastre dont il avait été témoin au sein du couple de ses parents, il ne voulait pas s'exposer à la déception, au chagrin. Alors que ce week-end aurait dû être amusant, à la façon d'une bonne blague, il s'était ouvert à elle plus qu'il n'aurait dû, et tous deux s'étaient découvert des atomes crochus. Très vite, il l'avait laissée entrer dans sa vie et dans son cœur, et cela ne lui était pas arrivé depuis très longtemps.

Pourtant, il savait bien qu'elle n'avait pas les mêmes objectifs que lui. Elle avait sa propre vie et ses propres responsabilités, et déménagerait bientôt en Californie si elle obtenait le poste qu'elle convoitait. Mais il ne pouvait pas s'empêcher d'envisager un avenir avec elle : travailler à Anchorage Mercy, se marier, fonder une famille…

Hélas ! il y avait encore tant de choses qu'elle ignorait sur lui, sa famille, son passé. Il aurait dû lui dire la vérité avant qu'ils couchent à nouveau ensemble, il le savait, mais le moment ne lui avait pas semblé propice. Et puis son corps avait pris le dessus, et…

Quel désastre !

Il glissa les doigts dans les boucles souples de Carmen, savourant leur douceur contre sa peau. Ses cheveux s'enroulèrent autour de sa main, comme pour mieux le retenir près d'elle.

Elle s'appuya sur son coude et fronça les sourcils.

— À quoi penses-tu ?

Zac songea qu'il aurait dû saisir cette occasion pour lui parler de son passé, mais il craignait qu'après ses aveux elle ne veuille plus rien avoir à faire avec lui.

Or, il ne voulait pas la voir partir, et avait envie de passer le reste de la nuit avec elle. Il lui dirait la vérité sur lui-même demain. Oui, c'était mieux ainsi. Et si tout s'écroulait, il lui resterait au moins ces précieux souvenirs.

— À rien, je suis heureux qu'on soit ensemble, ce soir.

— Moi aussi.

Elle promena un doigt sur sa poitrine, le faisant frissonner.

— Je sens que je peux être moi-même avec toi, murmura-t-elle. Tu ne ressembles pas aux autres hommes que j'ai pu rencontrer. La plupart s'attendaient que je sois impressionnée par leur argent. Mais je m'en moque. La richesse ne fait pas un homme. J'ai appris cette leçon grâce à mon père.

Lui aussi avait appris cette leçon avec son propre père, songea Zac en réprimant une grimace.

— Ma mère, ma sœur et moi vivons avec parcimonie, et je ne dépends pas des autres pour me donner ce dont j'ai besoin. Si c'est un problème pour toi, alors je suis désolée, mais…

— Non, la coupa-t-il, ce n'est pas un problème du tout. Au contraire, même, je ne t'en respecte que davantage.

Elle lui sourit.

— Beaucoup d'hommes se sentent menacés par une femme indépendante. Je suis content que tu n'en fasses pas partie.

Zac ne pouvait pas détourner le regard d'elle. Carmen était magnifique, sans aucun doute. Mais maintenant, il voyait aussi sa force intérieure et sa détermination, sa confiance en elle et son intelligence, et cela la rendait encore plus belle. Elle travaillait dur et méritait ce qu'il y avait de mieux dans la vie.

Il sentit soudain son cœur se serrer dans sa poitrine, et c'est à ce moment-là qu'il comprit qu'il était perdu – ce qui ne fit que décupler sa peur. Pourtant, il dépassa ce sentiment, parce qu'elle méritait ce moment, même s'il ne pouvait pas lui offrir davantage.

— Merci, souffla-t-il.

Elle prit une profonde inspiration.

— Pour quoi ?

— Pour ce soir. Et merci aussi d'être mon amie. Merci pour tout.

— Je t'en prie…, dit-elle avec un sourire surpris, avant de se lover langoureusement contre lui.

9.

Le lendemain matin, Zac se leva avant Carmen, ce qui était très bien, songea-t-il, parce que si elle s'était retournée et lui avait souri, il n'aurait jamais pu la quitter. Or, il avait besoin d'être seul et de se vider l'esprit.

Le fait est que la veille, tout s'était compliqué. Ce qui était censé être un week-end sympa, sans engagement de part et d'autre, et sans conséquence, avait changé de nature. Et même si c'était très amusant, les sentiments qu'il éprouvait le bouleversaient profondément. Des sentiments qui n'avaient pas lieu d'être entre Carmen et lui – désir, douceur, intimité…

Non. Il ne fallait pas. Ils étaient amis. De bons amis, et même un peu plus… Un peu trop, hélas ! car plus il apprenait à connaître Carmen, plus il attendait de choses d'elle.

En prenant bien soin de ne pas la réveiller, il alla enfiler son maillot dans la salle de bains, puis retourna dans la chambre à coucher pour prendre un jean propre et un T-shirt dans son sac. Il y avait des vestiaires au rez-de-chaussée, et il n'avait pas prévu de revenir dans la suite avant de commencer la journée.

Il cherchait à l'éviter, purement et simplement, car le « matin d'après » n'était pas vraiment son truc… D'habitude, il était parti depuis longtemps quand le soleil se levait sur ses conquêtes. Il n'était pas fait pour les relations au long cours, et en avertissait toujours ses partenaires dès le départ.

Il l'avait dit à Carmen aussi, mais avec elle les choses avaient évolué différemment. S'était-il menti à lui-même depuis le début ? Avait-il manqué de courage ? La dernière chose qu'il voulait faire était blesser Carmen. Elle avait traversé suffisamment d'épreuves dans la vie pour qu'il lui inflige une souffrance inutile…

Tiraillé, il sortit de la chambre et descendit au rez-de-chaussée. Peu de clients étaient réveillés, alors il avait la piscine pour lui tout seul. Pendant une demi-heure, il fit des longueurs pour alléger la tension accumulée dans ses muscles, tout en espérant que le temps aurait le même effet sur son esprit confus.

Lorsqu'il s'assit enfin, hors d'haleine, au bord de la piscine, c'est l'image de Carmen qui lui vint à l'esprit. Carmen, dans son lit, décoiffée et tentante comme l'enfer. Au lieu de courir la rejoindre, comme il en mourait d'envie, il replongea dans l'eau pour vingt minutes de crawl intensif.

Mais même la brûlure de son corps qu'il poussait jusqu'à ses limites ne lui fit pas oublier ses soupirs d'extase, le goût du sel de sa peau, la sensation de ses petits seins dans ses paumes…

Il n'y avait aucun doute : tous deux s'entendaient merveilleusement bien au lit. Et en dehors, aussi.

Il n'arrivait toujours pas à croire qu'il s'était ouvert à elle plus qu'à quiconque sur son passé, son père… Et, malgré tout ce qu'elle lui avait confié sur elle-même, il se surprenait à vouloir en savoir davantage. Ce qu'elle mangeait au petit déjeuner, quel dentifrice elle aimait, comment elle parvenait à discipliner ses boucles rebelles, qui avait été son premier amour… rien de ce qui la concernait ne devait lui échapper.

Tu es fichu, mon gars…

Il se leva et se passa la main sur le visage pour chasser ces pensées importunes. Tout cela n'avait aucun sens, parce qu'après ce week-end il retournerait à Anchorage, et elle déménagerait probablement en Californie. Rien ne changerait entre eux, parce que rien ne pouvait changer.

Zac sortit de la piscine, se sécha et se dirigea vers les vestiaires pour prendre une douche et mettre les vêtements propres qu'il avait apportés.

Ensuite, il décida d'aller prendre son petit déjeuner au restaurant de l'hôtel. D'habitude, quand il était chez lui, il grignotait à la va-vite, car il devait être prêt en un clin d'œil en cas d'appel urgent. Aujourd'hui, cependant, il voulait commander ce qu'il y avait de plus long à préparer, juste pour tuer le temps.

En effet, il redoutait de retrouver Carmen, terrifié à l'idée qu'elle veuille parler encore, pour en apprendre davantage sur lui. C'était ainsi, avec les secrets : une fois qu'on en avait révélé un, les autres devaient suivre…

Une fois de plus, il se reprocha de ne pas avoir été honnête avec elle dès le départ, mais décida qu'il fallait aller de l'avant, désormais.

La serveuse lui indiqua une table pour deux personnes dans la salle à manger presque vide, puis lui demanda d'aller se servir au buffet.

C'est alors qu'une voix familière retentit à côté de lui.

— Bonjour, mon garçon !

Zac sourit en découvrant Dustin.

— Bonjour. Alors, comment va ton bras ?

— Mieux. Grâce à toi et à ta charmante amie. Où est-elle, ce matin ? demanda Dustin, en se servant plusieurs tranches de bacon pendant que Zac remplissait son assiette d'œufs brouillés.

Il se força à sourire.

— Carmen n'est pas mon amie. C'est juste une amie.

Dustin hocha la tête en silence, comme s'il voyait clair dans son jeu.

— Veux-tu venir à ma table ? demanda-t-il.

— Oui, bien sûr, si ça ne te dérange pas.

Zac suivit son ami jusqu'à sa table, puis ils s'assirent et commencèrent à manger.

— As-tu vu tes parents ? demanda Dustin.

— Non. Je les ai aperçus, mais j'ai réussi à sortir de la salle de banquet avant qu'ils me voient.

— Tu sais que tu ne pourras pas toujours les éviter, n'est-ce pas ?

Oui, Zac le savait. Mais s'il pouvait éviter une confrontation ce week-end, ce serait mieux. Il ne voulait pas tout gâcher pour Carmen, ni raviver d'anciennes blessures.

Il baissa les yeux vers son assiette. Son appétit avait disparu, et il avait l'impression que les murs se refermaient sur lui.

— Peut-être que tu devrais lui parler, suggéra Dustin, en regardant Zac par-dessus le bord de sa tasse, et en finir avec ces vieilles histoires.

— Non. Il n'y a rien à dire.

— Vraiment ?

Dustin garda le silence un moment, puis reprit :

— Je me souviens encore de cette nuit où tu es parti d'ici après avoir parlé à ton père pour la dernière fois, il y a très longtemps. Il était dévasté après ton départ. Il a essayé de te joindre, mais tu refusais de répondre à ses appels. Je pense qu'il a vieilli de dix ans en un mois. C'était très dur…

Au moins, Dustin avait raison sur ce point : apprendre la liaison de son père avait été très difficile, et le cirque médiatique qui avait suivi l'événement ne l'avait pas aidé à calmer sa colère. C'est même après avoir lu un article particulièrement odieux au sujet de son père que Zac avait détruit sa voiture et envoyé son amie à l'hôpital. Depuis, la rage ne l'avait plus vraiment quitté.

— Tu lui as terriblement manqué, dit Dustin. Tu nous as manqué, à tous.

— Eh bien… Il aurait dû y penser avant ! rétorqua Zac en secouant la tête. S'il te plaît, ne me parle pas de pardon. Il doit assumer les conséquences de ses actes. Je sais que ma mère a pu passer outre, et je respecte sa décision, mais je n'en suis pas encore là.

— Je ne suis pas en désaccord avec toi, mon garçon. L'infidélité n'est pas un exemple à suivre, mais nous commettons tous des erreurs. L'essentiel est d'en tirer les bonnes leçons.

Dustin termina son café, consulta sa montre et se leva.

— Je dois aller retrouver Willow et transmettre des instructions à l'équipe de jour. Je serai là plus tard, si tu as besoin de moi. Pense à faire amende honorable, mon garçon. Le temps est précieux. Ne gâche pas cette occasion de faire la paix.

Sur ce, le vieil homme s'en alla, laissant Zac seul avec ses pensées. Non, il n'était pas d'humeur à pardonner en ce moment. Il avait trop de choses en tête, trop de problèmes à résoudre comme, par exemple, avouer à la femme qu'il aimait qu'il lui avait menti depuis le départ.

La journée de Carmen fut composée de plusieurs conférences et d'un nouveau déjeuner-rencontre avec Ellen Landon – cette fois pour discuter des besoins en personnel de la nouvelle clinique et du programme destiné à prodiguer des soins médicaux et des services prénataux à la population à faibles revenus et aux sans-abri de Big Sur et des environs.

Lorsqu'on lui avait demandé son opinion, Carmen avait parlé du fond du cœur de la pauvreté et de la façon dont elle percevait le travail avec les patientes les plus démunies. Ellen s'était montrée très intéressée et, pour la première fois, Carmen avait eu l'impression d'avoir marqué des points face à Priya. C'était le but de ce week-end, après tout, et ce pour quoi elle avait travaillé si dur ces deux derniers mois.

Mais, malheureusement, elle ne pensait qu'à Zac. Se réveiller seule n'avait pas été très agréable, et depuis qu'elle s'était levée, elle ne l'avait pas aperçu. S'ils s'étaient trouvés à Anchorage, elle l'aurait soupçonné de vouloir l'éviter mais ici on proposait beaucoup d'activités de loisirs, et il avait sans doute décidé d'en profiter. Elle finirait bien par le voir, puisque c'est le soir même que devait avoir lieu le grand banquet de clôture.

Le banquet où Ellen annoncerait son choix pour le nouveau poste…

Soudain, un étrange sentiment d'impatience et de tristesse mêlées s'empara d'elle. Elle voulait toujours déménager en Californie, mais Anchorage et ses collègues lui manqueraient. Y compris Zac, son son ami, son collègue, son amant…

Oui, il lui avait clairement fait comprendre qu'il n'était pas du genre à se caser, mais la vérité était qu'elle n'avait pas fréquenté d'autre homme depuis leur première nuit ensemble, après la fête de Noël. Elle doutait que quelqu'un d'autre puisse être à la hauteur de Zac et de l'incroyable alchimie qui les liait. C'était un amant généreux, qui exprimait ses désirs et attendait la même chose d'elle. Elle le voulait plus que jamais. Être avec lui était addictif, et cette découverte la réjouissait et la terrifiait tout à la fois.

La relation qu'elle avait avec Zac lui semblait plus profonde, plus intense que ses liaisons précédentes. C'était du moins le début de… quelque chose. Quelque chose de spécial et de bien réel. Carmen était beaucoup trop pragmatique pour apprécier le romantisme, mais Zac l'avait bel et bien séduite, et maintenant elle avait besoin de savoir ce qu'il voulait vraiment. Avant ce week-end, il lui avait avoué être un séducteur ; or, elle n'était pas assez naïve pour penser qu'une nuit d'amour pouvait changer un homme. Mais pour elle, leur étreinte n'avait pas été anodine, et elle avait besoin de savoir s'il ressentait la même chose qu'elle.

Après avoir consulté l'heure, elle termina son café et alla écouter un exposé sur l'utilisation d'un modèle physiologique pour la gestion de l'intervalle tête-corps pendant l'accouchement vaginal. La salle était comble, mais Priya lui avait gardé une place.

— Salut Priya ! Comment se passe ta journée ?

— Bien, dit Priya d'une voix éteinte. Et la tienne ?

En se tournant vers son amie, Carmen la trouva un peu pâle.

— Tout va bien ?

— Bien, dit Priya. Je suis fatiguée, c'est tout.

Dubitative, Carmen prit un paquet de biscuits salés dans son sac et le lui tendit.

— Tiens. Ça va calmer ton estomac.

— Merci.

Les lumières s'éteignirent, et la présentation commença, mais Carmen était distraite. Si elle voulait favoriser sa carrière, ce n'était pas le moment de s'engager dans une relation à long terme, puis qu'elle était plus que jamais près de décrocher le poste en Californie. Pourquoi risquer de tout gâcher pour un homme qui ne voudrait peut-être même plus d'elle dans un avenir proche ?

Il fallait qu'ils parlent. Et dès qu'elle pourrait passer du temps seule avec lui, elle saisirait l'occasion.

10.

L'heure de la soirée arriva, mais pour Zac c'était tout sauf une fête. Après avoir évité Carmen et ses parents pendant la plus grande partie de la journée, et s'être repassé en boucle sa conversation avec Dustin, il sentait que le poids du secret se faisait de plus en plus lourd sur ses épaules.

Il devait dire la vérité à Carmen.

Il voulait dire la vérité à Carmen.

Mais il devait attendre le bon moment pour cela, et ce moment n'était pas encore arrivé.

Peut-être devait-il attendre de savoir qui obtiendrait ce poste en Californie ? À son avis, Carmen était clairement à la hauteur. Elle était plus que qualifiée, possédait l'expérience requise et, surtout, se souciait vraiment de ses patients et de ses collègues. Elle méritait ce job, et il avait l'intention de faire tout ce qu'il pouvait ce soir pour s'assurer qu'elle le décroche, même si cela signifiait la perdre à jamais…

Il ajusta son nœud papillon noir devant le miroir en pied de la suite, puis détailla son reflet. Élégant, raffiné, ce smoking serait une excellente armure pour la soirée à venir.

Prenant une profonde inspiration, Zac se dirigea vers la commode pour attraper ses boutons de manchette en argent sterling gravés à ses initiales – un cadeau de sa mère à la remise de son diplôme d'études secondaires. C'était l'une des rares choses qu'il avait emportées avec lui lorsqu'il avait quitté cet endroit, et son seul souvenir de tout ce qu'il avait laissé derrière lui.

Comme il s'assurait qu'ils étaient bien en place, Carmen

sortit de la salle de bains, vêtue d'une robe du soir en dentelle rebrodée de fils d'argent qui moulait ses jolies courbes comme une seconde peau.

Zac déglutit avec peine pour chasser le nœud qui s'était formé dans sa gorge. Elle avait relevé ses cheveux en un savant chignon dont s'échappaient quelques boucles souples. Soudain, il fut saisi d'un violent désir de la prendre dans ses bras, de l'embrasser, de la posséder jusqu'à ce qu'elle crie son nom…

Carmen mit ses boucles d'oreilles – de petits clous étincelants – puis s'approcha et lui présenta son dos, avant de lui demander avec un sourire timide :

— Peux-tu m'aider à remonter le zip, s'il te plaît ?

Zac s'exécuta d'un geste moins assuré qu'il ne l'aurait souhaité, avant de s'éloigner d'elle et de son doux parfum de jasmin. S'il ne gardait pas ses distances, ils manqueraient le dîner, c'était certain…

— Es-tu prêt ? demanda-t-elle en saisissant son petit sac à main sur la commode.

Il hocha la tête.

— Oui, je suis prêt, mais avant de partir…

Dis-lui.

Mais il ne pouvait pas. Pas encore. C'était sa grande soirée. Il attendrait que le bal soit terminé, qu'ils se retrouvent seuls. Là, seulement, il pourrait supporter l'humiliation et la douleur qu'elle lui infligerait en s'éloignant de lui pour toujours…

Elle le regarda. Elle était si belle, si confiante ! Il la désirait plus qu'il n'avait jamais désiré aucune femme dans sa vie, mais il n'en serait jamais digne.

Il se racla la gorge.

— Sache que tu es magnifique. Tu décrocheras ce poste en Californie et tu prendras tout l'État d'assaut. Je t'encouragerai depuis Anchorage.

Une étincelle vacilla dans ses yeux, mais très vite elle plaqua un sourire sur son visage. Un sourire vaillant et professionnel qu'il connaissait bien pour l'avoir souvent vu à Anchorage Mercy.

— Merci. Descendons…

Les organisateurs s'étaient surpassés pour décorer les lieux, comme Zac le constata en escortant Carmen dans la salle à manger. Un savant jeu lumières sur le plafond voûté le faisait ressembler à un vitrail abstrait, et les colonnes drapées de tulle blanc étaient du meilleur effet. Les tables avaient été disposées en demi-cercles devant la scène, où le podium était prêt pour les présentations et la grande annonce qui devait avoir lieu plus tard dans la soirée. Chaque table était ornée d'un bouquet de lys et de roses blancs, et un quatuor à cordes jouait sur une estrade. Il y avait aussi une sono pour plus tard, quand on ouvrirait la piste de danse.

Comme d'habitude, son père avait pensé à tous les détails.

Carmen lui jeta un regard interrogateur.

— Ça va ? Tu as l'air plus nerveux que moi, ce soir.

— Je vais bien.

Il résista à l'envie de s'enfuir en courant. Heureusement, jusqu'à maintenant il n'avait vu aucun signe de ses parents, ce qui était un soulagement. Il se dirigea donc vers leur table et quand il l'atteignit, prit place à côté de Carmen. Ellen et Liz étaient déjà là, tout comme Priya et Lance.

Zac salua tout le monde, notant au passage que Lance, moins avenant que d'habitude, avait passé le bras autour des épaules de Priya, comme pour la protéger. Il aurait voulu lui demander ce qui se passait, mais le maître de cérémonie avait pris la parole pour accueillir tout le monde et annoncer le programme de la soirée.

Plusieurs présentations ponctuèrent le dîner, et Zac garda un œil sur la salle, appréhendant d'y découvrir son père. L'idée de jouer au chat et à la souris avec lui lui avait coupé l'appétit, et il ne profita guère du repas, mais la nourriture était délicieuse, comme toujours. Soupe aux patates douces, à la noix de coco et à la coriandre, suivie d'un magret de canard poêlé aux cerises noires et sa polenta au basilic, puis d'une mousse aux framboises et de sablés au chocolat maison.

— Cet hôtel est vraiment charmant, déclara Ellen alors que le serveur débarrassait. Je reviendrais bien ici pour des vacances, si j'arrive à arracher ma femme à son cabinet.

Liz, qui finissait son dessert, répondit en riant :

— Je pense que je me laisserais faire. En plus, nous devrions avoir plus de temps libre une fois que ce nouveau poste à la clinique sera pourvu. N'est-ce pas ?

Elle regarda Carmen, puis Priya, et leur fit un clin d'œil.

Oui, il se passait quelque chose d'étrange, songea Zac, mais il n'arrivait pas à mettre le doigt dessus. Les cernes qui soulignaient les yeux de Priya suggéraient qu'elle n'avait pas bien dormi. Il devrait peut-être lui glisser une question à l'oreille.

— Oh ! regardez…

Ellen désigna du menton le fond de la salle à manger, tandis que certains convives se levaient et que le brouhaha des conversations s'amplifiait.

— Voici le directeur de l'hôtel. Nous devrions lui dire à quel point nous avons apprécié son établissement, reprit Ellen. Oh ! On nous fait signe de monter sur scène. Si vous voulez bien nous excuser…

Liz et elle disparurent avant que les parents de Zac puissent s'approcher, et celui-ci sentit le sol se dérober sous ses pieds. S'il avait pu se cacher sous la table, il l'aurait fait.

Au lieu de cela, il se leva et s'excusa à son tour.

— Je vais prendre l'air.

Carmen fronça les sourcils.

— Mais… on va bientôt faire l'annonce, balbutia-t-elle.

— Je ne serai pas long, dit-il, juste au moment où son père s'approchait de leur table.

Trop tard. Trop tard.

Ils se regardèrent pour la première fois en douze ans, et Zac vit l'expression de son père passer du calme à la fureur en quelques secondes. Zac ouvrit la bouche pour parler, mais les mots restèrent bloqués dans sa gorge. Comme au ralenti, il vit Priya se lever et se diriger vers les toilettes, Lance sur les talons.

Son père continuait de le fixer, mais sa mère parlait encore à une femme, à une autre table.

— Bonsoir, fiston, dit-il d'un ton froid et méfiant.

Zac serra les poings pour tenter de maîtriser sa colère. Ce n'était pas comme ça qu'il voulait que ces retrouvailles se passent. Pas ici. Pas maintenant. Pas alors que tant de choses devaient se jouer pour lui.

Carmen regarda tour à tour Zac et son père, puis écarquilla les yeux, éberluée.

— Fiston ? répéta-t-elle. Zac, de quoi parle-t-il ? Cet homme est… ton père ?

— Il l'était, répondit Zac, la mâchoire serrée. Mais il n'a plus le droit de m'appeler comme ça.

C'est ce moment que choisit sa mère pour se retourner et découvrir son fils et son mari face à face. Stupéfaite, elle écarquilla les yeux, mais fit un effort visible pour se ressaisir. Malgré tout, son sourire éclatant vacilla lorsqu'elle prit le bras de ce dernier.

— Ça fait si longtemps qu'on ne t'a pas vu, Zac ! S'il te plaît… Si on discutait un peu, tous les trois ? suggéra-t-elle.

— Oui. C'est une bonne idée, affirma son père. Zac, je suis désolé pour ce qui s'est passé il y a tant d'années. Je n'ai jamais eu l'intention de te faire du mal. Mais les choses ont changé. S'il te plaît, donne-moi une chance de t'expliquer…

— Zac ? dit Carmen, soudain très pâle. Ces personnes sont… tes parents ?

Zac acquiesça d'un signe de tête.

— Mais… pourquoi ne me l'as-tu pas dit ?

— Parce que je ne parle à personne de mon passé. Pourquoi aurais-je agi différemment avec toi ?

À peine ces mots furent-ils sortis de sa bouche qu'il les regretta. Il s'était ouvert à elle plus qu'à n'importe qui d'autre. Il avait même eu l'intention de lui dire toute la vérité sur lui-même.

Il aurait voulu s'excuser, crier haut et fort qu'il l'aimait, que rien de tout cela ne comptait plus pour lui. Que tout ce qui l'intéressait, c'était elle. Mais il était trop tard.

Frustré, il s'en prit de nouveau à son père.

— Qu'est-ce que tu vas m'expliquer exactement, hein ? Comment tu as trompé ta femme et menti à ton fils ? Comment tu as sacrifié des années d'amour pour une nuit de plaisir ? Es-tu fier de toi ? Est-ce l'héritage que tu veux transmettre à ton fils ? Si c'est le cas, félicitations, tu as parfaitement réussi ! À cause de toi, je n'ai confiance en personne. À cause de toi, je collectionne les aventures et je ne m'engage jamais avec personne. Pourquoi le ferais-je alors que je pourrais agir avec les femmes comme tu l'as fait avec maman ?

Le visage de son père était devenu gris.

— S'il te plaît, fiston…

— Arrête de m'appeler comme ça ! lança Zac en s'éloignant.

— Zac, s'il te plaît, l'implora sa mère, viens avec nous dans le couloir, nous pourrons en discuter en privé. Ton père a expié ses erreurs. Ce n'est plus la même personne qu'il y a douze ans. Donne-lui une chance…

— Non.

Zac se tourna vers Carmen. Elle avait repris des couleurs, et ses yeux brillaient de colère. C'était *sa* soirée, la raison pour laquelle il était là, et il avait tout gâché. À cause de lui et de ses mensonges, elle risquait de voir lui échapper ce pour quoi elle se battait depuis si longtemps. Il ne valait pas mieux que son père.

Celui-ci aussi avait recouvré son sang-froid et revenait à la charge.

— Tu veux faire ça ici ? Maintenant ? lâcha-t-il. Très bien ! Je n'ai rien à cacher. Tous mes secrets ont été révélés au monde il y a des années. Mais peux-tu en dire autant, fiston ? Nous commettons tous des fautes. Ce qui s'est passé à l'époque était une terrible erreur de ma part, mais j'ai fait amende honorable et me suis racheté auprès de ta mère. Nous avons laissé ces mauvais souvenirs derrière nous pour créer un nouvel avenir, un avenir meilleur. J'espérais que tu en ferais partie. Mais je vois maintenant que tu es aussi têtu que moi. J'ai parlé à Dustin, ce soir. Il m'a parlé de toi et de l'amie avec laquelle tu partages ta suite. Tu crois que je n'ai pas vu la bague de fiançailles à son doigt ? Tu avais prévu de nous inviter au mariage ?

— Il n'y aura pas de mariage, dit Zac sans réfléchir. Tout ça, c'est une mise en scène pour que Carmen puisse trouver un job en Californie. Non que ça te regarde, mais nous sommes juste amis. Rien de plus.

Zac sentit son cœur se serrer en voyant Carmen pâlir. Bon sang ! La situation devenait incontrôlable. Il avait besoin de retrouver son sang-froid, de régler tout cela et de trouver la bonne façon d'aller de l'avant.

Hélas ! il n'eut pas le temps d'y songer davantage, car une voix résonna dans les haut-parleurs.

— Et maintenant, une annonce spéciale de la part de notre hôtesse, Mme Ellen Landon, femme d'affaires et grande défenseur de la santé des femmes !

Tandis que les applaudissements remplissaient la salle, Carmen fit de son mieux pour dissimuler l'ouragan d'émotions qui tourbillonnaient en elle. Prenant une grande inspiration, elle se força à sourire.

Tout ce qui lui arrivait était sa faute. Zac avait raison de vouloir s'en tenir à l'accord qu'ils avaient passé initialement : il jouerait le rôle de son fiancé pour le week-end, et ensuite chacun reprendrait le cours de sa vie. Et si ses sentiments à elle avaient évolué, pour Zac ce week-end n'était et ne serait jamais qu'une parenthèse.

Soudain, Ellen prit la parole :

— Ce soir, nous avons le plaisir d'annoncer le nom de la candidate retenue pour diriger les sages-femmes dans notre clinique de Big Sur, en Californie. Il ne restait plus que deux finalistes, Mme Priya Shaw et Mme Carmen Sanchez. Mesdames, levez-vous, qu'on vous applaudisse toutes les deux…

Carmen n'avait que vaguement conscience du vacarme qui l'entourait, mais elle sentait Zac très proche d'elle, en revanche. Elle aurait voulu le secouer, exiger qu'il lui dise pourquoi il ne lui avait pas parlé de ses parents ou du fait que son père était propriétaire de cet hôtel.

En vérité, il n'était pas du tout celui qu'elle croyait.

— Merci d'avoir participé, mesdames, dit Ellen. Après plusieurs séries d'entretiens, et de longues réunions en face à face ce week-end, la candidate que nous avons choisie pour occuper ce poste est…

En cet instant, Carmen n'avait qu'une envie : retourner dans sa chambre et se blottir sous la couette pour pleurer tout son soûl, tout en se reprochant de s'être montrée aussi stupide. Comment avait-elle pu croire un seul instant que Zac le play-boy s'installerait avec elle ?

— … Carmen Sanchez !

Ellen s'approcha d'elle et se pencha au bord de la scène.

— Félicitations, Carmen ! Nous sommes ravis de vous accueillir dans notre clinique californienne, et nous attendons avec impatience tous les nouveaux protocoles que vous allez bientôt mettre en place !

Une foule de gens se précipitèrent soudain pour la féliciter, et elle leur répondit, comme dans un brouillard.

À côté d'elle, Zac n'avait pas bougé, et ses parents non plus. Il finit par se pencher vers elle pour lui glisser :

— Je retourne dans la chambre.

Il se dirigea vers la sortie latérale, ses parents sur les talons.

Sans réfléchir, Carmen se tourna vers Ellen et Liz.

— Excusez-moi, mais…

Elle fut interrompue par une étrange secousse. Plutôt légère au début, comme les vibrations d'un gros camion qui passe sur une route lointaine, puis de plus ne plus forte, jusqu'à ce que le grand lustre au centre de la pièce se mette à vibrer…

Un tremblement de terre…

Il y avait un véritable tremblement de terre !

Et il était suffisamment important pour renverser les tables et envoyer valser les tableaux accrochés aux murs. Pris de panique, les gens se blottissaient les uns contre les autres, et certains rampaient même sous les tables. Plusieurs personnes âgées avaient été projetées à terre, mais personne ne semblait gravement blessé, Dieu merci.

Les séismes n'étaient pas rares en Alaska, mais Carmen sentit tout de même son rythme cardiaque s'accélérer et dut s'appuyer à une porte pour ne pas tomber. Puis, quand le tremblement cessa, elle se fraya un chemin dans le hall, où elle vit Zac accroupi à côté d'un homme à terre, inconscient. Son père !

Près de lui, sa mère pleurait doucement. Bien que visiblement bouleversé, Zac réagit en professionnel. Il prit le pouls de son père, puis déchira sa chemise pour commencer la réanimation cardio-pulmonaire.

— Appelle le 911, Carmen. Vite !

Machinalement, Carmen sortit son téléphone de son sac et fit ce qu'il lui demandait, puis cria :

— L'ambulance sera là dans cinq minutes !

— Merci, murmura Zac sans oser la regarder.

Il exécuta parfaitement les gestes de premiers secours, puis Carmen prit le relais et effectua les compressions thoraciques pendant qu'il s'occupait du bouche-à-bouche.

Comme le hurlement des sirènes se rapprochait, Carmen sentit une intense douleur la submerger, qu'elle chassa immédiatement pour se concentrer sur l'essentiel.

Pour l'instant, elle avait un patient à sauver. Son chagrin attendrait.

Comme d'habitude.

11.

— Je m'occupe de lui, monsieur, dit l'urgentiste à Zac quelques instants plus tard, avant d'installer son père à l'arrière d'une ambulance.

Ils avaient dû utiliser le défibrillateur pour faire repartir son cœur. Il respirait seul maintenant, mais Zac savait par expérience que l'état d'un patient pouvait changer très vite. Une foule d'émotions se bousculaient en lui – anxiété, tristesse et remords mêlés.

Il ne pouvait s'empêcher de penser que cet accident cardiaque était sa faute, même s'il savait que c'était ridicule.

— Nous l'emmenons à l'hôpital, puis je suppose qu'il sera transporté par avion à Anchorage dès qu'il sera stable.

— Merci.

Zac aida sa mère à monter à l'arrière de l'ambulance. Comme elle avait l'air petite et fragile, tout à coup ! Bien plus que dans son souvenir. En la voyant agripper la main de son mari comme une bouée de sauvetage, il sentit son cœur se briser un peu plus encore. Qu'il le veuille ou non, sa mère aimait son père, et elle serait anéantie si quelque chose lui arrivait.

— Je te rejoindrai dès que j'aurai réglé les choses à l'hôtel, maman.

Il s'écarta pour laisser les ambulanciers fermer les portes arrière de leur véhicule qui s'éloigna toutes sirènes hurlantes dans le froid et la nuit. Il y avait une heure à peine, il avait juré de tourner le dos à ses parents et de ne plus jamais les revoir. Et voici qu'il venait, avec l'aide de Carmen, de sauver la vie de son père, terrorisé à l'idée de le perdre alors qu'il ne ressentait pour lui que haine et mépris…

En sentant le regard de Carmen rivé à son dos, il comprit qu'il lui restait encore une rude bataille à livrer. Il avait vu l'incrédulité, puis la colère se peindre sur son visage quand il lui avait avoué la vérité sur ses parents, des émotions qui avaient fait place à un insupportable sentiment de trahison. Un sentiment qu'il ne connaissait que trop bien pour l'avoir lui-même éprouvé par le passé.

— Écoute, murmura-t-il sans se retourner, je suis désolé de ne pas t'avoir tout raconté plus tôt. J'aurais dû être honnête dès le départ.

Il se retourna lentement et la vit, emmitouflée dans sa veste de smoking, les bras croisés autour du corps. Ses yeux d'un vert pailleté d'or lançaient des étincelles.

— Je ne sais pas quoi dire d'autre, ajouta-t-il, sauf que je suis désolé.

— Tu ne me fais pas confiance, dit-elle sans le regarder. Tout ce week-end, c'était pour faire semblant. Tu as bien joué ton rôle. Nous étions amis, et je n'aurais pas dû m'attendre que ça change quoi que ce soit entre nous. Après tout, ton histoire avec tes parents ne me regarde pas. Je ne suis pas assez importante pour toi pour que tu me dises la vérité.

Pas assez importante ?

Il baissa la tête et fixa ses pieds. De la neige grise recouvrait ses mocassins noirs impeccablement cirés, et si cela n'était pas une métaphore du désastre absolu qu'était cette soirée, alors il ne savait pas ce que c'était.

— Mais nous sommes toujours amis…

Et j'aurais voulu que nous nous soyons tellement plus…

Cependant, au lieu de prononcer ces mots, il les ravala et dit :

— Et tu es importante à mes yeux, Carmen. J'aurais voulu te parler tant de fois ce week-end, mais ce n'était jamais le bon moment.

Il se tut, tandis que les mots de Dustin lui revenaient en mémoire.

« Nous commettons tous des erreurs. L'essentiel est d'en tirer les bonnes leçons. »

En effet, Zac avait certainement fait sa part d'erreurs en ce qui concernait Carmen. Il éprouva le besoin de se justifier.

— Si ça peut te consoler, je n'ai jamais parlé de mon passé à personne à Anchorage.

— Ça ne me console pas.

Il était guère étonné. Pis encore, il étati convaincu de mériter toute la colère qu'elle pouvait déverser sur lui, vu la façon dont il l'avait trompée. Il méritait de la perdre, comme son père avait failli perdre sa mère.

Parce qu'au fond il n'était pas meilleur que son père.

Il était un menteur. Un tricheur. Un acteur.

Il l'avait toujours su, sans oser se l'avouer, mais maintenant qu'il était démasqué, il éprouvait le besoin de tout mettre au grand jour.

— Au début, je ne te l'ai pas dit parce que je ne te faisais pas confiance, même s'il ne s'agissait pas seulement de toi… En vérité, je ne fais confiance à personne. Mais plus tard, j'ai gardé le silence pour ne pas gâcher ton grand week-end… et pour ne pas tout casser entre nous.

— Je vois…

La petite foule qui s'était rassemblée sur le parking après le tremblement de terre se dirigeait lentement vers l'intérieur, les spécialistes envoyés sur place ayant sécurisé le bâtiment.

Carmen s'approcha de Zac, qui se tenait un peu à l'écart de la foule, et murmura :

— Tu ne m'as pas caché tout cela pour que je continue à coucher avec toi, tout de même ?

— Non. Ce n'est pas ce que je voulais dire.

— Eh bien, c'est ce que tu as dit.

— Nous avions passé un accord : pas d'engagement. C'est toi qui as défini les règles, pas moi.

Il n'avait aucune envie de parler de ça, mais il était sur la défensive et se sentait vulnérable, par sa faute.

— Ce fiasco ne se serait pas produit si tu ne m'avais pas fait venir ici, Carmen, alors ne m'accuse pas si les choses ne se sont pas passées comme tu le voulais. J'ai joué mon rôle, et vu la nuit que nous avons passée je dirais que tu en as tiré quelques bénéfices. Parce que c'est bien pour cela que tu as fait appel à moi, non ?

Son visage avait pâli, mais il poursuivit :

— Tu ne me vois que comme un agréable passe-temps. Parce que tu travailles trop dur pour avoir le temps de construire une vraie relation. Tout ce que tu fais, c'est te sacrifier pour les autres et ne jamais rien prendre pour toi. J'ai pensé qu'un week-end pourrait t'aider à prendre du recul, mais j'avais tort. Tu es seule parce que tu aimes être seule. Tu adores ça, même. Alors reste seule. Et amuse-toi bien !

— Comment oses-tu me parler comme ça ? Je tiens à toi, Zac. Et pas seulement comme ami. Et la nuit dernière, tu as pris autant de plaisir que moi, non ? Mais tu as l'habitude, n'est-ce pas ? Tel père, tel fils, apparemment…

Zac se figea, les poings serrés. Ces paroles l'avaient touché au plus profond. Il ne s'était pas préparé à ça. À accepter le fait que l'univers qu'il avait soigneusement construit ces douze dernières années venait de s'effondrer. Il avait besoin de s'éloigner de Carmen avant de prononcer des mots qu'il risquait de regretter.

Il passa devant elle, ignorant la douleur dans ses yeux qui lui brisait le cœur.

— Félicitations pour ton nouveau poste en Californie !

Une fois cette maudite soirée terminée, il ne lui resterait plus qu'à rassembler les morceaux de son cœur brisé et à tenter de reconstituer le puzzle de sa vie.

Ou ce qu'il en restait.

Quand elle regagna sa suite, Carmen était dans un état d'hébétude tel qu'elle n'arrivait même pas à pleurer. Cette soirée ne s'était pas déroulée comme elle l'avait prévu. Pas du tout, même. Elle avait obtenu l'emploi de ses rêves, et un brillant avenir s'ouvrait à elle – elle pourrait désormais prendre soin de sa mère et de sa sœur comme elle l'avait toujours voulu. Et pourtant, tout cela lui semblait creux, totalement vide de sens.

Beaucoup trop excitée pour dormir, malgré l'heure tardive, elle commença à faire ses valises. Ainsi, quand Zac reviendrait, il verrait qu'elle était prête à laisser tout ça derrière elle et à passer à autre chose.

Une fois ses bagages bouclés, elle se doucha, puis s'installa sur le canapé du salon et regarda par la fenêtre. Il était 5 heures du matin, et Zac n'était toujours pas rentré. Et cela valait mieux, car elle n'était pas d'humeur à le revoir, en ce moment.

Comment avait-il osé l'accuser de jouer les martyres, de se surmener pour des raisons égoïstes ? Il ne savait rien d'elle ni de son passé. Apparemment, et contrairement à elle, il avait grandi dans le luxe, songea-t-elle en regardant autour d'elle.

Carmen ferma les yeux et laissa sa tête retomber contre le coussin. Aussitôt, des images du tremblement de terre et de l'incident qui l'avait suivi revinrent à son esprit, et elle revit Zac en train d'exécuter une réanimation cardio-pulmonaire sur son père pendant que sa mère pleurait à côté de lui. En cet instant, elle avait cru lire le désespoir sur son beau visage. Son regard n'était pas celui d'un homme en paix avec sa vie, avec lui-même, mais celui d'un homme qui avait commis de grosses erreurs et craignait de ne jamais avoir l'occasion de se racheter.

Elle soupira et se redressa. Ce n'était pas son problème. Ce n'était certainement pas à elle de régler cela, et encore moins maintenant. Sur ce point, il avait raison.

Zac Taylor ne faisait plus partie de sa vie, et elle s'en sortirait très bien sans lui. Elle n'avait pas besoin de Zac. D'ailleurs, elle n'avait besoin de personne.

Elle donnerait sa démission à Anchorage Mercy dès qu'elle rentrerait chez elle, mettrait leur modeste petite maison en vente, puis déménagerait avec sa famille en Californie en laissant derrière elle toute cette laideur. Elle installerait sa mère dans une belle maison de retraite, inscrirait Clara à l'université de son choix, près de Big Sur. Elle oublierait tout de Zac et de ses fantasmes de relation durable entre eux.

Cet homme était un séducteur, un incorrigible don Juan

incapable de se fixer. Carmen le savait, mais elle avait choisi de l'ignorer et s'était brûlé les ailes. Désormais, il ne lui restait plus qu'à oublier ces quelques jours et à aller de l'avant.

Et si cela pouvait en plus lui permettre de réparer son cœur brisé, elle était partante.

12.

Quelques jours plus tard, Carmen décida de préparer un bon dîner, chez elle. Elle avait obtenu une rare soirée de liberté et espérait bien en profiter pour faire un peu de rangement dans la maison.

Après son retour du colloque, elle s'était mise en mode «pilote automatique» en se concentrant en priorité à la préparation de son déménagement en Californie. Et la liste des tâches était longue !

Une fois à l'aéroport, Zac et elle s'étaient séparés sans un mot. Comme Lance et Priya lui demandaient si tout allait bien, elle leur avait tout avoué – y compris les fausses fiançailles – convaincue que cela l'aiderait à passer à autre chose. Étrangement, ses amis n'avaient été qu'à demi surpris par cet aveu et lui avaient confié qu'ils avaient toujours eu des doutes au sujet de cette relation.

Avant de quitter l'hôtel, elle avait également confié à Ellen et Liz qu'elle et Zac avaient rompu. Les deux femmes l'avaient assurée de leur soutien, tout en lui précisant que cela ne changeait rien à leur décision de l'embaucher. Même redevenue célibataire, elle restait leur premier choix pour ce poste.

Mais la cruelle vérité avait fini par éclater, en quelque sorte : elle et Zac n'étaient plus fiancés. Hélas ! alors qu'elle avait cru qu'elle se sentirait mieux, soulagée d'un poids, ce n'était pas le cas.

Ces derniers jours, elle avait travaillé d'arrache-pied, concentrée sur ses objectifs. Elle avait démissionné d'Anchorage Mercy, commencé à transférer ses patientes actuelles à d'autres sages-femmes et, d'une manière générale, intitié le lent et triste processus de séparation. Il fallait faire le deuil de cet endroit, des relations qu'elle y avait nouées, et se préparer à poser ses valises ailleurs.

Ce n'est qu'aux petites heures de l'aube, alors qu'elle s'éveillait d'un sommeil sans rêves, qu'elle s'autorisait à repenser au week-end avec Zac. À se remémorer les merveilleux instants passés en sa compagnie et les sensations qu'elle avait ressenties, lovée entre ses bras, tandis qu'il l'embrassait dans la lumière de l'aurore boréale.

Mais elle se rappelait aussi qu'il lui avait menti sur sa véritable identité, et ce depuis toujours – et bien avant leur « accord ». Et il aurait probablement continué à lui mentir s'il ne s'était pas fait prendre. Après tout, c'était elle qui avait été lésée, dans cette histoire !

Des images du père de Zac, allongé sur le sol de l'hôtel, lui revinrent tout à coup en mémoire. Tant de fois, elle avait voulu prendre le téléphone pour demander à Zac comment il avait surmonté ce choc, mais elle avait raccroché au dernier moment. Zac s'était détourné d'elle, cette nuit-là, il l'avait quittée en lui disant qu'il n'avait plus besoin d'elle, qu'il ne voulait plus d'elle dans sa vie. Inutile donc de chercher à reprendre contact. Il n'apprécierait certainement pas son intrusion.

Elle remua la soupe qui mijotait sur la cuisinière et laissa échapper un soupira. Quel gâchis !

Elle avait appris à l'hôpital que le père de Zac avait été transféré a l'unité de soins intensifs de cardiologie, après leur retour à Anchorage. On disait qu'il allait mieux, mais qu'il faudrait lui poser une endoprothèse pour ouvrir quelques artères obstruées dans le cœur. L'intervention était assez courante, mais cela n'enlevait rien au stress de ses proches…

Un bruit derrière elle interrompit le cours de ses pensées. En se retournant, Carmen vit sa mère à la table de la cuisine, en train de l'observer du coin de l'œil, comme d'habitude. Elle avait beau être atteinte de démence précoce, cela ne l'empêchait pas de rester attentive, peut-être même trop. Rien ne lui échappait.

— Qu'est-ce qui ne va pas, ma chérie ? demanda-t-elle en levant les yeux du magazine qu'elle faisait semblant de feuilleter. Il y a une solution à tout, tu sais…

— Je sais…

Sans cesser de remuer la soupe, Carmen s'appuya contre le bord du comptoir. Sa mère avait raison : même les pires problèmes prenaient fin si on laissait faire le temps. Elle aurait juste voulu que cela aille plus vite… et soit moins douloureux. Mais cela, elle ne pouvait pas en parler à sa mère.

— J'ai beaucoup de choses à faire en ce moment, maman.

— Hmm… Cela n'a rien à voir avec l'homme qui t'a accompagnée à ce fameux week-end, n'est-ce pas ?

— Non. Enfin… un peu, oui.

Une fois de plus, sa mère avait vu juste. Elle tenta de faire diversion.

— Je suis un peu débordée, c'est tout. Je prépare le déménagement. Il y a un travail fou en ce moment à l'hôpital, et en plus je dois former mon remplaçant. C'est beaucoup.

— Mais es-tu heureuse ? insista sa mère en posant sur elle ses yeux qui voyaient tout. C'est ce que tu voulais, non ?

— Bien sûr…

Carmen se retourna et s'apprêta à mettre le couvert.

— J'ai décroché le job parfait dans la clinique parfaite. J'ai travaillé dur pour obtenir ce poste et je gagnerai bientôt assez d'argent pour qu'on n'ait plus à s'inquiéter.

— S'inquiéter ? lança Clara en faisant irruption dans la cuisine. De quoi parlez-vous ?

Elle jeta son sac à dos dans un coin, puis prit les bols des mains de Carmen pour les poser sur la table.

— J'ai demandé à ta sœur si elle était heureuse, expliqua sa mère. Depuis qu'elle est rentrée de ce week-end, elle broie du noir…

— Tu as remarqué, toi aussi ? lança Clara en regardant Carmen par-dessus son épaule.

C'était ce qu'il y avait de bien avec la famille – on avait beau tenter de faire bonne figure, on était très vite démasqué…

C'était aussi ce qu'il y avait de pire. Carmen n'avait jamais été bonne comédienne, encore moins quand il s'agissait de duper ses proches.

Clara prit des couverts dans le tiroir, près de l'évier.

— C'est à cause de Zac, n'est-ce pas ? Tu l'aimes bien, je le vois. C'est sérieux ?

— Euh… non. Il ne s'agit pas de lui. Pas vraiment…

Carmen éteignit le brûleur sous la soupe et secoua la tête.

— Il m'a menti, reprit-elle. Après ce que papa a fait, je ne tolérerai pas les mensonges d'un homme.

Sa mère protesta.

— Ton père était un voyou et un rebelle, mais il n'a jamais menti.

Carmen remplit les trois bols de soupe, puis remit la casserole sur le feu.

— Si, il t'a menti, maman. Il nous a abandonnées, tu t'en souviens ?

Elle s'assit à la table à côté de sa sœur et en face de leur mère.

— Il ne nous a jamais parlé de sa famille et de sa fortune à Buenos Aires. Il nous a laissées derrière lui à la première occasion qui s'est présentée.

— Ce n'est pas vrai ! Je savais qui il était et ce qu'il voulait depuis le début.

Sa mère souffla sur une cuillerée de soupe fumante et prit le temps de la savourer avant de dire :

— Il n'y a pas eu de tromperie, entre nous.

Les deux sœurs échangèrent un regard. Jamais encore leur mère ne s'était exprimée ainsi, avec tant de force, et ce qu'elle venait de dire était totalement nouveau.

Carmen dégusta sa soupe, un mélange savoureux et épais de pois cassés, de maïs, de bouillon de poulet, de pommes de terre, de carottes, de céleri, de thym et de piment. Cette recette lui donnait toujours le mal du pays, et lui faisait parfois regretter d'avoir quitté son île.

— Maman, je crois que tu te trompes. Papa…

— Non, mon enfant. Je ne me trompe pas.

Sa mère posa sur elle et sa sœur un regard sérieux.

— Mon cerveau déraille, de temps en temps, mais je sais toujours distinguer le vrai du faux. Je me souviens d'avoir parlé à votre père, dès notre première rencontre. C'est clair comme de l'eau de roche dans mon souvenir. Il m'a parlé en toute franchise de ses obligations envers l'entreprise familiale et m'a dit qu'il devrait peut-être rentrer chez lui un jour. Mais nous étions amoureux, et c'était un risque que j'étais prête à prendre. En plus, il m'a donné deux magnifiques filles, donc je ne peux vraiment pas me plaindre.

— Il nous a abandonnées ! répéta Clara. Quel genre d'homme laisse ses enfants derrière lui ?

— Le genre qui est contraint de le faire.

— C'est sa riche famille qui lui a mis la pression ? demanda Carmen.

— Non. C'est moi qui ai insisté pour qu'il parte, confia leur mère. Son père venait de mourir, et il était de son devoir de reprendre l'entreprise. Il était déchiré, et le fait d'avoir deux vies le rongeait de l'intérieur. Je l'aimais trop pour le laisser souffrir ainsi, alors je lui ai dit que je n'avais pas besoin de la moitié d'un homme. Je lui ai ordonné de rentrer chez lui, et d'emporter son argent avec lui. Il voulait rester, nous loger dans une belle maison et nous envoyer une pension tous les mois, mais je n'en ai pas voulu. En y repensant, je suppose que j'aurais dû accepter, mais j'aimais trop ma vie et mon indépendance.

Carmen cligna des yeux et regarda sa mère d'un air éberlué.

— Attends, maman… Tu es en train de nous dire que papa voulait s'occuper de nous, mais que tu as refusé ? C'est bien ça ?

— Oui. Je pensais pouvoir tout faire toute seule, et subvenir à tous nos besoins. Je ne regrette pas mes choix, mais je vois maintenant que je vous ai privées de la possibilité de connaître votre père et de la vérité sur son histoire.

La vieille dame soupira et secoua la tête.

— Carmen, je te le dis parce que si tu tiens à cet homme, tu devrais peut-être lui pardonner, lui donner une chance de faire amende honorable. Si tu le veux vraiment, ne commets pas les mêmes erreurs que moi. Tu peux connaître l'amour et avoir en même temps une vie professionnelle bien remplie, une vie tout court.

— Mais… Papa n'a jamais essayé de nous contacter ! s'écria Clara. Il est parti, c'est tout.

— Non, ce n'est pas tout à fait comme cela que les choses se sont passées, répondit leur mère tandis qu'un voile de tristesse passait dans son regard. Il a gardé ses distances par respect pour moi, car c'est ce que j'avais souhaité. Je lui ai fait du mal en le coupant de nos vies. Maintenant, c'est trop tard. Il est mort il y a quelques années, lors d'un accident d'escalade dans les Andes. Je suis désolée, les filles. Je n'ai jamais voulu vous cacher cela si longtemps, mais le temps passe, et vous méritez la vérité.

En voyant couler les larmes de leur mère, Carmen et Clara se levèrent de leurs sièges pour la serrer dans leurs bras et la consoler. Elle avait peut-être commis des erreurs, mais elle était toujours la personne la plus forte que Carmen ait jamais connue.

— Ça va aller, maman, dit-elle en posant la tête contre l'épaule de sa mère. On dirait que c'est le moment de dire la vérité.

— Oui, confirma Clara, les larmes aux yeux. Moi aussi, j'ai quelque chose à vous annoncer : j'ai appris cet après-midi qu'une des bourses que j'ai demandées m'a été accordée. Je vais donc rester ici et m'inscrire à l'école d'infirmières d'Anchorage. La bourse couvre les frais de scolarité, les livres, le logement et les repas. Tout !

— C'est incroyable ! s'exclama Carmen, les larmes aux yeux, avant de serrer sa sœur dans ses bras. Je suis si heureuse pour toi !

Leur mère reprit la parole.

— Et moi, j'ai décidé d'emménager dans ce beau foyer-logement, en bas de la rue, déclara-t-elle. Celui avec les jolis jardins à l'arrière.

Carmen était perplexe.

— Mais… tu viens de dire que tu aimais ton indépendance. N'es-tu pas en train d'y renoncer en emménageant dans cet établissement ?

— Je sais…

Elle caressa la main de Carmen et sourit.

— … mais il est temps. Tu pars prendre ton nouveau poste en Californie et tu as besoin de te sentir libre. Il faut battre le fer tant qu'il est chaud.

— Mais maman…

Muette d'émotion, Carmen sentit une boule se former dans sa gorge. La seule raison pour laquelle elle s'était portée candidate à ce poste à la clinique de Big Sur était pour subvenir aux besoins de sa mère et de sa sœur. Sans cela, l'argent supplémentaire valait-il la peine de laisser derrière elle son foyer, ses amis, sa vie ?

Soudain, Clara lui prit la main et demanda :

— C'est bien ce que tu voulais, non ?

Elle secoua la tête.

— Je ne sais plus, maintenant. Je le croyais, mais maintenant je n'en suis plus si sûre. Pendant si longtemps, j'ai été uniquement préoccupée par le fait de faire évoluer ma carrière. J'ai toujours pensé qu'il fallait agir, aller de l'avant…

— Et cet homme ? demanda sa mère avec un regard aigu.

— Eh bien, quoi ?

Elle n'avait pas revu Zac depuis qu'ils s'étaient séparés à l'aéroport, et vu la façon dont la fin du week-end s'était déroulée, il y avait peu de chances pour qu'il veuille de nouveau avoir quoi que ce soit à faire avec elle.

— Je doute qu'on puisse recoller les morceaux.

— On ne sait jamais avant d'avoir essayé, murmura sa mère en posant la main sur sa joue. Tu es un tel trésor. Il aurait de la chance de t'avoir, si toutefois il était à ton goût. Mais dépêche-toi pendant que le soleil brille, ma fille. Les hommes comme lui ne restent pas longtemps seuls !

Zac se tenait devant la chambre d'hôpital de son père, hésitant à entrer. De garde toute la nuit, il avait redoublé d'efforts pour ne pas avoir à réfléchir à la conversation qu'il s'apprêtait à avoir avec lui.

Le fait de parler avec sa mère dans la salle d'attente pendant l'intervention de son père l'avait aidé à voir celui-ci sous un autre jour, mais cela ne voulait pas dire que les anciennes blessures étaient complètement guéries. Ils avaient besoin de parler, et le dialogue ne serait certainement pas aisé à établir.

Il fit signe de la tête à un patient qui passait dans le couloir, puis prit une grande inspiration pour se donner du courage. Il était temps de se jeter à l'eau.

Zac ouvrit la porte et dès qu'il entra son père lui parut plus petit et plus vieux que dans son souvenir. À un bras, il avait des intraveineuses et un brassard de tension artérielle, et des fils reliaient les électrodes branchées sur sa poitrine à un ECG. La chemise blanche de l'hôpital contrastait fortement avec sa peau foncée. Sur une desserte à côté du lit, Zac vit un yaourt entamé, ainsi que des lunettes de lecture et une grille de mots croisés presque terminée.

Sa mère était assise sur la chaise, près du lit ; le cliquetis de ses aiguilles à tricoter répondait aux bips du moniteur cardiaque.

Ses parents levèrent les yeux quand il entra, et Zac se figea.

— Zac !

Sa mère posa sa pelote de laine et vint l'embrasser.

— Entre, je t'en prie. J'espérais que tu passerais. J'ai bien besoin d'une pause. Je vais aller me promener et prendre un en-cas à la cafétéria. Je reviens bientôt.

Alors qu'elle passait près du lit, elle jeta un regard appuyé à son mari, et Zac eut l'impression qu'il avaient conclu un pacte, tous les deux.

La porte se referma derrière elle, laissant Zac et son père en tête à tête.

— Bonjour, dit enfin Zac, soudain mal à l'aise dans son uniforme d'infirmier, comment te sens-tu ?

Il était venu immédiatement après son service et n'avait pas pris le temps de rentrer se changer.

Son père hocha la tête.

— Mieux. Grâce à toi.

— Ce n'est pas moi qui t'ai opéré. Je me suis contenté de te réanimer jusqu'à l'arrivée de l'ambulance.

Zac prit le siège que sa mère avait quitté, le seul disponible dans la chambre.

— Arrête, fiston. Tu m'as sauvé la vie, ce soir-là.

Son père croisa les mains sur son estomac.

— Sans toi, je ne serais plus là, alors merci. Je suis sûr que cela n'a pas dû être facile, pour toi, de prendre cette décision.

Zac grimaça.

— Quelle décision ? Je suis un professionnel. Il n'y avait aucune décision à prendre. Je sauve des vies. C'est mon métier.

Le silence s'installa entre eux, les séparant une fois de plus, jusqu'à ce que Zac se décide à le briser. Il était là pour se racheter, et hésiter ne servait plus à rien.

— Écoute, papa… Je suis désolé.

— Pour quoi ? demanda son père, surpris. C'est plutôt moi qui te dois des excuses, Zac. J'ai laissé la situation s'envenimer entre nous pendant toutes ces années. C'est moi qui ai commis des erreurs, pas toi.

Zac agita la main vers son père :

— Mais ça… Ton cœur… c'est à cause de moi.

— Arrête de te vanter ! Cela fait des années que j'ai un taux de cholestérol élevé. Je prends un traitement pour ça. Tu l'ignorais, puisque cela fait très longtemps que nous ne nous sommes pas vus, mais…

Son père laissa échapper un soupir résigné.

— Et ça aussi, c'est ma faute, pas la tienne.…

— Maman et moi avons parlé hier, pendant que tu te faisais opérer. Elle m'a aidé à comprendre des choses que je n'avais pas comprises jusque-là. Je ne cautionne pas ta liaison, et je ne l'oublierai pas non plus, mais je comprends mieux la situation, à présent. J'ai pensé que tu devais le savoir. Je ne crois pas qu'on puisse revenir en arrière, mais moi aussi, j'ai changé, depuis cette époque. J'ai une vie et une carrière que j'aime ici, à Anchorage, et j'en suis fier. Et… j'aimerais bien que toi et maman fassiez de nouveau partie de ma vie. On pourrait peut-être essayer, et voir comment ça se passe.

Son père plissa le front, puis le regarda.

— J'aimerais bien, fiston.

Sa voix avait légèrement tremblé, comme s'il retenait

ses larmes. Et, curieusement, Zac se surprit à se frotter discrètement les yeux, lui aussi.

— D'accord…

Son père sourit enfin.

— J'ai cru qu'on n'y arriverait jamais…

— Moi aussi. Mais je suis content que nous ayons pu discuter.

Zac s'assit et relâcha la tension accumulée au niveau de ses cervicales.

— Oui, c'est bien…

Son père se redressa légèrement dans son lit, déclenchant le moniteur cardiaque. Une infirmière se précipita pour vérifier les appareils, et fit signe à Zac avant de quitter la chambre.

— Et maintenant, parle-moi un peu de ton amie, suggéra son père.

Ce fut au tour de Zac de froncer les sourcils.

— Nous ne sommes pas ensemble, tu t'en souviens ? Tout ça n'était qu'une mascarade. Nous ne nous sommes pas vus depuis notre retour, et d'après ce que je sais, elle se prépare à quitter l'Alaska.

Son père secoua la tête.

— Et… C'est sérieux, entre vous ?

— Papa, je viens de te dire que…

— Si tu l'aimes bien, elle doit avoir quelque chose de spécial…

Son père se pencha pour prendre ses lunettes et ses mots croisés.

— Où déménage-t-elle ?

— Big Sur.

— Magnifique endroit. Il y a quelques années, un nouvel hôtel a ouvert ses portes dans les environs. Il me faudrait quelqu'un pour le diriger.

Son père se remit à ses mots croisés.

— Je cherche un mot qui commence par « p » et se termine par « n » ? Six lettres ? C'est synonyme d'« absolution ».

— Je n'ai pas besoin d'un travail, papa. J'en ai déjà un. Je suis infirmier urgentiste. L'un des meilleurs d'Anchorage.

Dans sa jeunesse, son père s'attendait que Zac suive ses traces. Il espérait qu'il avait changé, depuis.

— Je suis heureux ici, dit-il.

Son père leva les yeux vers lui. Son expression était sincère lorsqu'il dit :

— Tant mieux. C'est tout ce que j'ai toujours souhaité pour toi, fiston. Que tu sois heureux. Et si vivre ici et sauver des vies te satisfait, alors je suis heureux moi aussi. Vraiment. J'ai juste pensé que si jamais tu avais besoin d'un endroit où séjourner quand tu irais voir ta copine, tu pourrais aller dans mon hôtel.

— Et qui te dit que j'irai voir Carmen ? demanda-t-il avec froideur.

Honnêtement, il ferait plus que lui rendre visite si elle lui pardonnait, mais il n'en était pas encore là… Il ne lui avait même pas encore demandé pardon.

Zac se frappa le front.

— J'ai trouvé !

— Quoi ?

— La réponse.

Zac se leva et sourit.

— Six lettres. Ça commence par un « p » et se termine par un « n ». Pardon… Au fait, je dois y aller.»

— Merci, fiston ! cria son père quand Zac sortit en courant de la pièce. Va voir ton amie, maintenant !

13.

Le lendemain soir, Carmen se rendit à l'hôpital pour travailler sur les dossiers de ses deux dernières parturientes. Avec le printemps qui approchait, tout le monde semblait sur le point d'accoucher, ces jours-ci.

Elle n'avait pas oublié qu'elle devait passer un appel qui n'était pas directement lié à son travail. Un appel qu'elle avait remis à plus tard…

— Salut ! Comment vas-tu ?

Priya s'approcha d'elle au comptoir.

— Bien.

Peut-être que si elle répétait ce mot jour après jour, ça deviendrait vrai. Carmen observa son amie à la dérobée, et fut heureuse de constater qu'elle avait meilleure mine.

— Et toi ?

— Ça va… Alors, tu te prépares pour le grand déménagement ?

Carmen expira lentement. Elle n'avait encore fait part de sa décision à personne, mais le moment était venu. Dès qu'elle avait pris conscience que sa priorité était d'essayer d'arranger les choses avec Zac et de construire avec lui une vraie relation, il lui était apparu évident que son avenir était ici, à Anchorage.

— J'ai décidé de refuser le poste à Big Sur.

— Quoi ? Priya la prit par le bras et la conduisit jusque dans la salle de repos réservée au personnel, puis ferma la porte avant de continuer : Pourquoi ? Tu voulais absolument décrocher ce job !

— Je sais, mais les choses ont changé.

Carmen se laissa tomber sur le canapé et commença à jouer avec l'ourlet de sa blouse.

— C'est que… le cœur n'y est plus.

— Est-ce que ça a quelque chose à voir avec un certain infirmier urgentiste qui s'est récemment fait passer pour ton fiancé ? insista Priya.

— Non. Je veux dire… oui. Enfin…

Elle secoua la tête, faisant danser ses boucles autour de son visage.

— En tout cas, ce n'est pas la seule raison.

— Mais vous êtes toujours amoureux l'un de l'autre, non ?

Priya s'assit à l'autre bout du canapé, et se tourna vers elle.

— J'avoue qu'au début j'avais des soupçons, mais quand je vous ai vus danser, mes doutes se sont envolés. L'alchimie entre vous est tellement évidente !

Carmen soupira.

— Tu as peut-être raison. Nous nous aimions beaucoup mais hélas ! nous avons commis des erreurs.

— Je suis désolée…

Priya lui tapota le bras.

— Les relations sont toujours difficiles. Même les fausses. Mais pourquoi as-tu décidé de ne pas prendre ce nouveau poste ?

— Je suis heureuse ici.

Elle haussa les épaules.

— J'adore Anchorage Mercy, et mes collègues, et mes patientes… Je ne veux pas abandonner tout ça pour tout recommencer de zéro.

— Je comprends, dit Priya enroulant autour de son doigt une mèche de ses longs cheveux. Et l'argent, alors ?

— Je gagne bien ma vie ici, et après avoir parlé avec ma mère et ma sœur, l'autre soir, j'ai constaté que notre situation à toutes les trois avait changé. Certaines choses sont plus importantes que l'argent, tu sais ?

— Je sais, oui, répondit Priya en posant la main sur son ventre. Tu vas rester ici, alors ?

— En effet. Je dois quand même appeler Ellen pour lui

faire part de ma décision. Et te recommander pour prendre ma place, confirma Carmen en souriant.

— Oh ! non, ce n'est pas la peine !

— Tu ne veux pas que je te recommande ? Pourquoi ?

— Ma situation a changé aussi. Lance et moi attendons notre premier bébé en décembre.

Carmen serra son amie dans ses bras.

— Oh ! mon Dieu ! C'est fantastique. Je suis si heureuse pour vous deux ! Ça explique aussi pourquoi vous aviez l'air un peu bizarres, durant ce week-end.

— Tu l'avais remarqué ? Entre les siestes et les nausées matinales, ça a été un défi de suivre le programme de ces deux jours, avoua Priya. Quoi qu'il en soit, nous avons décidé de rester près d'Anchorage, nous aussi. Mes parents sont à Sitka et les siens à Vancouver, ce qui n'est pas très loin. En plus, nous avons choisi un terrain et devons discuter la semaine prochaine de la construction de notre nouvelle maison.

— C'est merveilleux !

Carmen soupira. Elle était vraiment heureuse pour son amie. Et pour Lance aussi. Ainsi que pour sa mère et sa sœur. Autour d'elle, tout le monde semblait avoir trouvé sa place. Elle aussi, même si cet endroit lui semblerait un peu triste sans Zac pour le partager. Pourtant, elle était arrivée jusque-là toute seule, et elle pouvait continuer.

— Je suis ravie pour vous deux. Vraiment.

— Merci, dit Priya. Tu voudras bien m'aider à mettre mon bébé au monde ?

Touchée au-delà des mots, Carmen hocha la tête.

— Oui ! Bien sûr !

— Bien !

Priya serra sa main.

— Et maintenant, un bon conseil : ne l'abandonne pas.

— Qui ça ?

— Zac. Lance dit qu'il traverse des moments difficiles avec ses parents. Qui aurait cru que sa famille était du genre fortuné, hein ? Il ne s'en est jamais vanté auprès d'aucun de nous.

— Non, en effet…

— C'est un mec bien.

Carmen ferma les yeux et revit Zac à l'aéroport, si beau dans son blazer en tweed. Puis plus tard, à la réception de bienvenue, dans son smoking de star… Puis à la réserve animalière, en jean et T-shirt, l'embrassant sous les étoiles. Son parfum, son goût, sa voix…

Mon Dieu, il lui manquait tellement !

Elle chassa d'un soupir la nostalgie qui menaçait de s'emparer d'elle.

« Il faut battre le fer tant qu'il est chaud… »

De nouveau, les mots de sa mère résonnèrent dans sa tête. Elle avait raison. Carmen devait cesser de perdre son temps et saisir les occasions qui se présentaient à elle. Avec sa mère au foyer-logement et sa sœur à l'école d'infirmières, pour la première fois depuis toujours, elle n'avait à s'occuper de personne d'autre que d'elle-même. Elle pouvait aller où elle voulait, faire ce qu'elle voulait, être qui elle voulait. Elle devait cesser d'en avoir peur et embrasser sa liberté.

Mais d'abord, elle avait un coup de fil à passer.

D'un bond, elle se leva et s'approcha du téléphone fixé au mur.

— Je dois appeler Ellen, dit-elle à Priya.

— C'est vrai. Et moi, je dois aller voir mes patients. À plus tard…

— Oui, à plus tard.

Carmen attendit d'être seule pour composer le numéro.

— Clinique gynécologique de Big Sur, annonça une réceptionniste. Comment puis-je vous aider ?

— Ellen Landon, s'il vous plaît. De la part de Carmen Sanchez.

— Certainement. Un instant, s'il vous plaît.

— Carmen ! Ravie d'avoir de vos nouvelles. Comment se déroulent les préparatifs du déménagement ? Liz et moi parlions de vous hier soir. J'avais prévu de vous appeler plus tard dans la semaine pour vous inviter à venir passer le week-end avec nous. J'ai pensé que nous pourrions vous faire visiter Big Sur et vous aider à vous acclimater un peu…

— Oh ! C'est très gentil, dit Carmen, mais j'ai peur

d'avoir de mauvaises nouvelles. J'ai finalement décidé de ne pas prendre ce poste.

Il y eut une petite pause, qui parut une éternité à Carmen.

— Je suis tellement déçue d'entendre ça, Carmen, répondit Ellen. Pouvez-vous me dire ce qui vous a fait changer d'avis ? Au colloque, vous aviez l'air très intéressée par ce travail.

— Je l'étais. C'est une opportunité en or. Mais après beaucoup de réflexion et d'introspection, je me suis rendu compte que j'étais heureuse à Anchorage et que je voulais y rester.

— Ça n'a rien à voir avec votre ami Zac, n'est-ce pas ?

— Non. Pas vraiment. En fait, je ne l'ai guère vu depuis notre retour à Anchorage. Ma situation familiale a changé, cependant, et j'ai décidé d'aller dans une direction différente…

— Ce n'est pas une bonne nouvelle pour nous, soupira Ellen, mais je vous souhaite bonne chance. Je suppose que je vais devoir contacter Mlle Shaw, maintenant…

Carmen voulut lui dire de ne pas le faire, mais elle songea que c'était le rôle de Priya.

— Je tiens à vous remercier encore une fois de m'avoir offert ce poste, Ellen. Ce fut un honneur de vous rencontrer, et j'espère que nous pourrons rester en contact. On ne sait jamais ce que l'avenir nous réserve…

— Absolument…

Le sourire chaleureux d'Ellen était perceptible au son de sa voix.

— Ce fut un plaisir de vous rencontrer aussi, Carmen. De nos jours, il est rare de trouver une telle attention et un tel dévouement, et tout cela a été très apprécié. Je resterai en contact.

Une fois l'appel terminé, Carmen retourna aux urgences juste à temps pour prendre en charge un nouveau cas.

— Anchorage Mercy, dit l'ambulancier, ici FA 18. Préparez-vous à l'arrivée d'un décollement placentaire suspecté. Patiente de 25 ans en travail, 39e semaine de grossesse. Saignement vaginal. Terminé.

Carmen se précipita pour enfiler une blouse et des gants propres, et elle attendait près des portes de la salle des urgences lorsque l'ambulance arriva. La mère était à terme, mais un certain nombre de complications pouvaient survenir si le placenta se détachait avant la naissance du bébé, et le risque vital était réel. Tom Farber, l'obstétricien de garde cette nuit-là, se tenait à côté d'elle, prêt à réagir à la moindre alerte.

En quelques secondes, les portes automatiques s'ouvrirent, et les ambulanciers se ruèrent à l'intérieur avec une femme sur un brancard. Son mari l'accompagnait, visiblement stressé. Carmen ne put s'empêcher de remarquer que Zac ne faisait pas partie de l'équipe.

Elle chassa bien vite les pensées mélancoliques qui l'assaillaient tandis qu'on transportait la patiente dans la salle de traumatologie. Susan, la partenaire habituelle de Zac, lui fit un bref récapitulatif.

Carmen attendit qu'ils aient installé la femme sur le lit d'hôpital pour s'approcher d'elle.

— Bonjour. Je m'appelle Carmen Sanchez. Je suis la sage-femme de garde aux urgences ce soir. Pouvez-vous me dire si c'est votre première grossesse ?

— Non, dit la femme en sanglotant, c'est la troisième. Ma fille a cinq ans et j'ai eu un autre bébé l'an dernier, mais il était mort-né. S'il vous plaît, sauvez mon bébé ! Je vous en supplie…

Elle laissa échapper un cri. Les contractions reprenaient.

Carmen regarda Tom faire l'examen pelvien.

— Léger saignement, dit-il. Nous allons brancher les moniteurs cardiaques et voir comment se porte le bébé.

Le saignement n'était pas bon signe. Pas bon du tout.

La femme agrippa le bras de Carmen.

— S'il vous plaît, je ne veux pas d'opération.

— Sa sœur ait fait une mauvaise expérience, et depuis elle est terrifiée, expliqua le mari. Elle déteste les hôpitaux, en fait. C'est pour ça que nous avions opté pour un accouchement à domicile.

— Sans aucune aide ? demanda Carmen. Vu ses antécédents, c'était très risqué.

— Je voulais juste la satisfaire, dit le mari, visiblement

affolé. Ne la laissez pas mourir, s'il vous plaît. Sauvez-la, elle et le bébé. Je vous en prie…

— Ne vous inquiétez pas, nous allons bien nous occuper d'elle, dit Tom en faisant signe à l'une des infirmières d'éloigner le mari.

— Quel est votre prénom ? demanda Carmen en prenant la main de la patiente.

— Lonnie, parvint à répondre celle-ci entre deux respirations haletantes. Le bébé arrive !

— Oui, en effet.

Carmen lui sourit pour la rassurer.

— Et nous allons vous accompagner à chaque étape, Lonnie.

Au bout de la table, Tom annonça :

— Alors… Le rythme cardiaque fœtal semble bon, pas de détresse, donc nous pouvons continuer à tenter la voie basse pour l'instant.

Il regarda Lonnie, puis vérifia le moniteur tout près.

— À la prochaine contraction, je veux que vous poussiez de toutes vos forces, d'accord ?

Lonnie hocha la tête en guise d'assentiment, et arqua le dos.

— Oui ! C'est ça, Lonnie. Très bien ! l'encouragea Carmen.

Enfin, la contraction s'apaisa, pour céder la place à une autre. Elles étaient de plus en plus rapprochées.

— Ce ne sera plus très long, maintenant, dit Carmen à Tom en hochant la tête.

— On y est presque, dit-il. Je vois la tête.

Lonnie laissa échapper un cri pendant qu'une autre contraction arrivait, et serra la main de Carmen si fort qu'elle crut qu'elle allait lui briser les os.

— Respirez ! C'est ça ! C'est ça !

— La tête est sortie ! s'écria Tom. Encore un petit effort, et c'est terminé, Lonnie.

Quelques instants plus tard, un long cri strident retentit, et Lonnie se laissa retomber sur le lit, en nage et les yeux pleins de larmes tandis qu'elle fixait le nouveau-né dans les mains de Tom.

— C'est fini ?

— Oui. C'est un magnifique petit garçon.

Il posa le bébé sur sa poitrine avant de couper le cordon ombilical.

En voyant le père accourir pour embrasser sa femme et découvrir son fils, Carmen ne put s'empêcher de sourire. C'est ce qu'elle aimait le plus dans son travail : accueillir une nouvelle vie dans le monde.

Après avoir aidé à l'expulsion du placenta et à la toilette de sa patiente, Carmen se sentait fatiguée, mais fière. Comme elle sortait de la salle de traumatologie, elle remarqua que Susan l'attendait près du poste des infirmières.

C'était étrange. D'habitude, les ambulanciers retournaient à leur plate-forme après un appel.

Elle jeta ses affaires souillées dans la poubelle à déchets biologiques, puis alla se laver les mains dans l'évier du hall avant d'entrer dans la salle de repos.

— Salut, lança-t-elle en feignant d'être intéressée par le calendrier sur le mur. Comment vas-tu, Susan ?

— Très bien, répondit l'infirmière, mais ça irait mieux si tu pouvais aider mon partenaire.

— Comment ?

Carmen jeta un coup d'œil par-dessus son épaule et fronça les sourcils en découvrant Zac en smoking, encore plus beau que dans son souvenir.

Susan sourit avant d'expliquer :

— Zac a perdu son cœur il y a quelques jours, et il pense que tu es la seule à pouvoir l'aider à le retrouver.

— Je prends le relais maintenant, merci, Susan, dit Zac.

Puis il s'avança et mit un genou à terre devant Carmen.

— Je sais que j'ai été nul. Et je sais que je n'ai aucune raison de m'attendre que tu me fasses de nouveau confiance. Je sais que j'ai perdu la meilleure chose qui me soit arrivée quand je t'ai laissée partir, Carmen Sanchez, mais si tu peux trouver dans ton cœur le courage de me pardonner, je te jure que je passerai le reste de ma vie à me racheter.

Étonnée, Carmen le regarda fixement, essayant de tout assimiler. Elle sentait les regards de ses collègues fixés sur elle, et la chaleur envahissait ses joues.

— Zac, lève-toi, voyons. Qu'est-ce que tu fais ?

— Je m'incline devant toi, ô ma reine…

Il lui fit un clin d'œil et reprit un ton normal pour ajouter :

— Peux-tu me pardonner, Carmen ?

Elle soupira et secoua la tête en riant.

— Il n'y a rien à pardonner, Zac. J'ai autant de torts que toi. C'était mon plan, en premier lieu.

— Mais j'étais d'accord pour jouer le rôle que tu m'as proposé. Et je t'ai menti sur qui j'étais vraiment.

Il jeta un coup d'œil à la petite foule du personnel qui s'était rassemblée autour d'eux. Le bruit s'était répandu comme une traînée de poudre depuis qu'ils étaient revenus à Anchorage Mercy : Zac l'infirmier était issu d'une famille riche, très riche… Il savait que Carmen n'avait jamais rien révélé, mais les ragots circulaient vite, dans ces couloirs.

— J'aurais dû être honnête avec toi dès le début, mais à l'époque je ne pouvais même pas être honnête avec moi-même.

— Je ne peux pas dire que j'excellais dans ce domaine, moi non plus, reconnut-elle avant de désigner une petite salle d'approvisionnement vide à proximité. Et si on s'isolait un peu ?

Il hocha la tête et la suivit. Les lampes fluorescentes au plafond s'allumèrent automatiquement, détectant leur présence.

— Alors… j'imagine qu tu es occupée à faire tes valises pour la Californie, dit-il après un long silence.

— En fait, j'ai refusé le poste. J'ai décidé que tout ce que je désirais était déjà ici, à Anchorage.

— Vraiment ?

— Oui. J'ai appelé Ellen pour le lui dire. J'allais recommander Priya à ma place, mais…

Elle s'arrêta avant de révéler le secret de son amie, au cas où Zac ne le saurait pas encore.

— Je suis au courant. Lance est aux anges. Il ne parle plus que de ça. Mon fils ceci, ou ma fille cela ! Mais je ne lui en veux pas. J'espère avoir des enfants moi aussi, un jour.

— Moi aussi.

Elle se balança sur ses talons, mal à l'aise.

— Écoute, Zac. Je suis désolée aussi pour ce que je t'ai

dit. La façon dont tu choisis de vivre ta vie ne me regarde pas. J'ai décidé d'abandonner aussi mes vieux préjugés et je suis désolée d'avoir été injuste envers toi. J'ai parlé à ma mère après mon retour, et elle m'a mise au courant de certaines choses.

— Comme quoi ?

— Comme le fait que mon père voulait prendre soin de nous, mais qu'elle avait choisi de refuser son aide parce qu'elle était indépendante et voulait faire les choses par elle-même.

— Je vois… Ça me rappelle quelqu'un.

— Tu veux entendre mes excuses ou pas ? demanda-t-elle, pressé de tout dire avant de perdre courage. Je n'aurais pas dû te juger pour ton passé, pas plus que je ne voudrais que tu me juges pour le mien. Aucun de nous n'avait la moindre prise sur ce qui s'est passé à l'époque.

— D'accord.

— Mais je pense qu'il serait bon pour toi de parler à ton père et d'essayer de te réconcilier avec lui. La famille est l'une des choses les plus importantes au monde, Zac. Ce n'est pas sain de se couper ainsi des gens qu'on aime. Si ton père était mort et que tu n'avais jamais fait amende honorable, cela te hanterait pour le reste de tes jours.

— Tu as raison. Sache que mon père va bien. On lui a posé trois endoprothèses, et il sort de l'hôpital aujourd'hui.

Il se tut un moment, avant d'ajouter :

— Et nous avons parlé, lui et moi. J'ai discuté avec ma mère, aussi. Tout va bien, aussi bien qu'on peut s'y attendre pour l'instant. Ils retournent à l'hôtel bientôt.

— C'est super !

— Tu sais ce qui est génial aussi ? demanda-t-il en s'approchant d'elle.

Elle secoua la tête, tandis que son pouls s'accélérait.

— Le fait que pour la première fois en plus d'une décennie je suis enfin libre. Libéré de la culpabilité, des secrets et du poison de la trahison. Je me sens comme un homme nouveau.

— Ah oui ?

— Oui. Et en tant qu'homme nouveau, j'ai besoin d'une

femme… Je voudrais que tu sois cette femme, Carmen, si tu veux de moi.

Il prit son menton entre son pouce et son index.

— Je promets que si tu acceptes, je passerai le reste de ma vie à te traiter comme le précieux trésor que tu es. Peux-tu me pardonner, Carmen ?

Elle le gratifia d'un sourire tremblant.

— Oui, Zac. Oh oui !

L'instant d'après, ils s'embrassaient passionnément, comme s'ils ne devaient plus jamais se revoir.

Quand il mit fin à leur baiser, ils étaient tous les deux hors d'haleine.

— Je t'aime, Carmen Sanchez, murmura-t-il, le front appuyé contre le sien.

— Je t'aime aussi, Zac Taylor.

Puis elle recula légèrement pour le regarder à travers ses cils et lui faire un sourire espiègle.

— Et j'accepte de t'épouser, mais à une condition…

— Oui, laquelle ?

— Que tu m'emmènes passer un week-end dans ton hôtel dont je n'ai pas pu bien profiter la première fois.

— Comptez sur moi, ma reine ! dit-il en riant et en la soulevant dans ses bras. Vos désirs sont des ordres.

14.

Un an plus tard…

Ça avait été une journée magnifique. Pour leur mariage, tous leurs amis et leurs proches s'étaient rassemblés dans les jardins, derrière l'Anchorage Mercy Hospital. Comme c'est là que lui et Carmen s'étaient rencontrés pour la première fois, il leur avait semblé normal d'y unir leurs destinées et d'y commencer leur vie en tant que mari et femme.

Après avoir prononcé leurs vœux qu'ils avaient scellés d'un baiser, tout le groupe s'était envolé vers l'Étoile Arctique pour la réception. C'est le père de Zac qui avait lancé les invitations.

Il y avait Jake, Molly et leurs jumeaux. Tom et Wendy et leur nouveau bébé, ainsi que la fille de Tom, Sam. La mère de Carmen. Même Dustin était là. Priya et son adorable petite fille, Kaia. Lance avait été son témoin, bien sûr, et la sœur de Carmen, Clara, sa demoiselle d'honneur.

Toute la journée s'était déroulée à merveille, et maintenant tout le monde avait la larme à l'œil en le regardant entraîner sa ravissante épouse sur la piste de danse pour leur premier slow. Il fit un signe de tête au DJ, et Michael Bublé entonna les paroles de *The Way You Look Tonight*, la chanson sur laquelle ils étaient tombés amoureux.

— Heureuse, chérie ? chuchota-t-il à l'oreille de Carmen tandis qu'ils se balançaient doucement au son de la musique.

— Si heureuse… Au fait, j'ai quelque chose à te dire.

Il eut une seconde d'hésitation. Après tous les secrets

et les mensonges qu'ils avaient endurés, il n'était pas sûr d'aimer beaucoup les surprises.

— Quoi ? Si c'est encore un secret inavouable, je me jette du haut du pic O'Malley.

— Mais non, idiot ! C'est un bon secret. Du moins, j'espère qu'il te plaira.

— Dis-le-moi, tu verras bien.

— Je suis enceinte, dit-elle, ses yeux verts pailletés d'or brillant de bonheur. Je sais que c'est plus tôt que prévu, mais ces choses arrivent parfois, et…

— Tu vas avoir un bébé ?

Il cligné des yeux, éberlué. Il avait toujours voulu avoir un enfant, mais il avait peur de ne pas être un bon père. Il y a un an, il n'aurait pas été prêt. Mais maintenant, après avoir laissé le passé derrière lui et pardonné à son père et à lui-même, il était plus qu'impatient.

— Nous allons avoir un bébé ?

Elle hocha la tête et leva vers lui ses yeux remplis de larmes.

— Es-tu heureux ?

— Oui ! Je vais être papa !

Le sourire jusqu'aux oreilles, il fait tournoyer Carmen dans ses bras sous les applaudissements de la foute.

— Nous allons être parents !

— Oui, c'est bien vrai !

Carmen le serra dans ses bras.

— Je t'aime tellement, mon doudou.

— Et je t'aime aussi, chérie, dit Zac en l'embrassant tendrement devant leurs familles et amis réunis.

BLANCHE

HARLEQUIN

Retrouvez en mai 2020, dans votre collection

BLANCHE

Un duc à l'hôpital, de Scarlet Wilson - N°1486

SÉRIE : SAGES-FEMMES DE LONDRES - 1/4

Lorsque le Dr Harry Beaumont, duc de Montrose, prend son poste au service néonatal du Queen Victoria, c'est l'effervescence à l'hôpital. Talentueux et beau, le médecin fait tourner les têtes, au grand désarroi d'Esther qui préfère se concentrer sur son travail. Certes, Harry l'attire, mais à quoi bon se faire des illusions ? Jamais un aristocrate comme lui ne s'intéressera à une modeste sage-femme issue du fin fond de l'Écosse…

Le rêve de Carly, de Tina Beckett

SÉRIE : SAGES-FEMMES DE LONDRES - 2/4

Une famille et des enfants, voilà ce à quoi rêve Carly. Un rêve d'autant plus impossible qu'elle est célibataire. Pas question, donc, de perdre son temps avec les don Juan tels que Adem Kepler. Le médecin, qui dirige le dispensaire du Queen Victoria où elle travaille, n'entretient que des relations superficielles avec les femmes, c'est bien connu. Et Carly s'est juré de résister à son incroyable séduction…

Le médecin devenu roi, d'Annie Claydon - N°1487

Depuis leurs études de médecine, Marie et Alex sont les meilleurs amis du monde et de tendres confidents l'un pour l'autre. Seulement, le jour où ils échangent un baiser brûlant, leur précieuse relation est soudain mise en danger. D'autant qu'il y a ce secret incroyable qu'Alex révèle à Marie, après leur fougueuse étreinte… Loin d'être celui qu'elle croyait, Alex est en réalité le roi exilé de Belkraine !

Un mariage au Moorland General, de Charlotte Hawkes

Comment annoncer à son amant d'une nuit qu'il sera bientôt papa ? Cette question, Saskia se la pose depuis trois mois. Difficile d'éluder le problème, alors qu'elle croise le Dr Malachie Gunn dans les couloirs du Moorland General, où elle officie comme pédiatre. Plus difficile encore de parler, alors qu'elle sait combien Malachie redoute tout engagement… Pourtant, Saskia finit par mettre Malachie au courant et reçoit en retour… une demande en mariage !

Leur mission : sauver des vies.
Leur destin : trouver l'amour.

HARLEQUIN BLANCHE

Parents malgré eux, de Karin Baine - N°1488

Tandis qu'elle s'apprête à devenir mère, après une fécondation in vitro, Kayla redoute de devoir élever son bébé seule. Jusqu'à ce que le Dr Jamie Garrett, le père biologique, vienne revendiquer son rôle dans la vie de leur enfant ! Dès lors, le trouble la gagne. Peut-elle accepter que cet homme s'immisce dans son existence, alors qu'ils ne sont que des inconnus l'un pour l'autre ?

Le chirurgien sans mémoire, de Dianne Drake

Un chirurgien sans mémoire. Un homme sans passé. Blessé en zone de combat, le Dr Mateo Sanchez a rejoint l'hôpital Makalapua Pointe, à Hawaï, pour sa convalescence. Furieux d'être traité comme un patient, alors qu'il sauvait des vies jusque-là, il a pour seul réconfort ses échanges avec le Dr Lizzie Peterson. Au contact de la jeune femme, belle et intelligente, Mateo se sent revivre. Mais a-t-il le droit de la séduire, alors qu'il ignore qui il est vraiment ?

Un bébé à adopter, de Laura Iding - N°1489

Après son divorce, Cassie a vu s'envoler son rêve d'être maman. Devenue infirmière pédiatrique à l'hôpital de Cedar Bluff, elle s'investit corps et âme dans son travail. Aussi, lorsqu'une nouveau-née malade, Emma, est abandonnée à l'hôpital, Cassie sent son cœur se serrer – et envisage bientôt d'adopter l'enfant. Pour relever ce défi, elle peut compter sur le soutien troublant du Dr Ryan Murphy…

Fiancée à un médecin, de Teresa Southwick

Se faire passer pour la fiancée du séduisant Dr Ben McKnight ? Lorsqu'il lui fait cette proposition, Camille est décontenancée. Bien sûr, il est très respecté dans la petite ville de Blackwater Lake et pourrait lui être d'une grande aide auprès des employés de l'hôtel qu'elle dirige, qui ne cessent de la défier. Pour autant, accepter serait risqué. Car passer ses jours et ses nuits auprès de Ben pourrait lui donner envie de transformer le mensonge en réalité…

Un avenir à trois, de Sue MacKay - N°1490

Pour Jessica, l'amour et les hommes, c'est terminé. De toute façon, entre sa carrière de sage-femme et son petit garçon adoré, elle n'aurait absolument pas de temps pour une relation. Pourtant, lorsqu'elle fait la connaissance du Dr Jackson Wilson, elle est incapable de résister au trouble qu'il lui inspire. Et, alors même que Jackson n'est à Golden Bay que temporairement, Jessica ne peut s'empêcher de rêver d'un avenir à trois…

Sous le charme du médecin rebelle, de Lucy Rider

En s'installant dans la petite ville de Crescent Lake, le Dr Cassidy Mahoney ne s'attendait pas à ce que son premier patient soit le major Samuel J. Kellan, héros local – et lui-même médecin –, et encore moins à devoir le soigner à la prison municipale, où il a passé la nuit à la suite d'une bagarre ! Mais ce qu'elle avait encore moins prévu, c'est que cet homme rebelle puisse faire battre son cœur si vite…

Leur mission : sauver des vies.
Leur destin : trouver l'amour.

HARLEQUIN
www.harlequin.fr

Composé et édité par HarperCollins France.

Achevé d'imprimer en mars 2020.

CPI
BLACK PRINT

Barcelone

Dépôt légal : avril 2020.

FSC
www.fsc.org
MIXTE
Papier issu de sources responsables
FSC® C108412

Pour limiter l'empreinte environnementale de ses livres, HarperCollins France s'engage à n'utiliser que du papier fabriqué à partir de bois provenant de forêts gérées durablement et de manière responsable.

Imprimé en Espagne.